바르도

바르도

리민 장편소설

BARDO

1

정령조각가

Korea

차례

사람들은 나를 안내자라고 부른다. 나는 죽음에 이른 사람들의 기억을 기록한다. 사람들은 죽음에 이르기 일주일 전에 기억을 기록하러 온다. 나는 사람들이 살면서 기억한 모든 것을 볼 수 있다. 그들은 나에게 자신이 겪은 헤아릴 수 없는 인생의 기억을 고백하고, 나는 그들조차 기억하지 못하는 기억을 찾아준다. 내가 그들에게 찾아주는 것은 사랑해서 불행해진 기억이다. 만약 사랑해서 불행해진 기억이 없다면 당신은 바르도에서 길을 잃고 영원히 헤매는 망자가 될 것이다. 나는 당신이 길을 잃지 않길 바란다.

나에게도 이제 일주일의 시간이 남겨졌다. 난 완전한 죽음에 이를 것이다. 마지막 남겨진 시간 동안 내 모든 기억을 여기에 남긴다. 이것은 내가 겪었고, 불행해져서도 잊지 않았으며, 끝내 지켜냈던 사랑의 모든 기억이다. 나는 수많은 인생을 지나 네 가지 깨달음을 얻었으며 그 끝에 참혹하고 숭고한 사랑을 이루었다. 내가 사라져도 이 이야기가 영원토록 남아 당신의 바르도 안내자가 되어줄 것이다. 나는 당신이 바르도를 지나 새로운 생에 닿기를 바란다. 그것이 나의 마지막 서원이다.

사라지지 않을 영원한 것을 바치니
길을 잃은 당신이 서원하는 생에 이르길.

바르도 안내서

· 한자가 병기된 단어는 바르도의 모어母語입니다.

· 리하가 이행하는 장소는 수식된 명사를 고유명사로 썼습니다.

· 어감상의 이유로 표준어 규정을 따르지 않은 표현이 있습니다.

· 특정 연도가 설정되어 있으나 유추를 목적으로 한 것은 아닙니다.

1

———

어디에도 없는 섬,
무하도

———

무하도 세 가족

우리는 작은섬에 살았다. 아버지, 어머니 그리고 나. 여자를 바다에 들이면 부정이 깃든다는 섬사람들의 믿음에도 아버지와 어머니는 늘 함께 배를 탔다. 둘의 인생은 하나의 인생 같았다. 출생이 귀한 무하도에서 그들은 같은 시간에 태어났다. 둘은 같은 시간에 묶여 인생의 일을 하나로서 겪어나갔다. 둘은 같이 자랐고, 같이 배를 탔으며, 언젠가부터 결혼식도 올리지 않고 같이 살았다. 섬사람들은 그 모든 일을 자연스럽게 받아들였다. 그 둘은 원래 하나였으므로. 그렇게 섬사람들의 마음속에 둘은 섬과 바다처럼 연결되어 있었다.

우리가 사는 작은섬의 이름은 무하도였다. 없을 무無, 어디 하何, 어디에도 없는 섬이 우리가 사는 세상이었다. 무하도는 본섬이라고 불리는 큰 섬과 달리 바다에 별처럼 흩뿌려진 군도群島 중 하나였다. 우리는 어디로도 연결되지 않은 바다 한가운데에서 살아갔다. 한 시간 동안 바다를 건너면 겨우 다른 섬에 닿았다. 기쁨과 슬픔이 우리를 찾아왔고, 행복과 불행도 이어서 우리를 찾아왔다. 불행이 찾아올 때조차 무하도 사람들은 섬을 떠나지 못했다. 그게 작은섬 사람들이 사는 법이었다. 우리의 몸은 섬과 하나로 얽혀 있었다.

무하도는 계절마다 다른 빛을 내는 별이 되었다. 섬에는 사계절 내내 반짝이는 연둣빛 대나무숲이 일렁였고, 봄이 되면 황매화가 섬을 노란빛으로 물들였다. 나는 개나리나 유채꽃보다 선명한 황매화의 농밀한 노란빛이 좋았다. 초여름부터는 치자나무에서 새하얀 꽃이 피어나 관능적인 향을 자아내는 설원이 펼쳐졌다. 가을에는 보랏빛 수레국화 수만 송이가 피어났고, 밤이 되면 반딧불이들로 섬 전체에 빛송이가 함박눈처럼 내렸다. 겨울이 찾아오면 육백 년도 넘은 동백나무에서 핏빛처럼 새빨간 동백꽃이 흐드러지게 피어나고 졌다.

아버지와 어머니는 내게 수많은 별을 만드는 인생을 주셨다. 조각할 리彫, 은하수 하河, 은하수를 조각하는 자가 나의 이름이었다. 나는 무하도에서 기다림을 배우며 자라났다. 바닷가에 앉아 배를 타고 나간 아버지와 어머니를 기다리는 것이 나의 하루였다. 함께 놀던 친구들이 하나둘 집으로 돌아간 뒤에도 나는 홀로 남아 그들이 돌아오길 기다렸다. 날이 저물어 배가 돌아오면, 언제나 숨 쉬는 것도 잊고 달려가 어머니 품에 안겼다.

"왜 또 기다리고 있어. 집에 가 있으라니까."

비릿한 내음을 몸에 새기고 온 어머니가 말했다.

"보고 싶어서."

나는 울먹였다.

"또 울었어?"

배를 묶고 뒤이어 내린 아버지가 내 머리를 툭툭 만지며 말씀하셨다. 나는 그럴 때마다 아무 말도 못 하고 울음을 계속 삼키기만 했다. 사랑하는 아버지와 어머니를 기다리는 시간만큼 내 마음에는 매일 외로움과 슬픔이 쌓여갔다. 사랑은 나에게 기다림을 가르쳤다.

나는 어려서부터 떨리는 목소리를 내었다. 말을 하면 가녀리게 떨리는 목소리가 허공에 흩어졌다. 슬픈 염소가 울음소리를 내듯. 너무 가녀려 사람들이 듣지 못하는 내 목소리는 오직 아버지와 어머니만 들을 수 있었다. 둘은 배를 움직이는 엔진의 굉음과 살려는 뱃사람들의 외침을 들으면서 자랐다. 그들이 배운 삶의 소리는 귀를 멀게 할 만큼 컸다. 배를 타고 나면 먹먹해진 둘은 바다가 숨 쉬는 소리에 귀를 기울였다. 오래도록 그들은 그렇게 있었다. 바다의 숨소리가 먹먹해진 그들에게 고요함을 가져다줄 때까지. 바다는 그들에게 삶의 소리를 가르쳤다. 아주 큰 소리와 아주 작은 소리, 둘이면서 하나인 소리를. 그런 인생의 시간들이 그들을 굉음과 침묵을 들을 수 있는 사람으로 만들었다. 하지만 아직 바다의 숨소리를 듣지 못하는 친구들은 내 목소리를 알아듣지 못했다.

"왜 그래?"

처음 본 친구들은 나를 빤히 바라보며 물었다.

"나도… 몰라…"

"슬퍼? 우는 거야?"

떨리는 내 목소리를 처음 들은 친구들은 물었다.

"아니… 어려서부터 그랬어…"

가녀리게 떨리는 목소리가 허공에 흩어져 사라졌다.

"나는 염소 목소리를 가졌어…"

나는 처음 만난 사람들에게 나를 염소아이라고 소개하고는 했다.

언젠가 무하도에 무서운 태풍이 찾아왔던 밤, 나는 떨리는 목소리를 갖게 되었다. 어머니는 늘 그렇게 말하셨다. 어른들은 바다가 제물祭物처럼 섬사람들에게 인생의 대가를 거두어 간다고 했다. 그날 밤 태풍은 섬 아이인 내게서 온전한 목소리와 기억을 거두었다. 그날 이후로 나는 여덟 살 이전의 기억을 하나도 떠올리지 못했고 제물로 바쳐진 희생犧牲처럼 늘 슬픔을 느끼게 되었다. 툭하면 눈에서는 눈물이 흘러, 나는 얼룩진 흐릿한 세상의 풍경을 보며 자라났다. 삶과 죽음을 모두 주는 바다 앞에 서면 사라진 사람들이 떠올랐다. 그런 바다 앞에서 배를 타고 나간 아버지와 어머니를 기다릴 때면 그들이 돌아오지 못할까 목이 메었다. 눈물을 흘리면 소중한 것을 잃기라도 할 것처럼 나는 매번 슬픔을 삼켰다. 슬픔을 삼킬 때마다 입에서는 뭉개진 울음소리가 흘러나왔다.

저녁이 되어 기다리던 아버지와 어머니가 돌아오면 내가 보는 것은 그들의 얼룩진 모습이었고, 내가 말하는 것은 뭉개진 소리였다. 슬픔은 눈을 멀게 하고 말을 잃게 했다. 비릿한 내음에 파묻혀 울음을 삼키며 "어…어…보…고…

싶었어요…"라고 슬픈 염소처럼 목이 메는 나를, 어머니와 아버지는 지그시 품에 안으면서 토닥였다. 그렇게 우리 세 가족은 작은섬에서 살아갔다. 슬픔과 비릿함을 몸에 새기면서.

　무하도 사람들은 우리집을 검은집이라고 불렀다. 섬은 자신의 몸을 깎아내 사람들이 살아갈 곳을 만들게 했다. 돌담, 돌집, 돌창고. 무하도의 모든 것은 돌로 만들어졌는데 유일하게 우리집만이 검은 고목古木으로 만들어진 나무집이었다. 예전부터 내려오던 섬의 사당祠堂이라고 했다. 다른 집과 달리 우리집만이 마을로부터 멀리 떨어져 대나무 숲에 둘러싸여 있었다. 사당은 증조 때부터 버려졌다고 했다. 버려진 사당에는 아무도 가지 않았기에 아버지와 어머니는 어려서부터 그곳에 머물렀다. 섬에서 아무도 찾지 않는, 그래서 둘이 다시 하나가 될 수 있는 곳에.

　섬의 사당이었던 우리집은 겉에서 봐도 집이 아닌 사당으로 보였다. 대나무 숲이 검은집을 품고 있어 바람이 불 때마다 풀빛 물결이 일렁이며 맑은 파도소리를 내었다. 돌담 안으로 자리한 텃밭에는 계절 채소가, 텃밭 경계선에는 무화과나무, 유자나무가 자랐다. 텃밭을 에워싼 돌담에는 초록빛 넝쿨들이 흘러내렸고, 검은 고재古材로 만든 낮은 대문 옆으로는 노랑과 연두가 뒤섞인 꽝꽝나무가 울타리를 이뤘다. 섬의 모든 대문과 돌담은 어른의 허리까지만 닿아, 우리는 늘 서로 살아가는 모습을 바라보았다.

바다가 사람을 들이지 않는 날이면 우리 세 식구는 마당에서 하루를 보냈다. 해가 떠오르는 동쪽에는 오래된 나무 탁자와 의자 세 개가, 해가 저무는 서쪽에는 커다란 평상이 있었다. 모두 검은색 고재로 만든 것들이었다. 아버지와 어머니는 평상에 앉아서 그물을 손질하거나 남은 생선들을 염장하고, 포를 뜨고, 미역을 널어 말렸다. 그동안 나는 낡은 나무탁자에 앉아서 책을 읽거나 숙제를 하고 일기를 썼다. 특히 그물은 심장을 가쁘게 만들었다. 아버지와 어머니가 끊어진 그물을 잇는 날이면 하염없이 그 모습을 바라보았다. 그들의 손이 지나가면 끊어졌던 자리에 새로운 연결이 생겨났다. 수천 개의 세상이 얽히고설킨 그물을 볼 때면 손에서 세상을 자아내는 아버지와 어머니가 이 세상 사람이 아닌 듯 보였다. 해가 저물 때면 우리는 검은 고재탁자에 앉아서 유자차를 마셨고, 차를 다 마시면 평상에 나란히 누워서 아름답게 물드는 저녁 하늘을 바라보았다.

검은집에 혼자 남은 날이면 고서古書 속에서 하루를 보냈다. 고서들은 원래부터 이곳에 있었다고 했다. 어머니와 아버지가 버려진 사당에 발을 들였을 때부터 어둠 속에 있던 책들은 한지를 엮어 만든 것으로 모두 제목이 없었다. 한지도, 먹으로 쓴 글씨도 모두 시간에 바래 원래의 색을 잃고 검은 흙빛을 띠었다. 책에는 무하도에 닥쳤던 불행들, 의미를 알 수 없는 예언들, 수많은 꿈, 상형문자들, 죽은 자들의 일생이 적혀 있었다. 나는 하루 종일 고서에 적힌 이야기들을 읽거나 이해할 수 없는 글자들을 바라보며 시간을 잊었다.

아버지와 어머니는 배를 타고 돌아온 날이면 오랫동안 몸에 배인 비릿한 내음을 씻었다. 그들이 삶의 시름을 씻어내는 동안 나는 텃밭에서 가져온 채소와 팔지 못할 생채기가 난 생선들로 저녁을 지었다. 저녁이 되어서야 다시 하나가 된 우리는 땅과 바다가 기른 것들을 함께 먹었다. 저녁을 먹고 나면 마당의 평상에 누워 검은 밤하늘을 보았다. 어둠의 결이 보이는 달의 밤에는 지나간 추억들을 떠올렸고, 은은하게 빛나는 별의 밤에는 설레는 소원들을 말했고, 달도 별도 없는 밤에는 침묵을 배웠다. 아주 가끔 밤에 뜨는 무지개를 볼 때면 알 수 없는 생의 숭고한 아름다움을 느꼈다. 우리는 서로의 숨소리를 들으며 그런 밤들을 모았다. 빛과 어둠이 하나가 되는 밤이면 어머니는 나에게 이야기를 들려주셨다.

"리하는 바르도 안내자가 될 거야."

어머니는 내게 안내자가 될 운명을 이야기해 주셨다.

"바르도 안내자가 뭐예요?"

"새로운 인생으로 가는 길을 안내해주는 자. 고대에는 죽으면 바르도를 지나 새로운 인생으로 태어난다고 믿었어. 바르도BARDO는 하나의 인생이 끝나고 새로운 인생이 시작되기 전 경계를 말해. '바르BAR'는 사이, '도DO'는 걸려 있다는 뜻이야. 죽음과 탄생 사이인 바르도는 모든 것이 죽고 모든 것이 태어나는 곳이자, 모든 것이 끝나고 모든 것이 시작되는 곳이야."

"죽었는데 어떻게 다른 인생으로 태어나요?"

"죽음은 끝이자 시작이기 때문이야."

"죽음과 탄생도 하나인 둘이에요?"

"응. 죽음과 탄생, 끝과 시작은 하나인 둘이야."

"엄마와 아빠처럼."

어머니는 나의 이마에 입을 맞추고 나를 품에 안았다. 달빛이 내린 어둠 속에서 어머니의 심장소리가 바다의 숨소리처럼 들렸다.

"고대에는 죽은 자가 다음 인생을 찾아가기 위해서 바르도를 헤매는 49일을 죽음과 탄생의 여정이라고 불렀어. 우리는 한 번만 죽음을 맞이하는 게 아니야. 살아 있는 동안에도 여러 번 죽음과 탄생의 여정을 겪게 돼. 하나의 인생이 끝나면 그 인생을 살던 나는 죽음을 맞이하고, 새로운 나로 태어나 또 다른 인생을 사는 거야. 봄이 끝나면 여름이 시작되고 여름이 소멸하면 가을이 탄생하는 것처럼 세상의 모든 것은 죽음과 탄생의 여정을 겪어. 나중에 리하에게도 길을 잃었다고 느낄 때가 올 거야. 하나의 인생이 끝나고 새로운 인생이 시작될 때."

"왜 하나의 인생이 끝나고 새로운 인생이 시작될 때 길을 잃어요?"

"바르도는 모든 길이 사라진 곳이거든. 하나의 인생은 끝났지만 아직 다른 인생이 시작되지 않았기 때문에 아무것도 정해진 것이 없어서 길이 없는 거야. 인생이 바뀔 때가 되면 모두 바르도에서 길을 잃게 돼. 길을 잃어야 새로운 인생으로 갈 수 있어."

"길이 없으면 어떻게 새로운 인생을 찾아가요?"

"바르도를 지나 새로운 인생을 찾아가려면 서원이 있어야 해. 서원이 있는 자만이 바르도에서 길을 잃지 않고 바라는 인생으로 갈 수 있어."

"서원이 뭐예요?"

"마음에 새긴 소원."

"마음에 새긴 소원."

나는 어머니의 말을 되새겼다.

"하나의 인생을 살면서 사랑과 슬픔 들을 겪으면 간절히 이루고픈 또 다른 인생을 깨닫게 돼. 그 소원을 잊지 않도록 마음에 새기는 걸 서원誓願이라고 해. 서원을 가진 자는 바르도에서 길을 잃지 않고 간절히 바라던 인생을 찾아갈 수 있어."

"서원이 없는 자도 있어요?"

"서원이 없는 자를 망자忘者라고 해. 기억을 잊은 자이자 길을 잃은 자라는 뜻이야. 망자들은 서원이 없어서 바르도에서 길을 잃게 돼."

"망자들은 왜 서원이 없어요?"

"망자들은 기억을 잊은 자들이야. 그들은 서원을 기억하지 못해. 자신이 원하는 인생이 무엇인지 몰라 바르도에서 길을 잃는 거야. 인생이 바뀌는 때가 되어도 망자들은 새로운 인생을 시작하지 못하고 과거의 생을 반복하게 돼. 그들은 서원이 없어서 공허한 채로 살아가."

"안내자는 어떤 인생을 살게 돼요?"

"안내자의 운명을 지닌 자는 수많은 인생 끝에 네 가지 깨달음을 얻어 참혹하고 숭고한 사랑을 이루게 돼. 그리고 영원히 안내자로 남아 바르도를 지나는 자들에게 새로운 인생으로 가는 길을 알려줘. 그들이 길을 잃지 않고 서원하는 생에 이르길 바라거든."

"제가 그런 고귀한 사람이 될 수 있어요?"

"리하는 슬픔이 담긴 목소리를 가졌어. 그 목소리가 길 잃은 망자들을 위로해줄 거야."

어머니는 바다에서 본 것들을 잠재우려 다시 가만히 눈을 감았다.

제물

열일곱이 되던 날, 첫 번째 불행不幸이 나를 찾아왔다. 예보에도 없던 해일이 갑자기 덮쳐 바다로 나간 뱃사람들을 집어삼켰다. 아버지와 어머니는 함께 바닷속으로 사라졌고 바다는 어머니만 뱉어내었다. 갑자기 내리친 불행에 무하도 사람들은 몸부림쳤고 짐승같이 울부짖었다. 불행은 제물이 된 자들의 가족을 남겨 자신을 기억하게 했다. 불행을 망각할 수 없는 것, 그것이 살아남은 자들이 치르는 대가였다. 우리는 살아남은 대가로 고통의 증인이 되었다.

바다는 우리에게 살아갈 것을 주었지만 잊지 않고 그 대가를 거두었다. 우리는 삶을 받은 대가로 죽음도 받아야만 했다. 바다는 자신이 기른 자식을 주었기에 우리에게도 가족을 거둬 자신이 겪은 슬픔과 죽음을 똑같이 겪게 했다. 살아가기 위해서 사랑하는 것을 잃어야만 한다는 사실을 바다는 우리에게 가르쳤다.

어머니는 바다가 아버지를 거둔 뒤로 다시는 배를 타지 않았다. 그녀는 하나였던 몸이 찢겨져 제대로 살아가지 못했다. 불구가 된 어머니는 매일 바다 앞에 앉아 돌아올 수 없는 무언가를 기다렸다. 슬픔이 눈을 멀게 하고 말을 잃게 해 그녀는 아무것도 보지 못했고 원래부터 말을 못했던 사람처럼 말을 잃었다. 아버지를 바다에 두고 왔다는 나지막한 읊조림이 그녀가 하는 유일한 말이었다. 그녀 옆에서 나도 눈이 멀고 말을 잃은 채 살아갔다. 나는 매일 얼룩진 어머니의 모습만 보았고, 내가 할 수 있는 말이 세상에 없어 아무 말도 하지 못했다.

일 년의 시간이 우리를 지나쳐 갔다. 찢겨진 어머니는 해녀가 되었다. 늘 아버지와 함께 배를 탔던 어머니는 해녀가 되는 무하도 여자들과 달리 물질을 하지 않았었다. 그녀는 해녀가 아니라 어부였으나 다시는 어부가 될 수 없었기에 해녀가 되었다. 어머니는 평생 동안 사랑했던 연인을 거두어 간 바다에 매일 몸을 담갔다. 아침에 해가 뜨면 바다에 들어가 낮이면 나오는 일이었다. 맑은 날이면 햇살을 받아 푸른 바다에 떠 있는 테왁이 붉게 핀 꽃송이처럼 빛났다. 테왁으로 해녀들이 떠올라 숨 가쁘게 숨비소리를 내며 쉬어갈 때도 어머니의 모습은 보이지 않았다. 나는 매일 비어 있는 어머니의 핏빛 테왁을 바라보며 그녀가 떠오르기를 기다렸다. 학교에도 가지 않았다. 나는 이제 두 사람이 아닌 한 사람을 기다렸다.

다른 해녀들이 하나둘 바다에서 나올 때도 어머니는 바다에서 나오지 않았다. 그녀는 오랜 시간 바다에 머물렀다. 해녀들은 물질을 마치고 저마다 전복, 성게, 돔, 문어로 늘어진 그물을 걸쳐 메고 노랫소리를 흥얼거리며 바다에서 나왔다. 나는 그녀들 너머를 바라보았다. 헤아릴 수 없는 시간이 흐르면 내가 기다리던 한 사람이 떠올랐다. 제일 마지막으로 바다에서 나온 어머니 손에는 죽음이 담긴 그물이 매달려 있었다.

나는 아버지를 만나고 싶어 매일 바다로 들어가는 어머니를 말리지 못하고 그녀가 다시 돌아오기만을 기다렸다. 사랑은 내게 삼킬 수 없는 슬픔과 끝이 없는 기다림을 가르쳤다. 그리고 어느 날, 바다로 들어간 어머니는 다시 돌

아오지 않았다. 바다가 아버지를 거둔 지 두 해가 지난 날
이었다.

정령조각가

바다가 어머니마저 거두었을 때 나는 일 년 동안 검은 집을 나가지 않았다. 어른들은 내가 죽음을 잊어가도록 내 버려두었다. 섬사람들은 제물을 바치고 살아남아 죽음을 잊었다. 잊지 않고는 살아갈 수 없어 그들은 삶의 대가로 바다가 앗아 가는 것들을 눈감았다. 죽음을 일상처럼 마주하는 무하도 사람들이 살아가는 법이었다. 하지만 나는 섬사람들처럼 일상으로 돌아오지 못했다. 거센 해일이 어부인 아버지를 거두고 깊은 바다가 해녀인 어머니마저 삼켰을 때, 나는 나를 찾아온 인생의 불행들을 가만히 바라보았다.

시간은 무슨 일에도 멈추지 않고 흘러갔다. 아무도 나를 보지 못한 일 년 동안 나는 혼자 남겨진 채 어둠 속에서 죽음을 배웠다. 죽음만을 보았던 일 년의 시간은 내 마음에 무엇에도 흔들리지 않는 고요한 밤바다를 만들어주었다. 밤바다를 품은 채 어둠 속에서 나온 뒤 제일 먼저 찾은 것은 나무였다. 이제 바다와 땅이 만나는 해변에는 가지 않았다. 매일 바다가 닿지 않은 절벽에 올라 하루 종일 굽고 파인 나무들 곁에 머물렀다. 죽음이 가져간 것들로 비워진 마음이 나무들로 채워졌다. 어디에도 가지 않고 뿌리를 내리는 나무가 좋아 나는 나무를 깎는 사람이 되었다. 매일 아침 눈을 뜨면 마당의 오래된 탁자에 앉아 하루 종일 나무를 깎았다. 대부분 새로운 곳에서 마음의 여유를 갖게 된 여행자만이 살 만한 작은 조각들이었다. 하루 종일 나무를 깎다 지치면 평상에 누워 한참 동안 하늘을 바라보았다.

나는 홀로 나무를 배워갔다. 나무는 해안가 절벽에서 주워 왔다. 절벽에 뿌리내린 나무들은 오랜 시간 거센 해풍을 맞아내 모두 몸이 굽고 패어 있었다. 그런 나무들은 재목으로 쓰이지 않았다. 무엇인가 만들 만한 너비가 되지 않았고 굽이굽이 굽고 파인 몸체를 깎아 다듬는 것도 어려웠다. 나는 아무도 원하지 않는 온몸이 굽고 파인 나무들이 좋았다. 매일 절벽으로 가 나무들을 바라보고 어루만지다 부러지거나 죽은 나무들을 주워 검은집으로 데려왔다. 나무는 죽은 다음 새로운 생명을 얻는 것처럼 보였다. 하나의 생을 마치고 또 다른 생을 살 듯 죽은 나무는 다시 살아 숨 쉬었다. 검은집에 데려온 나무들은 바다의 물기와 섬의 바람, 계절의 온기를 먹으며 다시 태어난 듯 온몸을 뒤틀었다. 나무의 뒤틀림이 멎으면 나무를 켜내고 손바닥 크기로 잘랐다. 다듬어져 무명색이 된 나무는 발가벗은 갓난아이 같아 보였다.

새로 태어난 나무들은 내 손에서 정령精靈이 되었다. 매일 아버지와 어머니를 기다리면서 나는 정령에 소원을 빌었다. 눈을 감으면 하얀빛을 내는 물방울 모양의 정령들이 아버지와 어머니를 지켜주는 모습이 보였다. 아버지를 찾아 바닷속을 헤매는 어머니를 기다릴 때도 정령에 소원을 빌었다. 눈을 감으면 투명한 물방울 속에 품어진 어머니의 모습이 보였다. 정령을 떠올릴 때면 언제까지나 아버지와 어머니가 바다에 삼켜지지 않고 정령의 품속에서 반짝이며 떠 있었다.

나는 배를 타지도, 해녀 일을 하지도 않았다. 내가 되기로 한 것은 어부도, 해녀도 아닌 정령조각가였다. 그것은 작은섬에서 불구로 사는 것과 같았다. 나는 가난했으나 아무것도 바라지 않았기에 살아갈 수는 있었다. 매일 첫 배가 오기 전에 나루터로 가 마지막 배가 떠날 때까지 하루 종일 나무를 깎았다. 나무를 깎을 때마다 아버지와 어머니가 남겨준 기억을 떠올렸다. 죽은 나무를 수백 번 깎아내면 손바닥에 쥘 수 있는 물방울 모양의 정령이 태어났다. 작은섬 세 가족에 대한 기억은 사라지지 않고 그렇게 정령조각에 봉인封印되었다.

나는 어디로도 가고 싶지 않아 섬에 남았다. 섬을 떠나지 않기 위해 검정고시로 고등학교를 마쳤고, 사숙私淑의 전통을 따르는 사계死界대학에 입학했다. 학교를 선택하는 것은 어렵지 않았다. 내가 배우고 싶은 것은 불행뿐이었다. 인생이 왜 제물을 거두는지, 삼킬 수 없는 슬픔은 어떻게 해야 하는지 누군가 내게 가르쳐주길 바랐다. 사계대학은 철학과만 있는 대학으로 4년 동안 원전原典들을 독학하게 하는 전통을 따랐다. 알려진 바도, 원하는 사람도 거의 없는 곳이었다. 입학조건은 두 가지뿐이었다. 입학시험을 통과할 것, 학비는 원하는 만큼 언젠가 기부할 것.

봄이 시작되는 날 立春 02.04, 입학허가서와 함께 일 년 동안 배워야 할 책들이 흰 상자에 담겨 검은집으로 왔다. 상자에는 원전 여섯 권과 원전과 하나인 질문의 책 여섯 권이 들어 있었다. 그날부터 나는 스스로 인생을 배워갔다. 해가 뜨면 나무를 깎아 기억을 새겼고, 해가 지면 질문의 책을 따라 원전을 읽었다.

잠들지 못하는 밤이 찾아오면 먼 곳으로부터 어머니의 목소리가 들려왔다. 다시는 들을 수 없게 된 이야기를 듣고 싶어 나는 밤마다 이야기를 지었다. 돌아올 수 없는 것을 그리워하는 마음은 수많은 이야기를 낳았다. 서로를 살아가게 하는 사랑 이야기, 잃을 수 없는 것을 잃은 슬픔 이야기, 사랑한 대가로 절름발이, 장님, 벙어리가 된 불행 이야기 들이 태어났다. 이야기들은 서로 얽히고설켜 또 다른 이야기들을 끝없이 낳았다. 누구에게도 듣지 못했던, 내 마음속에서 태어난 이야기들이었다. 밤마다 흰 한지를 먹으로 검게 물들였다. 이야기를 다 지으면 먹이 밴 백지白紙를 실로 엮었다. 한몸이 된 이야기들에는 『기억의 서書』라는 이름을 지어주었다. 수많은 이야기는 하나로 묶여 『기억의 서』는 언제까지나 한 권이었다.

사랑은 나에게 영원한 슬픔을 가르쳤다. 어른들은 시간이 지나면 슬픔이 옅어질 거라 말했지만 시간이 지날수록 슬픔은 짙어졌다. 죽는 순간까지 그들을 잊지 않을 것이므로 나의 슬픔은 나이가 들어 불멸이 될 운명이었다. 아버지와 어머니가 마지막으로 내게 준 것은 사라지지 않을, 영원한 슬픔이었다. 봄, 여름, 가을, 겨울 그리고 봄, 여름, 가을, 겨울 그리고 다시 봄, 여름, 가을, 겨울이 지나갔다.

2

—

표정 없는 남자,
재현

—

이방인

그는 홀로 작은섬을 찾았다.

"안녕하세요."

나는 나무를 깎던 손을 멈추고 고개를 들어 그를 바라보았다. 친절하게 인사를 건네는 목소리와 달리 그의 얼굴에는 어떤 표정도 담겨 있지 않았다. 몸의 선을 따라 정확하게 재단된 잿빛 코트에 새하얀 얼굴이 도드라졌다. 표정이 사라진 그의 얼굴에 쓸쓸함만이 남아 있었다. 나는 한동안 그의 얼굴을 바라보았다. 단정히 빗어 넘긴 머리, 검은 호수 같은 눈, 고독한 산을 닮은 코, 다물린 선홍빛 입술. 그는 헤어날 수 없는 심연에 잠긴 사람처럼 보였다. 나는 그가 지닌 쓸쓸함에 강하게 이끌렸다.

"물방울을 깎는 거예요?"

표정이 없는 그가 물었다. 내가 다시 그를 바라보자 그는 표정 없는 얼굴에 눈만 웃음을 지었다. 그러자 그의 얼굴이 기묘하게 일그러졌다.

"정령이에요."

내가 떨리는 목소리로 말했다.

"정령이요?"

"사랑하는 사람을 지켜주는 정령이에요."

그렇게 우리는 만나게 되었다.

무하도는 현실을 잊을 만큼 아름다운 곳이었지만 관광지가 아닌 이곳을 일부러 찾아오는 사람은 없었다. 대부분의 방문자는 우연을 따라 무하도에 왔다. 남해에 여행을 왔다가 우연히 일정이 어긋나야 했고, 여유가 생긴 일정 중에 우연히 군도에 이끌려야 했고, 여러 섬들 중에서도 우연히 무하도를 선택해야 했다. 몇 개의 우연이 모여 그들은 무하도에 닿았다. 우연들을 모아 무하도에 이른 사람들은 다음 배가 무하도를 떠나는 시간까지만 섬에 머물렀다. 하루 세번 아침 9시, 낮 1시, 저녁 5시에 배가 섬을 떠났다. 무하도는 해안선을 따라 천천히 걸어도 네 시간이면 섬 전체를 다 둘러볼 수 있는 작은 섬이었다. 우연한 방문자들은 섬을 천천히 둘러본 뒤 다음 배를 타고 다시 자신들의 인생으로 돌아갔다.

아주 드물게 몇 명의 방문자만이 떠나지 않고 무하도에 남았다. 무하도에는 도시를 떠올리게 하는 것들이 없어 그들은 어디에도 없는 섬에 남아 현실을 잊었다. 그도 무하도에 남은 드문 방문자였다. 그는 다른 방문자들처럼 잠깐 섬을 돌아본 다음 배를 타고 떠나지 않았다. 겨울이 시작되는 12월에 무하도로 온 그는 한동안 이 섬에 머물렀다.

이방인은 매일 나를 찾아왔다. 두 번째 배가 닿을 무렵 나루터로 와, 하루 종일 나무를 깎는 내 곁에 머무는 것이 그의 하루였다. 그가 내 곁으로 오면 정령을 깎던 손이 미세하게 떨렸다. 짙은 쓸쓸함을 가진 그를 보면 나를 찾아왔던 불행들이 떠올랐다. 바다가 제물로 거둔 아버지 그리고 어머니, 어둠 속 일 년의 밤들. 수없이 보았던 기억들이 다시 떠오르면 눈을 감았다. 눈을 감고 숨을 멎게 하는 장면들이 모두 사라질 때까지 천천히 숨을 쉬며 숨소리를 들었다. 한참 뒤 다시 눈을 뜨면 세상이 얼룩져 보였다. 그는 헤어날 수 없는 심연 속에서 나를 원하고 있었다.

12월이 끝나도록 그는 섬을 떠나지 않았다. 12월이 죽고 1월이 태어났다. 무하도 사람들은 양력도 음력도 아닌 바다의 시간을 따랐다. 바다가 사람을 들이지 않는 날에만 어부와 해녀 들은 짓이겼던 몸을 겨우 뉘었다. 나는 어부도 해녀도 아니었기에 무하도의 시간도 따르지 않았다. 나는 계절의 시간을 따라 쉬지 않고 살아갔다. 스물셋이 된 새해 첫날에도 첫 배가 닿기 전에 나루터로 가 죽은 나무를 깎아 기억을 새겼다. 하루도 빠짐없이 기억을 새긴 지 삼 년이 흘렀지만 여전히 새기지 못한 기억이 많았기에 쉬지 않았다. 살아온 인생만큼 시간이 흘러 더 이상 새길 수 있는 기억이 없게 되면 감당할 수 없는 슬픔들도 모두 사라지는 걸까. 나는 여전히 알지 못했다.

그날은 아무도 무하도에 오지 않았고 아무도 무하도를 떠나지 않았다. 아무도 싣지 않은 마지막 배가 떠나고 검은 집으로 돌아가려 몸을 일으켰다. 그는 그런 나를 물끄러미 바라보았다. 그의 시선이 몸에 머물 때마다 섬짓한 불안이 스며들었다. 정리를 마치고 검은집으로 돌아가려 걸음을 내딛자 그가 떠나려는 나에게 말했다. 천천히 몸을 돌려 그를 바라보았다. 그의 시선은 바다에 머물렀다.

"나는 살고 싶지 않아요."
그의 말이 마음을 허물었다.

"내게는 어머니와 동생이 있어요.
우리는 누구도 행복하지 않아요."
아무도 행복하지 않은 가족을 가진 자가,
가족을 모두 잃은 나에게 말했다.

"내 이름은 재현이에요."
그렇게 죽음을 원하는 사람이 나를 찾아왔다.

살고 싶지 않다는 재현의 말은 주문呪文이 되어 나를 사로잡았다. 바다가 내게서 아버지를 거두고 어머니마저 거두었을 때조차 나는 어떻게든 살아남으려 했다. 바다가 삶의 대가로 무엇을 거두었는지 알기에 나는 다시 살아가야했다. 불행을 기억하고 고통을 견디며 살아남는 것, 그것이내가 삼 년 동안 하루도 빠짐없이 반복한 일이었다.

"나는 살고 싶지 않아요."
내가 절대 할 수 없었던 말을,
표정 없는 그는 아무렇지 않게 말했다.

"살고 싶지 않아요."
내가 수천 번 삼키었던 말이 나를 뒤흔들었다.

나는 죽음을 원하는 그를 살려내고 싶었다.

백마와 검은 호수의 꿈

나루터는 무하도에서 하나뿐인 선착장 앞에 있었다. 나는 매일 첫 배가 오기 전에 나루터로 가, 마지막 배가 떠날 때까지 쉬지 않고 정령을 깎았다. 나루터에 도착하면 먼저 돌창고에서 꺼낸 것들을 나무탁자로 옮겼다. 정령이 담긴 광주리, 껍질 벗긴 나무토막, 깎다 만 정령조각, 연장 들이 하나씩 자리를 잡았다.

우연을 모아 무하도에 닿은 방문자들은 배에서 내리자마자 바다 앞에 앉아 묵묵히 나무를 깎는 내 모습을 보았다. 그들은 나에게 이끌리듯 다가왔다. 그들이 데려온 세상의 소리들은 내 곁에 오면 사라졌다. 몇몇은 섬을 둘러보는 것도 잊은 채 계속 내 곁에 머물렀고, 몇몇은 천천히 걸어서 섬의 모든 것을 둘러본 다음 다시 내게로 왔다. 그들 모두 시간을 잊은 채 내가 기억記憶을 새기는 모습을 바라보았다. 아무도 아무 말도 하지 않았다.

떠날 배가 닿으면 사람들은 조용히 다가와 광주리에 품어진 정령을 꺼내 보았다. 정령을 손에 쥐고 수백 개의 결을 어루만지면 그들의 마음에는 잃어버린 기억이 떠올랐다. 그들은 정령이 슬픔을 준다고 했다. 정령을 손에 쥔 채 먹먹해진 이들은 먹을 새긴 목비木碑를 오랫동안 바라보았다.

사랑하는 사람을
지켜주는 정령
값
당신의 슬픔만큼

방문자들은 값이 없는 정령에 자신이 가진 슬픔만큼 값을 치렀다. 그들은 무하도에 자신의 슬픔을 놔두고 사랑의 기억이 새겨진 정령을 가지고 갔다.

　재현은 첫 배가 도착해서 마지막 배가 떠날 때까지 쉬지 않고 정령을 깎는 내 곁에 머물렀다. 그는 나의 그림자가 되길 원했다. 내가 나루터에 도착하면 돌창고에서 물건들을 꺼내주었고 내가 정령을 깎는 동안 나루터 아저씨의 일을 도왔다. 아저씨는 그런 재현을 싫다는 기색도, 좋다는 기색도 없이 내버려두었다.

　저녁이 되면 마지막 배가 다시 현실로 돌아가는 사람들을 싣고 떠났다. 배가 사라지고 나면 하루 종일 정령을 깎던 자리를 정리하고 텅 빈 광주리, 새기던 조각, 나무토막, 연장 들을 다시 돌창고 안에 넣었다. 무하도 남쪽 한가운데에 있는 나루터에서 동쪽 끝에 있는 검은집까지는 걸어서 한 시간이 걸렸다. 저녁에서 밤이 되는 동안 하늘에는 시린 파란색, 희미한 안개색, 진달래색, 살구색이 섬세하게 층을 이루다가 사라졌다. 마지막 배가 떠나면 재현은 검은집으로 가는 나를 따라왔다. 그는 나를 따라 걸으며 빛이 사라져 어둠이 태어나는 시간 동안 자신의 이야기를 했다.

"리하 씨도 꿈을 자주 꿔요?"

재현이 물었다.

"아니요."

"전혀?"

"네."

"나는 매일 꿈을 꿔요."

재현이 나지막이 말했다.

"어려서부터 그랬어요. 매일 꿈을 꿨어요. 아침에 눈을 뜨면 지난밤 꿈의 내용이 잊히지 않았어요. 꿈에서 깨어나면 어머니에게 꿈에 대해 말했어요. 어머니는 그럴 때마다 그 꿈이 무슨 의미인지 이야기해 줬어요. 아주 중요한 순간마다 나는 특별한 꿈을 꿨어요."

"특별한 꿈이 뭐예요?"

"리하 씨를 처음 만난 날에도 꿈을 꿨어요."

"어떤 꿈이었는데요?"

"길을 잃고 한참을 헤매고 있었어요. 뒤돌아봐도 내가 지금까지 걸어온 길의 끝이 보이지 않고, 앞을 봐도 내가 가야 할 길의 끝이 보이지 않았어요. 그때 눈처럼 새하얀 말이 다가왔어요."

"말이요?"

"네. 새하얀 눈처럼 눈부신 말."

재현이 다시 진지하게 말했다.

"늘 그런 꿈을 꿔요?"

"어려서부터 그런 꿈을 꿨어요. 나에게 무슨 일이 생길지 알려주는 꿈을요."

예언자의 꿈을 꿀 수 있다고 말하는 재현은 고통스러워하지 않고 오히려 기뻐하는 것처럼 보였다. 섬에도 그런 어른들이 있었다. 무하도 사람들은 그들을 예언자라고 불렀다. 섬에 큰일이 닥치기 전에 꿈을 꾸는 예언자는 모두 기구한 팔자를 타고난다고 했고 실제로 그들의 삶이 그러했다. 무하도에서는 누구나 인생의 대가로 중요한 것을 잃었지만 특히 예언자들에게는 그런 고난이 거듭 찾아왔다. 그들은 예지의 꿈을 꿀 때마다 고통스러워했고 며칠을 일어나지 못할 정도로 크게 앓았다. 섬 어른들은 미래를 보는 대가라고 말했다. 며칠이 지나 고통이 사그라들면 예언자는 섬사람들을 모아 꿈에서 본 것을 이야기해 주었다. 그렇게 섬사람들은 몇몇 불행들을 피할 수 있었다. 하지만 모든 불행을 피하지는 못했고 그때마다 바다는 삶의 대가로 제물을 거두어 갔다.

"그런 꿈을 꾸고 나면 크게 아파요?"

"아니요. 꿈에서는 생생하지만 깨고 나면 괜찮아져요."

꿈에 대해서 말하는 재현의 눈빛이 빛났다. 재현에게는 꿈이 현실보다 실제 같아 보였다.

"흰말이 나타난 다음에는 어떻게 됐어요?"

"하얀 말은 내 곁에 가만히 서 있었어요. 새하얀 몸이 설산처럼 빛나 다른 것은 아무것도 보이지 않았어요. 커다란 검은 눈이 날 바라봤어요. 이젠 다 괜찮아, 라는 생각이 들었어요. 지친 몸을 기대자 말은 몸을 숙여 내가 올라타게 했어요. 우린 어디론가 갔어요. 그 길이 잊히지 않아요. 초승달이 새겨진 검은 하늘에 은하수가 흘러 모든 것이 희미하게 빛났어요.

영원 같은 시간이 흘러 우리는 검은 호수에 도착했어요. 하얀 말은 고개를 숙여 날 내리게 했어요. 검은 호수에 이끌려 한 걸음씩 나아갔어요. 발끝에 시린 물이 닿았지만 멈추지 않았어요. 호수에 잠길수록 메말라 비틀어진 몸이 사라지는 것 같았어요. 난 모든 고통을 잊었어요. 마지막으로 본 건 어둠에 떠 있는 선명한 초승달과 눈까지 차오른 검은 물이었어요."

재현은 잠시 말을 멈추고 나를 바라보았다.

"난 알 수 있어요. 당신은 내가 더 이상 고통받지 않도록 인생이 보내준 하얀 말이에요. 당신이 내 모든 고통을 사라지게 해줄 거예요."

바람에 헝클어진 검은 머리카락이 재현의 눈썹으로 흘러내렸다. 짙은 쌍꺼풀이 진 그의 눈은 뒤집어진 초승달이 뜬 검은 호수 같았다. 긴 속눈썹에 겨울 달빛이 맺혀 반짝였다.

야경을 모으는 밤

　무하도에는 나루터가 있는 선착장에서 중간산 마을까지만 드문드문 여덟 개의 가로등이 있을 뿐 인가가 없는 동쪽으로는 가로등이 없었다. 동쪽에는 아무도 찾지 않는 버려진 사당이었던 검은집만이 있었다. 무하도 사람들은 가로등이 드문 것을 아무도 불편해하지 않았다. 밤이 되면 무하도 사람들은 모두 잠들었고, 밤바다에 몸을 담그는 어부들은 어둠 속에서도 길을 찾아 나아갔다. 재현은 희미한 달빛을 따라 보이지 않는 길을 되돌아가야 하는데도 매일 마지막 배가 떠나면 검은집까지 나를 따라왔다.

　"조심해서 가세요."

검은집에 다다르면 재현에게 매일 같은 인사를 건넸다. 재현은 밤마다 검은집 입구에 서서 끝내 머물 곳을 찾지 못한 유민流民의 표정을 지었다. 쓸쓸한 표정을 볼 때마다 주술에 걸린 듯 그에게 사로잡혔지만 그에 대한 두려움이 매번 아득해진 마음을 일깨웠다.

"당신이랑 같이 있고 싶어요."

세상이 먹으로 뒤덮인 밤, 재현의 애절한 목소리가 달빛이 서린 허공에 새하얀 아지랑이가 되어 사라졌다.

"당신 곁에 있으면 마음이 편안해져요."

나는 아무 말 없이 재현을 바라보았다.

"우울증을 앓은 지 일 년 정도 됐어요. 병원에서는 문제가 생길 때마다 새로운 알약을 줘요. 불면증이 생겨서 알약을 하나 더 받았어요."

재현의 숨이 계속 어둠 속으로 흩어졌다.

"모든 문제에는 그 문제를 해결할 수 있는 약이 있어요. 약을 더 먹어도 여전히 잠은 오지 않아요. 하지만 아무 말도 하지 않았어요. 새로운 약을 하나 더 갖고 싶지 않아서요."

아버지를 잃은 뒤 어머니와 나도 잠들지 못했다. 지금도 잠들지 못하는 밤들이 이어진다. 재현과 달리 나는 불면의 밤에 저항하지 않았다. 잠들기 위해서 약을 먹으려 하지도 않았다. 불행은 살아남은 자의 낮과 밤에서 평온을 거두어 갔다. 불면의 밤은 사랑하는 이를 잃은 자만이 겪을 수 있는 고통이었다. 사랑은 슬픔을 낳고 슬픔은 잠들지 못하는 밤을 낳았다.

"당신 곁에 있으면 죽고 싶은 마음이 사라져요. 그냥 당신 곁에 있고 싶은 것뿐이에요."

버려지기 싫은 아이가 나를 바라보았다. 섬에 머문 시간 동안 표정 없는 그의 얼굴에 몇 개의 표정이 생겨났다.

"밤바다 보러 갈래요?"

나는 그가 주는 두려움을 삼키고 물었다.

우리는 달빛이 내린 길을 걸어 섬에서 가장 높은 언덕을 올랐다. 내가 밤마다 오르는 절벽은 검은집을 에워싸고 있는 대나무 숲을 지나야만 오를 수 있었다. 절벽에 오르는 가파른 길은 사람들의 발길을 타지 않아 자연이 오랜 세월 동안 다듬은 날것 그대로였다. 밤이 되자 섬의 모든 것이 검게 물들었다. 우리는 달빛 아래서 아무 말도 나누지 않고 한동안 가파른 언덕길을 올랐다. 아득히 먼 등대의 불빛이 한 바퀴를 돌아올 때마다 바람에 자유롭게 춤추는 절벽 위 억새들이 반짝였다. 해안선을 따라 수천 년 동안 깎인 절벽 아래로 달빛에 빛나는 은빛 파도가 부서졌다. 파도가 깨지는 소리와 은빛 물보라 파편들은 가끔 섬사람들을 빨아들였다. 인생의 대가를 견디지 못하는 사람들은 그렇게 바다로 몸을 내던졌다.

나루터에서 돌아오면 나는 절벽 위에 홀로 앉아 하염없이 밤바다를 바라보았다. 고요한 겨울밤 아무도 없는 절벽에는 모든 것을 얼어붙게 하는 바람만 계속 불었다. 매일 저녁 이곳에 와서 고단한 몸을 앉히고 숨을 크게 들이쉬었다. 겨울밤 시린 공기가 고통에 마비된 몸을 일깨우고 슬픔으로 뜨거워진 몸을 서늘히 식혀주었다. 한참 시간이 지나면 몸 안의 슬픔들이 얼어붙고 숨을 쉬는 감각만 남았다. 나는 그 차가운 감각이 좋았다.

"재현 씨 이름은 무슨 뜻이에요?"

"무슨 뜻?"

"이름의 의미요."

"난 내 이름이 싫어요."

"왜요?"

"있을 재在, 검을 현玄, 어둠 속에 있는 자, 라는 뜻이에요. 그래서인지 난 늘 인생이 불행하다고 느껴요."

"어둠이 싫어요?"

"네."

"어둠은 불행이 아니라 미지未知를 뜻해요. 어둠 속에서는 아무것도 안 보이잖아요. 아무것도 정해지지 않아, 모든 것이 될 수 있는 것이 어둠이에요. 죽음과 겨울, 물처럼. 그래서 고대부터 동양에서는 어둠과 죽음, 겨울과 물을 모두 검다고 여겼어요. 부모님이 재현 씨에게 미지의 인생을 주고 싶었나 봐요. 아무것도 정해지지 않은 자, 라는 뜻이었을 거예요."

"그런 의미가 있는지 몰랐어요."

재현은 한동안 말이 없었다.

"리하 씨 이름은 무슨 뜻이에요?"

"은하수를 조각하는 자라는 뜻이에요. 조각할 리, 은하수 하. 수많은 별을 만들며 살아가라고 지어주신 이름이에요."

"수많은 별을 만드는 인생."

재현은 나지막이 나의 의미를 되뇌었다.

"슬플 때마다 이곳에 와요."

아무도 찾지 않는 절벽은 언제나 그 자리에 있었다. 사라지지 않는 그곳이 나를 지탱해주었다.

"이곳을 좋아해요. 빛이 사라지고 어둠만 남으면 섬의

모든 것이 검은 그림자로 변해요. 낮에 눈부신 태양 아래서 빛나던 것들이 모두 사라지고 밤에 어렴풋이 검은 그림자만 남으면 모든 것이 선명하지 않아서 좋아요. 희미한 그림자들이 마음을 편안하게 해줘요."

재현은 검은 바다를 바라보며 내 이야기를 들었다.

"재현 씨도 좋아하는 곳 있어요? 슬플 때마다 가는 곳."

"그런 곳 없어요."

"어디로도 가지 않아요?"

"일이 끝나면 매일 사무실에 혼자 남았어요. 모두 다 퇴근하고 사무실이 텅 비면 그 공간에 혼자 있었어요."

재현은 잠시 이야기를 멈췄다. 우리는 아무 말 없이 겨울 바람을 맞으며 밤바다를 바라보았다.

"그러다 문득문득 울었어요."

"왜요?"

"모든 것에 지쳐서요. 아무것도 다시 시작하고 싶지 않을 만큼."

나는 재현의 말을 되새겼다.

"무엇을 슬퍼하고 무엇을 기뻐하는지 잊어버렸어요. 난 당신처럼 내 마음이 무엇인지 잘 몰라요. 그냥 살고 싶은 마음이 사라졌다는 것만 알아요."

우리는 아무 말 없이 검은 바다를 바라보았다.

"저거 봐요."

"뭐요?"

"등대불빛. 등대에서 보내주는 불빛이에요. 어둠 속에서 배들이 길을 잃지 않도록 밤새도록 빛을 보내줘요. 밤마다 여기에서 등대불빛을 바라봤어요. 영원을 그린 불빛이 한 번 나를 스치고 어둠 속으로 사라지지만 다시 나에게 와요. 또다시 나를 비추고 어둠 속으로 사라지지만 빛은 잊지 않고 다시 나에게 와요."

재현은 내가 가리키는 곳을 따라 등대불빛을 바라보았다.

"빛이 날 찾아오는 것 같아요. 아무것도 보이지 않는 어둠 속에서 나를 찾아오는 빛을 바라보고 있으면 다시 살고 싶어지는 아주 작은 마음이 생겨요. 나는 매일 여기서 그 마음을 조금씩 모았어요."

등대의 하얀 불빛이 절벽 위에 나란히 앉아 있는 우리를 반짝 비추고 어둠 속으로 사라졌다가 다시 우리를 찾아와 반짝 비추었다. 우리는 한참 동안 침묵 속에서 등대불빛을 바라보았다.

"어둠 속에서 빛나는 것이 있다는 게 좋아요."

"당신은 내가 보지 못하는 것들을 봐요."

재현의 목소리가 겨울바람에 흩어졌다.

"나도 당신이 보는 아름다운 것들을 보고 싶어요."

3

———

작은섬 연인

———

설원의 꿈

아버지는 한 번도 나를 배에 태우신 적이 없었다. 바다에서 무엇을 보고 무엇을 만났는지, 절대 나를 바다에 들이지 않으셨다. 바다에 나가지 않으면 바다가 거두는 제물을 잃지 않으리라 믿으셨던 걸까. 나는 그런 아버지의 노력으로 살아남은 것인지도 몰랐다.

해가 떠오르기 전에 하루를 시작하고 해가 지기 전에 하루를 마치는 무하도 사람들과 달리, 나는 밤을 지새우다 아침이 되어서야 잠에 들었다. 빛이 사라져 어둠이 되고 어둠에서 다시 빛이 태어나는 시간은 나를 매료시켰다. 밤과 새벽은 내가 진정으로 살아 숨 쉬는 시간이었다. 몸을 짓이겨 일을 마치고 온 아버지와 어머니가 잠에 들면 그들이 삶의 시름에 앓는 소리를 들으며 어둠으로 물든 천장을 보았다. 밤이 되면 수백 년 동안 검은집에 밴 향香이 더 짙어졌다. 한지를 바른 창을 통해 들어오는 달빛이 집 안의 모든 것을 희미하게 비췄다. 나는 밤새도록 빛과 어둠이 뒤섞이는 모습을 바라보았다.

새벽이 되면 아버지와 어머니는 다시 검은 바다로 나아 갔다. 나는 그들이 사라진 검은 바다를 오랫동안 바라보고 나서야 검은집으로 돌아와 깊은 잠에 들었다.

"리하야."

"네."

어둠 속 아버지는 그림자 같았다.

"살다가 마음이 어두워지면,

새벽마다 떠오르는 해를 봐."

그것은 아버지가 남긴 마지막 말이 되었다.

바다가 어머니마저 거둔 뒤 나를 일 년 만에 검은집에서 나오게 한 것은 아버지의 유언이었다. 나는 어둠에서 나와 다시 깜깜한 어둠을 걸어 망산에 올라 해가 떠오르는 것을 보았다. 새롭게 태어난 해는 검붉은 빛에서 점점 맑은 핏빛으로 변했고 이내 영롱한 황금빛에서 흰빛이 되었다. 나는 어둠 속에서 태어난 해를 오랫동안 바라보았다.

그날 이후 새벽마다 검은집 남쪽 아래에 있는 망산에 올랐다. 망산은 바랄 망望이라는 한자를 써 소원의 산이라 불렸다. 제물을 잃은 무하도 사람들은 망산에 올라 절망 앞에서 희망을 빌었다. 매일 길이 사라진 어둠 속을 걸어 망산에 올라 해가 태어나기를 기다렸다. 해가 태어나기 전부터이미 세상의 어둠은 희미해졌다. 해는 힘겹게 지평선을 찢고 솟아올랐다. 어둠 속에서 떠오르는 해는 세상에 갓 태어난 새빨간 핏덩이 같았다. 아버지는 칠흑 같은 어둠 속에서 태어나는 해를 보며 살아가려는 마음을 모으셨던 걸까. 아버지가 가르쳐준 것을 재현에게도 가르쳐주고 싶었다.

"몇 시에 일어나요?"

내가 물었다.

"늦어도 6시 전에는 일어나요."

"해가 떠오르는 거 본 적 있어요?"

"일출이요?"

"네."

재현은 잠시 생각에 잠겼다.

"군대에서 몇 번? 기억이 잘 안 나요."

"내일부터 우리 태어나는 해를 보러 가요."

"태어나는 해?"

"난 새벽마다 해가 태어나는 걸 보러 가요. 아직 섬이 어둠 속에 잠들어 있을 때 사라진 길을 따라 망산에 올라요. 무하도 사람들이 소원을 비는 산이에요. 어둠 속을 걷다 보면 숨소리만 들려요. 숨소리에 귀 기울이면 모든 생각이 사라지고 살아 있다는 감각만 남아요. 그 감각을 기억해요. 다시 잊을 테니까. 숨이 된 채 걷다 보면 어느덧 푸른빛이 밝아와 잠들어 있던 섬이 깨어나요. 그 빛 속에서 해가 태어나길 기다려요.

지평선을 찢고 핏덩이 해가 태어나면 세상의 모든 것이 핏빛으로 물들어요. 어둠이 숨겨줬던 슬픔이 빛 아래 드러나요. 기쁜 순간일 텐데 처연해져요. 매일 해가 태어나는 순간을 바라봤어요. 어둠 속에서 태어나는 해를 보고 있으면 괜찮아, 라는 마음이 들어요. 언젠가 내게도, 하고 바라게 돼요."

시린 겨울바람이 불어와 내 슬픔들을 거두었다.

"나도 보고 싶어요. 리하 씨가 보는 거."

재현의 차가워진 손이 내 차가워진 손을 감쌌다.

다음 날 새벽, 우리는 길이 사라진 어둠 속을 함께 걸었다. 재현은 처음 길을 걷는 사람처럼 걸음이 더뎠다. 내가 걸음을 늦춰도 자꾸 뒤처졌다.

"힘들어요?"

"괜찮아요."

재현은 가쁜 숨을 내쉬며 말했다. 걸음을 계속 늦췄지만 재현의 거친 숨은 잦아들지 않았다.

"처음인 것 같아요."

재현이 잠시 걸음을 멈추고 말했다.

"숨소리만 듣는 거."

재현은 눈을 감고 숨소리에 귀를 기울였다. 나는 재현의 감은 눈을 바라보았다.

"심장소리 들어봐요."

목소리가 가녀리게 떨렸다.

"그 소리, 가슴을 내리치는 소리 같아요. 제발, 애원하는."

나는 오래전 기억을 보고 목소리를 듣는다.

몸부림치는 아이가
죽은 자의 가슴을 내리치고 내리친다.
엄마, 제발.
아이의 무너진 마음이 눈으로,
입으로 흘러내려 말이 뭉개진다.
엄마, 제발.
아이는 죽은 자를 내리치며 숨을 쉬라 한다.
제발, 살아나라 한다.
제발.

"살고 싶지 않을 땐
눈을 감고 그 소리를 들었어요."

숨소리를 들으면
내가 아직 살아 있다는 것을 알 수 있었다.

박동하는 심장소리를 들으면
죽고 싶은 마음에 살고 싶은 마음이 생겼다.
제발, 애원하며 죽음을 내리치는 소리가 가슴에 맺혔다.

푸른빛 속에서 태어날 해를 기다리면
아무런 희망도 없는 마음에
무언가 기다리는 마음이 생겼다.

매일 그 마음들을 모았다.

그날 이후로 죽음을 원하던 재현의 마음에도 살려는 마음과 기다리는 마음들이 쌓여갔다.

하루 종일 쉬지 않고 나무를 깎아 만들 수 있는 정령은 한두 개였다. 그나마도 밑 작업이 다 끝난 나무를 바로 조각할 때 가능한 수였다. 절벽에서 주워 온 죽은 나무들은 바로 쓸 수 없었다. 죽은 나무들의 장례를 치르는 것이 정령을 만들기 위해서 하는 첫 번째 일이었다. 뿌리 잘린 나무들은 망자亡者처럼 살아 있을 적의 몸을 잃었다. 햇빛과 물기, 바람이 죽은 나무의 몸에 스며 부풀게 하고, 뒤틀리게 하고, 쪼그라들게 했다. 풍장한 시체처럼 죽은 나무들은 장례가 끝나면 다른 몸이 되었다. 시간이 충분히 흐르면 물을 머금고 부풀어 오르고 쪼개져 새로운 틈이 생긴 나무의 거친 가죽을 대패로 깎았다. 오랜 시간 동안 섬의 모든 날

씨를 견뎌낸 껍질이 벗겨지면 톱으로 손바닥 너비만큼 토막을 내었다.

한 달에 한 번은 절벽에 가 죽은 나무를 모았고, 일주일 내내 장례를 치르고 나면 새로운 몸을 갖게 된 나무를 다듬어 밑 작업을 했다. 물방울 모양의 나무토막에 하나하나 결을 새기는 시간은 쉬지 않고 여섯 시간이 넘게 걸렸다. 그 시간 동안 묵묵히 죽은 나무에 기억들을 새겼다. 어른들은 하루 종일 가격조차 없는 정령만 깎는 나를 나무라면서도 잡은 생선, 물질한 해물 들을 가져다주곤 하셨다.

"매일 그렇게 힘들게 일하지 않아도 돼요."

절벽 위에 앉아 검은 바다를 보던 내게 재현이 말했다.

"쉬운 방법도 있어요. 내가 알려줄게요."

재현은 배우는 게 서툰 사람 같았다. 그는 모르는 것을 배우려 하지 않았다. 내가 왜 무하도에서 혼자 살아가는지, 왜 하루 종일 정령을 깎는지 재현은 한 번도 묻지 않았다.

"정령은 팔기 위해서 만드는 게 아니에요."

시린 겨울바람을 들이마셨다.

"나는 아버지와 어머니를 모두 잃었어요. 난 기억을 새기고 있는 거예요."

재현은 한동안 아무 말도 하지 않았다.

절벽에서 내려와 검은집에 다다를 때까지도 그는 침묵 속에 있었다. 뒤돌아 검은집으로 들어가려 하자 재현이 손을 잡았다. 그의 손이 몸에 닿자 섬짓한 두려움이 덮쳤다. 빼앗긴 것을 되찾으려 그의 손에 잡힌 손을 힘주어 당겼다. 재현은 나를 놓아주지 않았다. 나는 숨을 멎게 하는 불안을 견디며 재현을 바라보았다.

"가지 말아요. 당신에게 이야기하고 싶어요."

그가 애원했다. 그의 애원이 허공에 흩어져 하얀 연기가 되었다.

"내일… 내일 해요."

나는 떨리는 목소리로 말했다. 살을 에는 겨울바람이 거세게 불었다.

"너무 추워요. 오늘은 돌아가는 게 좋겠어요."

"오늘 말하고 싶어요. 당신에게 모두 다."

바다가 어머니를 거둔 뒤 처음으로 검은집에 다른 사람을 들였다. 낡은 평상에 재현을 앉게 하고 장작을 가져와 불을 피웠다. 겨울 한기에 메마른 나무들은 쉬지 않고 타닥타닥 소리를 내며 타올라 새빨간 불꽃이 되었다. 죽은 나무가 타올라 태어난 불꽃은 아름다웠다. 죽음이 잉태한 생명은 늘 경이로웠다. 타오르는 불꽃이 어둠을 옅게 하고 몸에 스민 한기를 사라지게 할 즈음 재현은 고백告白을 시작했다.

"어려서부터 돈을 빨리 벌고 싶었어요. 대학에 입학하고 나서부터 쉬지 않고 일을 했어요. 군대에 가 있던 두 해를 제외하고는 계속 돈을 벌었어요."

재현은 아주 오래된 기억들 사이를 헤매듯 가끔씩 말을 멈추고 생각에 잠겼다.

"가난으로부터 도망치고 싶었어요. 더 많은 돈을 주는 곳을 끊임없이 찾았고, 찾아내면 미련 없이 다니던 곳을 그만뒀어요."

"다니던 곳을 어떻게 매번 그만뒀어요?"

무하도를 떠나려 하지 않는 나와 달리, 재현은 늘 새로운 구원을 찾아 자유롭게 떠나는 사람 같았다.

"쉬워요. 줄 수 없는 걸 요구하면 돼요. 이직할 곳과 협상한 연봉보다 더 높게 말하면 어떤 곳도 날 잡지 않았어요. 내가 원하는 걸 줄 수 없으니까."

재현은 자신이 만들어온 인생을 냉소적인 목소리로 말했다.

"일이 힘들진 않았어요?"

"즐거웠어요. 그냥 질주하는 거 같았어요. 얼마큼 노력하고 얼마나 이뤘는지 항상 눈에 보였으니까. 분명하지 않은 건 하나도 없었어요. 돈을 벌수록 어렸을 때부터 가졌던 수치심도 조금씩 사라졌어요. 차를 샀고, 집을 샀고, 더 많은 돈을 벌었고, 더 비싼 차를 샀어요. 점점 더 많이 일했고 쉬지 않았어요. 멈추면 내가 가질 수 있는 것들이 모두 사라질 테니까. 주말도 휴가도 없이 거의 모든 시간을 쉬지 않고 일했어요."

재현이 살아온 인생은 나와 너무 달랐다.

"불행으로부터 도망쳐 다시는 날 찾을 수 없는 곳에 이르고 싶었어요."

그의 눈은 아무것도 보지 않았다.

"그러다 어느 날 예전에 같이 일했던 선배가 회사를 그만두고 자기와 일하자고 제안했어요. 재작년에요. 스물아홉이 되던 해에."

우리는 한동안 우리 앞에 있을 검은 바다를 바라보았다. 아무것도 보이지 않아 파도소리만 들려왔다. 사위어질 자신의 운명을 모른 채 타오르는 불꽃만이 어둠 속에서 빛났다. 아무도 살지 않는 세상 끝에 재현과 나, 단둘만 남은 것 같았다.

"선배는 아무런 대가 없이 모든 걸 가르쳐줬어요. 아버지가 없어서 배우지 못한 것들도 그에게 배웠어요. 그는 내가 가질 수 없던 것들을 갖게 했어요. 좋은 직장, 많은 돈, 중요한 인맥, 선망하던 성공. 선배가 가진 것들을 나도 갖게 됐어요."

"그럼 선배의 말을 따랐겠네요."

"선배와 함께라면 성공뿐일 거라 믿었어요."

"그날도 꿈을 꿨어요?"

"네. 그날도 꿈을 꿨어요."

재현은 설원의 꿈 이야기를 시작했다. 그의 눈은 다시 기억 속에 갇혀 아무것도 보지 않았다.

"아주 추운 곳이었어요. 히말라야 설원雪原 같았어요. 어디를 둘러봐도 하얀 눈뿐이었어요. 설원은 눈으로 덮인 거대한 늪 같았어요. 무릎까지 파묻혀 아무리 허우적대도 같은 곳인 듯했어요. 하염없이 눈이 내려 걸어온 길이 계속 사라졌어요. 난 다리가 잘린 채 설원에 박힌 사람처럼 어디로도 나아가지 못했어요. 어디로도 간 적 없고 어디로도 갈 수 없는 사람 같았어요. 이대로 죽을 거라는 예감이 들었어요. 거친 숨이 안개로 변해 눈앞이 계속 흐려졌어요."

나도 그의 꿈속에 있는 듯했다.

"나는 결국 어디로도 가지 못했어요. 내가 이른 곳은 설원의 끝이었어요. 끊어진 길 아래 아득한 심연이 보였어요. 결국 여기로 왔구나, 마음이 놓였어요. 난 발을 내디뎠어요.

사람들은 자살한 사람이 죽고 싶어서 죽었다고 믿어요. 그들은 영원이 뭔지 몰라요. 죽고 싶어서 죽는 게 아니에요. 끝이 없어서 죽으려 하는 거예요. 더 이상 살고 싶지 않은데, 아무리 노력해도 결국 다시 살고 싶지 않아지니까. 그 반복이 끝이 없으니까 스스로 끝을 내는 거예요. 그래야 살 테니까."

난 재현이 그 꿈에서 깨어나길 바랐다.

"그래서 깨어났어요?"

"아니요. 꿈은 계속됐어요. 눈을 떴는데 거대한 흰곰이 보였어요."

"곰이요?"

"네. 몇 번 눈을 감았다 떴어요. 희미한 형상이 점점 선명해졌어요. 자세히 보니까 아주 커다란, 자기 두 배는 되는 새하얀 곰가죽을 걸친 남자였어요."

"선배였어요?"

"얼굴이 보이지 않았어요. 그런데도 그 남자를 선배라고 생각했어요. '어, 선배가 여기에 어떻게 왔지?' 하는 생각이 들었지만 몸을 움직일 수 없었어요. 움직일 수 없는 건지, 움직이기 싫은 건지 구분할 수 없이 무력하기만 했어요. 선배는 한참 동안 날 가만히 내려다보다 따라오라는 손짓을 했어요."

"무섭지 않았어요?"

"무섭지 않았어요. 선배가 구해주려고 왔구나, 하는 생각뿐이었어요. 선배는 늘 날 구원해 줬으니까."

"선배가 안내한 곳은 어디였어요?"

"선배는 아무 말 없이 동굴 깊은 안쪽까지 걸어갔어요. 한 번도 뒤돌아보지 않고 앞장서서 걷기만 했어요. 선배를 계속 불렀지만 내 목소리가 들리지 않는 것 같았어요. 우리는 아주 오랫동안 계속 걸었어요. 선배는 마침내 모닥불이 피워져 있는 곳에 멈춰 섰고 모닥불 앞에 앉았어요. 더 이상 걸을 수 없을 것 같아 나도 선배 옆에 주저앉았어요. 몸속까지 스민 한기가 사라지지 않아 몸이 들썩이듯 떨렸어요. 선배는 입고 있던 가죽을 벗어서 날 덮어줬어요. 난 거대한 곰에게 삼켜지듯 그 새하얀 가죽에 파묻혔고 곧 깊은 잠에 빠졌어요."

우리 사이에는 잠시 침묵이 흘렀다.

"그 꿈은 좋은 징조였어요?"

자신의 꿈을 예언자의 꿈으로 여기는 재현에게 물었다.

"그게 끝이 아니었어요."

"그 뒤로도 꿈이 이어졌어요?"

"네."

재현은 설원의 꿈 이야기를 다시 시작했다.

"눈을 떠보니 모닥불은 이미 꺼져 있었어요. 몇 년을 잠들었다 깨어난 것 같았어요. 어디선가 희미한 빛이 새어 나와 동굴 안을 채웠어요. 다시 뼛속까지 냉기가 스며들어 몸이 걷잡을 수 없이 떨렸어요. 간신히 몸을 일으켜 주위를 둘러봤어요. 어디에도 선배 모습은 보이지 않았어요. 선배, 선배 하고 불러봤지만 아무 소리도 들리지 않았어요."

재현은 잠시 이야기를 멈추고 무겁게 숨을 내쉬었다.

"그리고 공포에 짓눌려 깨어났어요."

"왜요?"

"덮고 있던 하얀 곰가죽이 온통 피로 물들어 있었어요. 나도 피투성이였어요. 사방에 물든 새빨간 피가 내 몸에서 흘러나온 건지, 곰가죽에서 흘러나온 건지 알 수 없었어요."

나는 모든 것이 핏빛으로 물든 재현의 꿈에 놀라 몸을 움츠렸다.

"이전 꿈들과 달리 그 꿈의 의미는 한참 지나서야 알게 됐어요."

"가진 것들을 모두 잃었어요?"

나도 모르는 목소리가 흘러나왔다. 재현의 커다란 두 눈에 담긴 검은 눈동자가 굳어졌다.

"당신도 예언자예요?"

"네?"

"무하도에 대대로 미래를 보는 예언자들이 있었다고 했잖아요. 당신에게도 미래가 보여요?"

"아니요. 나는 예언자가 아니에요."

나는 미래를 보는 꿈을 꾼 적이 없었다.

"그런데 내 꿈의 예언을 어떻게 알아요?"

재현의 꿈 이야기를 들으면 자연스럽게 그가 겪을 일이 떠올랐다. 선배와 사업을 시작하고, 가진 모든 것을 잃고, 죽음이 재현을 찾아가는 것이 보였다. 꿈은 재현에게 생의 대가로 제물을 거둘 것이라 말했다. 나에게는 꿈이 말하는 목소리가 들렸다.

"재현 씨는 원하던 것을 이뤘겠지만 그러는 사이에 무언가를 잃어버렸을 거예요. 절대 잃어서는 안 되는 걸."

나는 몸을 더 웅크렸다. 말하는 동안 재현의 꿈에 배인

한기가 그대로 몸에 스며들었다. 몸의 떨림이 두 손으로, 입술로 퍼져갔다.

"아무도 그런 이야기를 해주지 않았어요."

"어머니에게 물어보지 않았어요? 꿈을 꾸면 어머니께 물어본다고 했잖아요."

재현은 한동안 말이 없었다.

"어머니와 더 이상 같이 살지 않아요. 어머니는 여동생과 함께 살아요. 난 선배와 동업을 시작하면서 회사를 그만두고 집을 나왔어요."

"어머니가 반대하지 않았어요?"

"아무리 노력해도 우리 집 형편은 크게 나아지지 않았어요. 난 아버지 없이 자랐어요. 우리가 셋이 된 뒤로 어머니는 여기저기서 돈을 빌렸어요. 우리는 누더기같이 모인 돈으로 살아갔어요."

"몇 살 때부터요?"

"여덟 살 때부터. 처음부터 어머니는 삶의 비루함을 견딜 수 있는 사람이 아니었어요. 어머니는 태초에 하나에서 모든 인연이 시작된다는 일연교를 믿었어요."

"모든 것은 원래 하나이니, 우리가 겪는 수많은 기쁨과 고통도 결국 꿈이 되리라."

"리하 씨도 일연교를 알아요?"

"고대종교를 배운 적이 있어요. 일연교의 믿음은 고대부터 있었어요."

"당신도 일연교를 믿어요?"

"아니요. 나는 종교가 없어요. 무하도에서는 아무도 종교를 갖지 않아요. 나는 하나인 둘을 믿어요."

"하나인 둘?"

"네. 죽음과 삶, 사랑과 슬픔이요."

"그 둘이 하나라고 믿는 거예요?"

"둘은 하나예요. 하나만은 가질 수 없는, 하나를 가지려면 반드시 다른 하나도 가져야 하는. 삶은 대가로 제물을 거두고 사랑은 삼킬 수 없는 슬픔을 줘요. 삶을 원하면 죽음을, 사랑을 원하면 슬픔을 함께 받아야 해요. 둘은 원래하나니까."

재현은 잠시 생각에 잠겼다.

"어머니는 일연교를 좋아했어요."

"어머니에게는 그런 믿음이 필요했는지도 몰라요. 우리가 겪는 모든 고통도 결국 환상일 뿐이라는 믿음이."

"어머니는 일연교가 만든 세상에서만 살았어요. 우리가 먹고 숨 쉬고 잠들 때마다 빚은 늘어나기만 했어요. 대학을 졸업하고 난 많은 빚을 물려받았어요. 가난은 헤어나올 수 없는 늪 같아요. 발버둥 칠수록 더 깊이 빠져드는. 더 많은 돈을 벌어도 내 마음은 항상 그곳에 있었어요. 난 그런 이십 대를 보냈어요. 무엇을 가져도 가난한. 더 이상 그렇게 살고 싶지 않았어요. 어머니로부터 벗어나고 싶었어요."

"집을 나와서 선배와 사업을 시작했어요?"

"네. 선배와 새로운 사업을 시작하고 몇 달은 행복하기만 했어요."

고백

"집을 나와서는 혼자 지냈어요?"

재현은 조금씩 내리기 시작하는 비를 바라보았다. 그는 아무 말도 하지 않았다. 겨울비는 빠르게 몸의 온기를 앗아 갔다. 나무를 삼키며 타오르는 불꽃에 바람이 일자 새빨간 불씨들이 흩날려 어둠 속으로 사라졌다. 불꽃은 나무와 바람을 먹고 힘을 얻어 일렁이다 사위어갔다. 나는 죽은 나무 몇 개를 숨이 잦아드는 불꽃 속에 넣었다.

"오래 만난 여자친구가 있었어요."

재현의 고백에 마음이 일렁였다.

"우린 대학에서 만났어요. 대학을 다니고, 입대해서 제대까지, 취직을 하고 이직을 했던 이십 대를 그녀와 보냈어요."

재현은 한동안 말을 잃은 채 지나간 기억들을 회상했다.

"어머니는 여자친구를 좋아하지 않았어요. 그녀는 우리가 믿는 일연교를 믿지 않았어요. '난 그 믿음이 싫어. 그 믿음이 널 망칠 거야' 그녀는 같은 말만 했어요. 결국 나도 점점 그녀의 말을 믿게 됐어요."

"집을 나와서는 여자친구와 함께 살았어요?"

"여자친구는 결혼을 원했지만 난 결혼을 원하지 않았어요. '결혼하고 싶지 않아' 난 같은 말만 했어요. 내가 살면서 본 유일한 결혼은 불행한 저주였으니까. 그래서 우리는 타협점을 찾은 것처럼 결혼하지 않은 채 같이 살기 시작했어요. 둘이 머물 수 있는 곳을 찾았고 둘만의 인생을 시작했어요."

재현은 비를 맞으며 이야기를 계속했다.

"그 무렵 오랫동안 잊었던 아버지 모습이 떠올랐어요. 어둠 속 술에 취한 아버지의 모습이요."

"아버지 꿈을 꾸기 시작했어요?"

"아니요. 문득문득 잔상처럼 떠올랐어요. 일을 하다 문득, 밥을 먹다 문득, 잠에서 깨어 문득. 아버지의 모습은 벗어날 수 없는 저주 같았어요. 아버지와 난 여전히 이어져 있었어요. 아버지 잔상이 떠오를 때마다 뭔가를 미친 듯이 사들였어요. 대출을 받고, 주식을 사고, 부동산을 사고, 쓸모 있는 것도, 쓸모없는 것도 샀어요. 미친 듯이 사들이는 게 내 일이 됐어요. 내가 가지면 쓸모 있는 것도 쓸모없어 졌어요. 엉망이 되어가는 걸 알았지만 멈출 수 없었어요.

가족의 굴레를 겨우 벗자 새로운 굴레가 씌워졌어요. 그녀가 내 새로운 굴레가 됐어요. 밤마다 목이 졸리는 꿈을 꿨어요. 여자친구를 안고 싶은 마음도 들지 않았어요. 아버지 잔상만 더 선명해졌어요. 그녀도 내 어둠에 물들었어요. 우리는 대화도 하지 않고 서로를 그림자처럼 대하며 지냈어요."

재현은 여기에 없는 것 같았다.

"선배와 시작한 사업은 어떻게 됐어요?"

"선배는 사업을 시작하고 여기저기서 문제가 있는 투자금을 받았어요. 함께 일하면서도 그런 사실을 전혀 몰랐어요. 선배는 나처럼 두려움을 가진 사람도, 무엇에 집착하는 사람도 아니었거든요. 그는 결핍이 없는 사람이었어요. 나와 사업을 시작한 뒤에도 선배는 이지적이고 자유로운 모습 그대로였어요. 기품 있는 옷차림, 유머가 깃든 말, 섬세한 배려, 여유가 있는 태도를 잃은 적이 없었어요. 내가 망가져갈 때도 날 격려하며 다정하게 조언해주고는 했어요.

'재현, 너무 조급해하지 마. 유토피아에 도착해도 또 다른 문제가 있으니까'

그게 선배가 자주 말하는 인생의 황금률이었어요.

'사람들은 늘 어딘가에 이르려고 해. 유토피아 경주에 참가한 것처럼. 그게 마음을 불행하게 하는 거야. 유토피아에 도착해도 문제는 있어. 유토피아의 문제. 그러니 그냥 지금을 즐겨'

그런 이야기를 할 때면 선배는 무엇에도 예속되지 않은 사람 같았어요. 그는 내가 도망치려고 노력했던 모든 것으로부터 자유로운 사람이었어요. 가난, 수치심, 조바심, 굴레 같은 가족, 벗어날 수 없는 저주가 내리지 않은 사람. 난 그런 선배를 동경했어요."

"그 선배는 어떻게 됐어요?"

재현은 한동안 침묵했다. 그에게만 시간이 멈춘 듯했다.

"죽었어요."

재현의 말에 차갑게 젖은 어머니의 시신이 섬광처럼 스쳤다. 나는 두 눈을 짓이기듯 감았다.

"선배는 자살했어요. 아무 말도 없이. 유서도, 간단한 메모조차 남기지 않았어요. 어제와 모든 것이 똑같던 날이었어요. 미팅을 끝내고 회사로 돌아온 밤, 검은 허공에 매달린 선배를 봤어요."

재현은 다시 침묵에 잠겼다. 나는 떨림을 잠재우려 가는 숨을 쉬며 꺼져가는 불꽃을 바라보았다.

"그날 이후 내 인생은 완전히 망가졌어요. 선배의 죽음을 시작으로 불행이 하나씩 찾아왔어요. 선배가 했던 일들은 철저하게 파멸을 목적으로 계획된 것 같았어요. 투자금, 대출, 주식, 부동산은 뫼비우스의 띠처럼 이어져 서로를 완전히 망가뜨렸어요. 선배가 자살하자 사람들은 날 전염병처럼 대했어요. 그 일로 난 업계에서 추방됐어요.

실은 이 섬에 처음 온 게 아니에요. 한 달 전에 여기에 온 적이 있었어요. 겨울이 시작되기 전, 11월에요."

나는 재현을 기억하지 못했다. 정령을 가져가는 사람들은 항상 나에게 자신의 일부를 남기고 갔다. 그들은 내가 자신을, 자신이 두고 가는 슬픔을 기억하게 했다. 나는 정령을 가져간 사람들을 모두 기억했는데 재현은 기억에 없었다.

"그때 배에서 내리자마자 나루터 앞에서 나무를 깎던 당신을 봤어요. 바람에 흩날리는 긴 머리, 핏기 없는 새하얀 얼굴, 나무를 바라보는 고요한 눈빛, 굳게 다문 핏빛 입술. 당신은 배에서 내린 사람들이 곁에 모여들어도 전혀 신경 쓰지 않았어요. 나무 깎는 일에 몰입해 당신만 다른 곳에 있는 듯했어요. 시리도록 파란 옷을 입은 당신을 오랫동안 바라봤어요. 당신을 계속 보고 싶다고 생각했어요.

선배가 죽을 때 가져간 것들은 끝내 돌아오지 않았어요. 늘 약에 취해서 지냈어요. 살아 있지만 이미 죽어버린 것 같았어요. 살고 싶은 마음도, 아무런 희망도 없이 그냥 살았어요."

"그런 것들이 없어도 살아지니까. 관성처럼."

"관성처럼."

재현이 나의 말을 되뇌었다.

"왜 다시 왔어요?"

"처음 왔을 때는 섬을 둘러보지 않았어요. 그냥 나루터 근처에 앉아서 당신을 계속 지켜봤어요. 마지막 배가 오는 시간까지. 당신은 그동안 고개조차 들지 않고 나무만 깎았어요. 당신의 세상에는 당신과 정령만 있는 것 같았어요. 정령만 원하는 당신을 오래도록 바라봤어요. 시간을 잊었는데 어느새 마지막 배가 왔고, 다시 서울로 돌아가 약에 취한 채 똑같은 하루하루를 보냈어요. 매일 똑같은 꿈을 꾸는 것 같았어요.

선배가 준 불행은 오래 이어졌어요. 하염없이 법원, 은행, 병원을 전전했어요. 벗어날 수 없는 불행의 고리를 영원토록 헤매는 것 같았어요. 일 년이 지난 지금도 난 여전히 그곳에 갇혀 있어요. 서울에서 지내는 동안 계속 당신을 생각했어요. 자꾸 당신이 떠올랐어요. 당신 잔상을 보게 된 뒤로 아버지 잔상은 더 이상 보이지 않았어요."

나는 가만히 재현의 이야기를 들었다.

"그동안 있었던 이야기를 하는 것도 처음이에요."

"어머니나 여자친구에게 말하지 않았어요?"

"아무한테도 말하지 않았어요. 어머니도 그녀도 내 불행에 물들었어요. 그들은 점점 말을 잃었고 나로부터 멀어졌어요. '넌 곁에 있는 사람을 불행하게 해' 그들은 같은 말만 했어요. 당신은 내 이야기를 들어줄 수 있는 유일한 사람이에요. 불행은 당신을 물들이지 못해요."

나는 재현이 가진 불행에 숨이 막힐 듯 이끌렸다. 그것은 이성적인 이끌림이 아니었다. 내가 재현에게 갖는 마음은 모든 것을 잃고 폐허가 된 곳에서 다시 삶을 시작하려는, 유민이 붙들고픈 실낱같은 희망이었다. 나는 재현이 나와 같은 것, 불행의 낙인을 갖고 있어 닫혀 있던 마음을 그에게 열어주었다.

"보고 싶었어요. 당신을 보면 다시 살아갈 수 있을 거 같았어요."

재현은 나를 향해 몸을 돌렸다.

"곁에 있어줘요. 당신이 없으면 안 돼요."

달빛이 그의 얼굴을 비췄다. 재현은 차갑게 굳은 손으로 아린 내 얼굴을 감싸고 키스를 했다. 그의 손, 입술에서 전해진 떨림이 내 뺨, 입술에 닿았다. 나는 두려움에 눈을 감은 채 재현을 받아들였다. 그날 밤 우리는 겨울밤, 검은 바다, 시린 바람, 타오른 불꽃, 차가운 비, 파도소리, 짙푸른 달빛이 새겨진 첫 키스의 기억을 가졌다.

그날 이후 재현은 살아남으려는 내 인생을 배워갔다. 그는 새벽마다 망산에 올라 태어나는 해를 보고, 하루 종일 정령을 깎아 기억을 새기며, 빛이 소멸하는 길을 따라 세상이 사라진 밤바다로 가, 야경을 모으는 내 삶을 함께했다. 우리는 하루도 빠지지 않고 신전의 사제들처럼 모든 의식을 신성하게 치렀다. 재현은 눈에 띄게 달라졌다.

뒤엉킨 두 개의 몸

유난히 봄 같던 어느 날, 나루터 아저씨는 넌지시 나의 마음을 물으셨다. 아저씨는 아버지, 어머니와 막역한 사이였기에 무하도의 다른 어른들보다 나를 더 가여워했다.

"리하야, 섬을 떠나려고 해?"

정령을 깎는 내 곁에 한참을 앉아 있던 아저씨가 물었다. 예상치 못한 물음에 놀라 정령을 깎던 손을 멈추고 아저씨를 바라보았다.

"그냥. 네가 섬을 떠날 것 같아서."

무언가를 그리워하듯 아저씨는 먼바다를 바라보았다.

"저는 이 섬과 한 몸이에요."

그걸 모를 리 없는 아저씨였다. 아저씨는 시력이 좋은 무하도 사람들과 달리 안경을 쓰고도 시력이 나빴고 유일하게 섬에서 책을 읽는 사람이었다. 그는 바다에 몸을 부딪쳐 사는 어부라기보다 혹세에 휘갈겨져 죄 없이 유배당한 학자 같았다.

아저씨의 아내는 밝은 섬 소도昭島에서 온 사람이었다. 소도는 무하도에서도 배를 타고 한 시간이 걸리는 곳에 있는 외딴섬이었다. 나는 어머니로부터 아저씨의 이야기를 들었다. 아저씨는 어느 날 배를 몰고 혼자서 소도로 갔다고 했다. 본섬과 달리 다른 군도와 왕래하지 않는 무하도에서는 처음 있는 일이었다. 무하도는 다른 군도와 다르게 가까이에 다른 섬이 없는 외딴섬이었다. 무하도 사람들은 무하도에서 태어났고, 자랐고, 죽었다. 아저씨는 무하도 사람들이 사는 방식을 거스르고 소도에 가서 아내를 만났다. 사랑하는 이를 찾으러 배를 타고 떠난 아저씨는 사랑에 눈먼 사람 같았다. 나는 그런 아저씨가 좋았다.

소도에 살던 아내가 무하도로 와서 둘은 하나가 되었고 무하도는 둘에게 아이를 주었다. 아내가 아이를 밴 지 여덟 달이 되었을 때 아저씨는 섬을 떠나 육지에 가서 아이를 낳으려 했다. 섬에서 아이를 낳는 무하도 사람들과 달리 아저씨는 몸이 약했던 아내를 위해서 무하도의 삶을 또다시 거슬렀다. 아내와 몇 달 떠나 있을 간소한 짐도 모두 꾸려두었던 어느 날, 그해는 여름도 되기 전에 폭우가 며칠이나 이어졌다. 몸에서 피를 쏟아내다 고열에 정신을 차리지 못하던 아내는 꼬박 하루를 지새워 힘겹게 아이를 낳았다. 아이는 태어나서 첫울음조차 내지 않았다. 아내는 침묵을 듣고 의식을 잃었다. 섬이 가라앉을 듯 쏟아지는 폭우에 배조차 뜰 수 없는 날이 이어졌다. 아저씨는 아이를 먼저 잃었고, 생사를 오가는 아내를 보면서 미친 사람이 되었다가, 마지막으로 아내를 잃었다.

아저씨는 그 뒤로 섬의 불구가 되었다. 그도 다시는 어부가 되지 않았다. 아저씨는 계속 자기 곁에 머물 것은 두지 않았다. 그는 무하도에 잠시 왔다 떠나는 사람들이 오는 나루터를 열고, 있었다 사라지는 물건들로 나루터를 채웠다. 어려서부터 본 아저씨의 눈에는 물기가 어려 있었다. 더 이상 삼킬 수 없는 슬픔들이 아저씨의 몸에서 새어 나오는 것을 나는 볼 수 있었다.

"재현이는 섬에 머무를 사람이 아니야. 그 사람은 섬을 떠날 거야."

담배연기를 내쉬며 아저씨가 말했다. 아저씨가 내뱉는

담배연기는 비 온 뒤 섬에 내린 해무 같았다. 나는 아저씨 몸에 가득 찬 슬픔이 밴 담배연기를 좋아했다. 슬픔은 눈을 멀게 했기에 아저씨 몸에서 새어 나오는 담배연기도 세상의 모든 것을 흐릿하게 만들었다.

"그런 이야기 해본 적 없어요."

생각지도 못한 이야기에 마음이 거듭 일렁였다. 섬을 떠난다는 것은 나에게 기회가 아닌 형벌이었다.

"곧 이야기하겠지. 재현이는 신중하니까 준비를 마치면 너에게 말할 거야."

막연히 이런 일상이 계속되리라 믿었다. "날 믿어요"라고 말하는 재현이 언제까지나 내 곁에 있으리라, "당신 없인 살아갈 수 없어요"라고 말하는 재현은 어디로도 가지 않으리라 믿고 싶었다. 나는 아저씨의 물음에 대답하지 못하고 바다를 바라보았다. 섬을 떠난다는 건 생각조차 하지 않은 선택이었다.

다음 날부터 섬에 큰비가 내렸다. 며칠째 내리는 비로 배편도 끊기고 자연스레 나루터도 문을 닫았다. 나는 처음으로 나루터에 나가지 않고 집에 머물렀다. 비가 계속 내리는 며칠 동안 재현과 해를 보러 망산에 오르는 일도 쉬었다.

무하도의 산은 사람을 많이 타지 않아 비가 오면 뒤엉킨 진흙과 미끄러운 바위가 사람의 몸을 땅으로 빨아들였다. 매일 하루를 처음부터 끝까지 함께했던 우리는 섬에 내린 긴 폭우로 자연스레 멀어졌다. 그렇게 여섯 밤을 보내고도 비는 멈추지 않았다. 장마철도 아닌 날에 이렇게 긴 시간 비가 내린 것도 오랜만이었다.

검은집에서 지낸 엿새 동안 밤이 되면 한동안 쓰지 못했던 이야기를 썼다. 여섯 번째 밤에는 월광月狂 이야기를 지었다. 세상에 빛이 사라져 달빛만 남자 광인이 된 사람들은 길을 잃고 환영을 보며 서로를 해쳤다. 떨리는 손으로 새로 태어난 이야기를 흰 한지에 적었다. 먹이 채 마르지 않은 백지를 『기억의 서』에 묶으려 하는데 밖에서 낯선 소리가 들렸다. 숨을 멈추자 섬을 쓸어 갈 듯한 폭우소리보다 심장 소리가 더 크게 울렸다.

"리하 씨."

빗소리에 섞인 재현의 목소리가 들려왔다.

"리하 씨, 나예요. 재현."

다시 그의 목소리가 들려왔다.

"리하 씨, 안에 있어요? 나예요, 재현. 할 얘기가 있어요."

천천히 숨을 들이쉬고 내쉬어도 심장의 몸부림은 잦아

들지 않았다. 힘겹게 몸을 일으켜 문을 열자 재현이 폭우 속에 우산을 들고 서 있었다. 어둠에 섞여 있는 재현은 이 세상 사람이 아닌 것처럼 보였다.

"잘 지냈어요?"

재현의 입에서 흰 아지랑이가 흘러나와 허공에 흩어졌다.

"잠깐 이야기할 수 있어요?"

단지 여섯 날을 보지 않았을 뿐인데 그가 이방인처럼 느껴졌다. 그동안 우리가 함께 보냈던 시간이 모두 없던 일이 된 것 같았다. 내가 아무 말도 없이 서 있자 재현은 우산을 접어두고 금기의 땅을 넘어 방 안으로 들어왔다.

물이 뚝뚝 떨어져 내리는 재현은 한동안 방 안을 둘러보았다. 살짝 고개만 돌려도 다 볼 수 있는 작은방이었다. 바다가 보이는 커다란 창이 난 작은방에는 옷장, 책상과 의자 하나, 책으로 채워진 책장 하나가 전부였다. 모두 내가 어렸을 때부터 쓴 검은 고재로 만든 가구들이었다. 작은방에는 석류색 전등만이 빛나 모든 것이 희미했다. 겨울을 맞은 동백은 새빨간 꽃을 피워내고 있었다.

"리하 씨 방에는 아무것도 없네요."

"무슨 일 있어요?"

나는 재현에게 앉을 자리를 가리켰다. 우리는 단정히 개어둔 이부자리 옆으로 마주 보고 앉았다.

"며칠째 비가 내리네요."

재현은 대답이 아닌 다른 말을 했다.

"이렇게 오랫동안 비가 내린 건 몇 년 만이에요. 장마가 아니고는 일주일 내내 비가 내리지 않는데 올해는 유난히 오래 내리네요."

"며칠 너무 쓸쓸했어요."

재현의 검은 호수 같은 눈이 나를 보았다.

"보고 싶었어요."

재현은 잠시 나를 바라보다 몸을 기울여 내 얼굴을 감싸고 입을 맞췄다. 그는 숨이 막혀 부족한 숨을 구하려는 사람처럼 내 입술을 짓누르고 절박하게 숨을 들이마셨다. 나는 재현을 버티지 못하고 쓰러졌다. 차갑게 젖은 몸이 날 짓눌렀다. 아무리 밀어내도 재현의 몸은 움직이지 않았다. 벗어나려 할수록 바다에 삼켜지듯 내 몸은 재현의 몸 아래로 빨려 들어갔다. 섬에서 늘 주저하던 재현은 의지를 다진 사람처럼 조금도 주저하지 않았다. 옷이 벗겨지고 서늘한 손이 허벅지에 닿았다. 섬짓한 두려움이 몸을 타고 흘렀다.

"제발…."

애원을 한 것은 내가 아니라 재현이었다.

"곁에 있어줘⋯."

눈물 맺힌 검은 눈이 날 바라봤다. 하늘에서 빗방울이 떨어졌다. 헤어날 수 없는 심연이 날 집어삼켜 시간이 멈추고, 숨이 멎고, 벗어나려던 안간힘이 툭 끊어졌다. 눈 위로, 목, 가슴에도 빗방울이 떨어져 내렸다. 허물어진 내 몸 위로 차갑게 젖은 몸이 무너져 내렸다.

살아 있는 것에 닿고 싶은 마음이 재현을 받아들이게 해 두 몸의 부딪힘은 이내 서로를 삼키려는 뒤엉킴이 되었다. 우리는 쫓기는 사람처럼 가쁜 숨을 쉬고 흐느끼며 서로를 핥았다. 재현은 귀, 목, 어깨, 가슴에 문신처럼 자신의 흔적을 새기고 닫혀 있던 다리를 열어 자신을 받아들일 곳을 어루만졌다. 정신이 아득해져 눈을 감자 재현이 내 안으로 들어왔다. 파열된 숨과 가녀린 신음이 흘렀다. 난 두 다리로 재현의 허리를 휘감고 두 팔로 그의 어깨를 묶었다. 뒤엉킨 나무뿌리처럼 떨어지지 않는 한 몸이 된 우리는 어둠 속에서 쉬지 않고 서로의 텅 빈 몸을 흔들었다. 재현이 내 안에 닿을 때마다 절박한 숨과 애절한 신음이 거세졌다.

그 뒤로도 비는 여섯 밤을 더 내렸고 우리는 하루 종일 서로를 안았다. 하루에도 몇 번씩 재현은 내 안에 자신을 넣었고 나를 짓누르는 그의 몸 아래서 나는 미칠 것 같은 절정에 몸을 뒤틀었다. 그럴 때마다 재현은 움직임을 멈추지 않고 더 격렬하게 내 안을 몇 번이고 파고들었다. 우리는 서로의 몸을 어루만지다 지쳐 잠들었고 잠에서 깨어나면 다시 한 몸이 되었다. 재현은 이마부터 흔적을 새기다 그만이 들어올 수 있는 곳을 입술로, 혀로 핥아 나를 전율케 했다. 견딜 수 없는 쾌락에 몸을 비틀면 재현은 내가 고통스러워할 때까지 멈추지 않고 다시 애무를 시작해 또다시 절정에 이르게 했다. 그때 우리를 찾아왔던 불행들은 사라진 것 같았다. 세상에 재현과 나, 단둘만 있는 날들이 흘러갔다.

비가 그치고 밤의 시간이 끝나자 세상의 어둠이 옅어졌다. 우리는 방 안에 누워 서로의 몸을 어루만지며 새로운 하루가 시작되는 모습을 바라보았다. 한지를 바른 창과 문으로 점점 더 밝은 빛이 새어 들어왔다.

"리하."

"응?"

"같이 살고 싶어."

재현은 나를 끌어안으며 말했다.

폭우가 그치고 다시 돌아온 나를 아저씨는 걱정스러운 눈빛으로 바라봤다. 며칠 동안 오지 않는 나와 재현을 기다렸을 아저씨는 아무 말도 하지 않았다. 모든 것을 받아들이는 섬사람처럼 아저씨는 나에 대한 걱정도 받아들였다. 대신 늘 그랬던 것처럼 내가 정령을 깎을 수 있도록 자리를 만들어주셨다. 살갗이 벗겨진 나무, 정령을 품은 광주리, 태어날 정령, 연장 들이 다시 탁자 위에 놓였다. 울음을 삼킬 때마다 아버지가 그러했듯 아저씨는 가만히 내 머리를 쓰다듬었다.

"괜찮아. 아무 걱정 하지 마."

아저씨는 하고픈 많은 말을 삼켰다.

재현은 나를 안은 이후로 매일같이 서울 이야기를 꺼냈다. 섬을 떠나자는 재현의 말을 들을 때마다 아무런 대답도 하지 않았다. 우리는 영원히 끝나지 않을 대화를 반복했다. 재현은 응답받을 수 없는 구원을 빌었고 나는 대답할 수 없는 애원에 침묵했다. 겨울이 끝나고 봄이 되어서도 재현은 지치지 않았다.

"나는 섬을 떠날 수 없어요."

봄이 끝나고 여름이 시작되는 첫날 立夏.05.05, 나는 처음으로 재현에게 섬을 떠나지 않겠다는 대답을 했다.

"난 여기 계속 머물 수 없어요."

"재현 씨 무하도에서 와서 달라졌어요. 자주 웃고, 약 없이 잠들고. 우리 검은집에서 같이 살아요. 지금처럼 언제까지나."

"여긴 현실이 아닌 것 같아. 여기에 있으면 현실을 잊게 돼요. 내 현실은 아직 불행하고 난 여전히 거기에 있는데⋯ 여기에 있으면 자꾸 다 잊게 돼. 그래서 불행한 채로 영원히 거기에 남겨질 거 같아. 나랑 같이 서울에 가줘요. 일 년만이라도 좋아. 모든 게 정리되면 우리 다시 무하도로 와요."

나는 아무 말도 하지 않았다.

"나한텐 아무도 없어요."

그의 말이 가슴에 맺혔다.

"아무도 모르는 곳에 혼자 남겨진 것 같아.

제발 나에게 와줘."

그건 내가 가진 두려움이었다. 무하도 어른들은 사람마다 인생에서 겪을 수 있는 불행의 수가 정해져 있다고 했다. 나는 두 번은 버텨냈으나 그것이 마지막이라 생각했다. 이런 슬픔을 다시는 겪어내지 못할 것을, 그렇기에 한 번 더 불행이 닥치면 더 이상 살아갈 수 없으리라는 것을 알았다. 나는 자신을 살려달라고 애원하는 재현을 살려내고 싶었다. 그건 누군가 자신의 모든 것을 걸고, 불행의 숫자를 모두 써버린 날 지켜주길 바라는 마음이기도 했다.

4

———

강이 하나
흐르는 곳

———

이주

나의 인생은 여행가방 하나조차 채우지 못했다. 가방에 넣은 것은 옷 여섯 벌과 『기억의 서』 한 권이 전부였다. 내가 가장 많이 가진 것은 책이었다. 책장을 채운 많은 책 중에서 여섯 권을 골랐지만 결국 아무것도 가져가지 않기로 했다. 가방에는 내 모든 기억이 적힌 『기억의 서』 한 권만 남았다. 우리 세 가족이 썼던 가구, 물건 들도 모두 그대로 남겨두었다. 한때 세 명이 살았던, 이제 아무도 살지 않을 검은집은 모든 것이 그대로였다. 처음엔 아버지가, 다음엔 어머니가, 마지막으로 내가 검은집을 떠났다. 아저씨는 재현의 손을 잡고 서 있는 나를 먹먹히 바라보았다.

"아저씨…"

서글픈 마음이 차올라 끝내 말을 잇지 못했다.

"괜찮아, 리하야. 아무 걱정 하지 마.

모든 것이 여기에, 언제까지나 그대로 있을 거야."

이별 인사를 건네는 아저씨의 모습이 뭉개져 보였다.

무하도를 떠나는 배를 탄 것은 검정고시를 본 이후 처음이었다. 나는 재현이 곁에 있는데도 배 안에서 몇 번이고 그의 손을 다시 움켜잡았다. 배는 잿빛 부슬비가 내리는 바다를 가르며 뿌리 잘린 나를 어디론가 데려갔다.

무하도에서 군도의 본섬인 남해까지는 배를 타고 한 시간이 넘게 걸렸다. 배가 남해 동남쪽에 자리한 미조항에 닿자 해무처럼 흩날리던 부슬비는 폭우가 되어 쏟아져 내렸다. 미조는 미륵이 도운 마을이라는 뜻을 지닌 작은 별자리 항구였다. 새를 닮은 조도와 호랑이를 닮은 호도 외에도 열여섯 개의 작은 섬들이 미조 주위에 별처럼 떠 있었다. 남해에서 서울로 가려면 남해읍 터미널에서 시외버스를 타고 꼬박 다섯 시간을 넘게 가야 했다. 미조항에서 서쪽 남해읍까지, 다시 북쪽 서울로 쉬지 않고 가도 여섯 시간 넘게 차를 타고 가야 하는 먼 길이었다. 나는 그렇게 오랜 시간 동안 차를 타본 적이 없었다.

"순천에 가서 기차를 타고 서울에 가요."

기우는 노인처럼 몸을 기댄 나에게 재현이 작게 속삭였다. 나는 더 이상 서 있지 못하고 선착장 앞 간이의자에 주저앉았다. 폭우가 쏟아져 내려 얼굴을 아프게 두드렸다. 재현은 택시를 찾는 듯 길을 잃은 사람처럼 주변을 헤맸다.

"전화로 불러야 돼요."

택시를 찾지 못하고 당황한 채 돌아온 재현에게 말했다. 재현은 입고 있던 잿빛 겉옷을 벗어 빗속에 나를 숨기듯 내 몸을 덮었다.

"저기에 물어보면 연락처를 알려줄 거예요."

나는 손을 뻗어 선착장 맞은편에 있는 작은 가게를 가리켰다. 남해에는 택시가 몇 대 없어서 사람들은 모두 전화를 걸어 택시를 불렀다. 재현은 내가 가리킨 미조-나루를 향해 뛰어갔다. 재현이 미조-나루로 들어가자 어둠 속으로 그의 모습이 사라졌다. 나는 넋이 나간 사람처럼 재현이 사라진 곳을 망연히 바라보았다. 세상의 모든 소리가 사라지고 쏟아지는 빗소리만 들렸다. 정신이 아득해질 즈음 오랫동안 나오지 않던 재현이 다시 뛰어오는 모습이 보였다.

"태풍 때문에 다리가 언제 차단될지 모른대요."

재현의 손에 들린 검은 우산이 하늘을 가리자 빗소리가 증폭돼 귀를 멀게 했다. 사흘 뒤 예보된 태풍에 계획보다 일찍 다리를 닫으려는 듯했다. 아직 태풍이 닿지도 않았는데 폭우는 더욱 거세졌다. 태풍은 바다가 제물을 거두러 오는 것임을 아는 섬사람들이 순천까지 갈 리 없었다. 무하도는 내가 떠나는 것을 허락하지 않았다.

"예상보다 폭우가 심해지는 것 같아요. 순천에 간다는 택시는 없을 거예요. 우리 오늘은 여기서 자요."

목소리가 우산을 때리는 사나운 빗소리에 묻혔다. 6월인데도 폭우를 맞은 몸과 입술이 경련이 이는 것처럼 떨렸다. 나는 다시 무하도로 돌아가고 싶었다.

"안 돼요."

다음 날 가자는 말에도 재현은 서둘러 서울로 가려 했다. 그는 쫓기는 사람 같았다.

"잠깐만요. 다시 연락해볼게요."

재현은 떨리는 내 손에 검은 우산을 쥐어주고 아픈 비를 맞으며 다시 미조-나루로 뛰어갔다. 나는 눈을 감았다. 아주 잠깐이었을까, 꽤 오랜 시간이었을까. 모르는 시간 동안 의식이 없던 듯했다. 나를 부르는 재현의 목소리에 놀라 눈을 뜨니 폭우 속에 서 있는 재현이 보였다. 태고의 숨처럼 박동하는 심장소리만 들렸다.

"순천에 가는 택시를 찾았어요."

재현은 떨어져 있던 우산을 들고 나를 일으켜 미조-나루로 데려갔다. 남해에 있는 택시기사들은 모두 순천에 가지 않으려 했다. 재현은 계속 택시비를 더 높게 불렀지만 태풍이 무엇을 거두는지 아는 섬사람들에게는 소용이 없었다. 마침내 택시를 몰고 온 기사의 마음을 움직인 것은 돈이 아닌 재현의 거짓말이었다. 아내가 위급해 서울에 반드시 가야 한다고 애원하는 말에 그는 앞이 보이지 않는 폭우 속에서 차를 몰고 왔다. 택시는 바다에서 건져낸 두 사람을 싣고 보이지 않는 길을 따라 천천히 나아갔다. 재현의 거짓말처럼 생명이 사그라들던 나는 택시에 타자마자 혼절하듯 의식을 잃었다.

순천역에서 기차를 타고 서울역에 도착한 시간은 저녁 8시가 조금 지나서였다. 나는 마취에서 방금 깨어난 사람처럼 재현의 손에 이끌려 기차에서 내렸다. 태어나서 처음으로 닿은 서울에서 느낀 것은 설렘이 아닌 설움이었다. 기차에서 내리자 주체할 수 없는 눈물이 쏟아져 내렸다. 내가 쉽게 진정되지 않자 재현은 나를 의자에 앉혔다. 바쁘게 건는 사람들 사이에서 우리 둘만이 멈춰 있었다. 몇 년을 참아왔던 슬픔들이 흘렀다. 바다를 눈에 담아 온 것처럼 눈물은 메마르지 않았다. 재현은 내 앞에 무릎을 꿇고 앉아 슬픔을 삼키며 뭉개진 소리를 내는 나를 가만히 바라보았다. 나는 오랫동안 내 안에서 커져가던 슬픔과 그리움을 태어나서 처음 닿은 서울에 쏟아냈다.

서울은 여백이 없는 곳이었다. 어느 곳을 보아도 건물이 시야에 걸렸다. 서울은 건물로 만든 장벽 안에 갇힌 도시 같았다. 시야를 가로막는 건물 장벽들, 평생 본 것보다 더 많은 사람과 차가 나를 덮쳤다. 재현은 절뚝절뚝 걷는 나를 택시정류장으로 이끌었다. 무하도에서 첫 배를 타고, 배에서 내려 택시를 타고, 택시에서 내려 기차를 타고 도착한 서울에서도 우리는 또다시 어디론가 가야만 했다. 서울역 앞 택시정류장에는 기다란 줄이 이어졌다. 많은 사람이 차를 타고 어디론가 떠나갔다. 줄어들 것 같지 않던 긴 줄이 빠르게 짧아져 우리는 다시 택시에 몸을 실었다. 택시 창문에 밤이 된 서울의 모습이 스쳐 갔다. 무하도에서 바라본 야경은 따스했지만 서울에 떠 있는 수많은 불빛은 눈을 아프게 했다. 나는 다시 눈을 감았다.

택시가 멈춘 곳은 서울의 동쪽 끝 강일동이라는 곳이었다. 강일동江一洞은 예전에 철거민과 화재민 들의 이주지로 이용되었던 곳이라 했다. 나는 강이 하나 있는 마을이라는 이름이 좋았다. 택시에서 내린 재현은 내 가방까지 메고 나를 낡은 건물로 이끌었다. 계단을 올라 3층 어느 문 앞에 이르자 재현은 걸음을 멈추었다. 문에는 306이란 숫자가 적혀 있었다. 나는 무슨 의미인지 모를 숫자를 가만히 바라보았다. 문을 열자 맞은편에 나 있는 창밖으로 낡은 잿빛 건물들이 보였다. 재현이 사는 단칸방은 집이라기보다 창고 같았다.

재현은 세로로 긴 창고를 세 공간으로 나누어 썼다. 창가에는 창문과 나란히 침대가, 침대 발밑에는 정장 몇 벌이 걸린 행거가 놓여 있었다. 두 번째 공간은 일하는 곳인 듯 한가운데 긴 책상과 의자 두 개가 있었다. 책상 위에는 노트북과 두꺼운 서류더미들이 어지러이 쌓여 있었다. 일하는 곳이 끝나는 지점은 경계선이 분명하지 않았다. 현관문 왼쪽으로 한 칸짜리 작은 싱크대와 미니 냉장고가 있을 뿐이었다. 재현은 서둘러 메고 있던 가방들을 의자에 벗어두고 창문을 열어 갇혀 있던 공기를 내보냈다.

"여기가 내가 사는 곳이에요."

재현이 사는 곳은 어디를 봐도 집처럼 느껴지지 않았다. 행거에 걸려 있는 몇 벌의 정장, 책상 위 노트북, 소형 스피커, 싱크대 옆에 커플 세트인 컵 두 개가 전부였다.

"앞으로 여기서 같이 살아요."

재현은 작게 속삭이며 어색하게 서 있던 나를 끌어안았다.

"우리, 여기에서 좋은 기억들 만들어요."

대답하는 내 목소리가 가녀리게 떨렸다.

재현의 단칸방은 화장실에도 샤워시설이 따로 없었다. 임시로 설치한 낡은 샤워기가 벽에 헐겁게 매달려 곧 추락할 것처럼 위태로워 보였다.

"재현 씨, 안 추워요?"

초여름인 6월인데도 단칸방에는 냉기가 감돌았다.

"오랫동안 비워둬서 그런가 봐요. 많이 추워요?"

"응."

재현의 방은 견디기 어려울 정도로 한기가 스며 있었다.

"지금은 난방기간이 아니어서 난방이 안 될 텐데…."

재현은 창가 아래 놓인 기계 앞에 서서 스위치를 켰다 껐다. 스위치를 켜도 기계는 작동하지 않았다.

"난방기간이 뭐예요?"

"이 건물은 사무용 오피스텔이어서 냉방이랑 난방이 중앙공급식이에요. 지금은 6월이라…. 11월이 돼야 히터를 틀 수 있어요."

"여기서 지내면서 춥지 않았어요?"

"그런 거 별로 신경 안 썼어요. 선배 일이 있고 난 뒤에 여기로 사무실을 옮겼어요. 여기는 서울 외곽이기도 하고 오래전에 지어진 낡은 건물이라…."

재현의 고개가 아래로 기울었다.

"괜찮아요. 우리 이제 함께 있으니 괜찮을 거예요."

서울에서 맞는 첫날 밤, 우리는 추운 단칸방에서 서로를 안고 잠들었다.

서울에 온 뒤 몇 주 동안 재현은 일도 하지 않고 나를 돌봤다. 재현은 아침에 일어나자마자 창문을 열어 환기를 시키고 작게 노래를 틀어두고 청소를 시작했다. 평생 동안 파도소리와 새소리를 들으며 잠을 깼던 난 이제 재현이 들려주는 노래를 들으며 잠에서 깨어났다. 아침마다 단칸방에는 재현이 틀어놓은 쳇 베이커의 블루 룸Blue Room이 계속해서 흘렀다. 눈을 뜨면 침대에 앉아 나를 그리고 있는 재현이 보였다. 재현은 노트만 한 스케치북에 목탄으로 그림을 그렸다. 가장 많이 그린 것은 내가 잠들어 있는 모습이었다. 감겨 있는 두 눈, 햇살이 내린 벌거벗은 몸, 침대 위 힘없이 늘어진 몸, 태아처럼 웅크린 몸, 이불 밖으로 드러난 손과 다리.

"미술 배운 적 있어요?"

"아니."

"그런데 어떻게 그림을 그리게 됐어요?"

재현은 아무 말도 하지 않았다.

"누구한테 배웠어요?"

"아버지."

"아버지가 화가셨어요?"

"아니. 아버지는 목수였어요."

"그림도 잘 그리셨어요?"

"아버지가 일하시는 동안 옆에서 그림을 그리곤 했어요."

"주로 뭘 그렸는데?"

"보고 싶은 것들."

"보고 싶은 것들?"

"처음엔 내가 뭘 그리는지 몰랐는데 다 그리고 보면 보고 싶었던 거였어요."

"뭘 그리고 싶은지 모르는 채로 그리는 거예요?"

"응. 다 그리고 나서야 알게 돼요. 내가 보고 싶어 했다는 걸."

자로 잰 듯 반듯한 그의 겉모습과 달리 재현이 그린 목탄화는 모두 선이 분명하지 않았다. 잠에서 깬 내가 손끝으로 뭉개지고 흐트러진 선을 따라 그리면 재현은 목탄이 묻은 손으로 내 몸의 선을 따라 그렸다. 아무것도 걸치지 않은 채 빛 아래 있는 내가 재현에게는 보이지 않는 듯했다. 재현은 보이지 않는 것을 보려 하는 눈먼 자처럼 나를 보려 했다. 입을 맞추고, 살내음을 맡고, 떨리는 손을 대었다. 재현이 나를 보고 나면 벌거벗은 몸에 검게 번진 선들이 새겨졌다.

서울에 와서도 우리는 무하도의 시간을 따랐다. 무하도와 달리 밤에도 낮처럼 빛나는 곳에서 우리는 일찍 하루를 마쳤다. 밤 10시가 되기 전에 잠자리에 들어 새벽까지 서로를 안았다. 재현은 매일 내 모든 곳에 흔적을 남겼다. 표시들이 사라지면 다시 흔적을 남겼다. 또다시 흔적을 새길 때는 아팠다. 사라지지 않게 하려 새기는 흔적은 점점 아파졌다. 그를 사랑해 견디는 것들이 늘어갔다. 섬짓한 불안, 뿌리 잘린 고통, 살에 새기는 아픔이 외로움, 슬픔, 기다림 위로 조용히 가라앉았다. 사랑이 가르친 것들이 마음 깊은 곳에 쌓여갔다.

희미했던 재현의 얼굴에 격렬한 표정들도 생겨났다. 재현은 내 안에 사정할 때마다 견디기 힘든 표정을 지었다. 뿌리가 잘린 나도 늘 재현을 원했다. 그만이 들어올 수 있는 입구는 애무하지 않아도 젖어들어 그를 언제든지 몇 번이고 받아들였다. 우리는 서로의 공허함이 채워질 때까지 벽에 기대어, 책상 위에서, 바닥에서도 서로를 안았다. 재현이 내 안에 사정을 할 때마다 몸에 깊이 밴 죽음이 점점 열어졌다.

유랑자들

재현이 사는 단칸방에는 세탁기가 없었다. 재현이 고른 집은 의식주를 위한 곳이 아니었다. 그곳은 세탁기가 없었고, 가스레인지도 없었고, 냉방과 난방이 배급제처럼 이루어졌다. 세탁기가 없는 우리는 코인워시coinwash에서 자주 인생을 기다렸다. 일주일에 한 번 토요일 저녁이 되면 안식일에 교회를 가듯 코인워시에 갔다. 쓰레기봉투에 수건, 옷가지, 속옷, 베개커버, 침대커버, 이불을 넣고 밤이 된 거리를 걸었다. 돈을 넣고 세탁이 시작되면 빨래가 깨끗해지는 동안 간이의자에 앉아서 TV 속 세상에 빠져들었다. 우리는 항상 코미디 채널을 보았고 자주 크게 웃었다.

사람들이 많아지면 손을 잡고 그곳을 나와서 시장 안을 걸었다. 노을색 전구에 빛나는 붉은 자두, 발그레한 복숭아, 초록 숲에 검은 번개가 치는 수박을 보고 얼음에 파묻힌 은빛 생선을 본 다음 살아 숨 쉬는 풀빛 야채를 보았다. 시장 거리를 다 걸으면 늘 가던 초등학교, 중학교, 고등학교로 향했다.

"내가 다녔던 고등학교와 비슷한 것 같아."

재현이 말했다. 우리는 닫힌 정문 앞에 서서 불이 꺼진 학교 건물을 바라봤다.

"근데 왜 밤에 보는 학교는 무서워?"

무하도에는 학교가 없었다. 나는 서울에 와서 밤이 된 학교를 처음 보았다. 내가 기억하던 학교와 전혀 다른 모습이었다.

"복도에 켜진 새파란 형광등 때문인 것 같아."

나는 재현이 말한 파란 형광불빛이 새어 나오는 복도를 보았다. 해의 탄생을 알리는 새벽의 푸른빛과 달리 불 꺼진 학교의 시퍼런 불빛에서는 섬뜩한 것이 튀어나올 것만 같았다.

"학교 다닐 때는 어떤 사람이었어?"

우리는 나란히 닫힌 교문에 매달려 있었다.

"아무도 신경 쓰지 않는 사람."

재현이 담담하게 답했다.

"재현."

"응?"

"당신에게 잊고 싶지 않은 기억이 많이 생기면 좋겠어."

나는 재현을 사랑해서 갖게 되는 소원이 좋았다.

재현은 그동안 쉬지 않고 일했다는 말이 믿기지 않게 아무것도 하지 않으려 했다. 그는 하루 종일 나와 함께 단칸방에 있는 것만으로도 충분하다고 했다.

"우리 산책 가요."

서울에 와서 재현에게 유일하게 바란 것은 자연이 보이는 곳을 걷는 것이었다.

"그냥 집에 있자."

서울의 재현은 무하도의 재현과 달랐다. 무하도에서 나를 따라 어디로든 가려 했던 재현은 이제 어디로도 가려 하지 않았다. 그는 나도 밖으로 나가지 못하게 했다. 일주일에 단 하루, 코인워시에 가는 토요일에만 단칸방을 나갈 수 있었다. 재현은 하루 종일 자신과 단칸방에만 있는 나를, 언제든지 다시 뺏길 수 있는 귀중한 유물로 여겼다.

여름이 끝나서야 재현은 단칸방을 나가게 해주었다. 난해를 맞던 망산, 일몰을 보던 바다, 야경을 모으던 절벽이 그리워 서울에서도 숨 쉴 수 있는 곳으로 우리를 데려가고 싶었다. 재현은 매번 마지못해 단칸방을 나왔지만 걷다 보면 어느새 나와 발걸음을 맞추었다. 우리는 목적지가 없었기에 발길이 닿는 대로 걸었다. 지그재그로 이어지는 우리의 발걸음을 따라 선을 그리면 아이들이 마음대로 그린 낙서처럼 보일 것이었다.

강일동은 정비되지 않은 곳이 많아서 숲이 사람의 길을 침범하지 못하도록 철조망을 쳐둔 경계선이 길게 이어졌다. 듬성듬성 쳐둔 철조망을 따라 걸으면 비죽비죽 튀어나온 덤불 사이에서 귀뚜라미들이 뛰어올랐다. 그때마다 재현은 날카로운 비명을 질렀다. 귀뚜라미에는 놀라지 않았던 나도 재현의 비명에 놀라 비명을 질렀다. 재현은 귀뚜라미를 본 것뿐인데 비명을 질러 내 심장을 멎게 했다. 그때마다 나는 날뛰는 심장에 손을 대고 숨을 고르면서 놀란 마음을 진정시켰다.

"깜짝 놀랐어요."

작은 소동이 진정되면 나는 한숨을 내쉬면서 말했다.

"이 길 걷기 싫어요."

"어떻게 매번 놀라지?"

무하도에 비하면 서울의 귀뚜라미는 너무 작은데도 재현은 쪼그만 귀뚜라미를 볼 때마다 비명을 질렀다. 사람들이 쳐둔 철조망 경계선을 넘어오는 모든 살아 있는 벌레가 재현을 놀라게 했다. 재현은 살아 있는 것을 무서워했다. 재현과 달리 나는 서울에서 본 살아 있지 않은 것들이 더 무서웠다. 너무 많은 건물, 너무 많은 차, 너무 많은 빛은 마음을 불안하게 만들었다.

"그만 가요."

놀리는 말에 재현은 항상 토라졌다. 재현이 비명을 지를 때마다 심장이 아플 만큼 놀랐지만 아이 같아지는 재현의 모습이 좋아 나는 매번 정비되지 않은 길로 그를 이끌었다.

강일동에서 정비되지 않은 길 말고 또 좋아하게 된 곳은 아파트 단지 안이었다. 우리는 해가 지면 단칸방을 나와 마음이 가는 대로 걷다가, 아파트 단지가 나오면 항상 홀린 듯 그 안으로 빨려 들어갔다. 아파트 산책로 안으로 들어가면 그곳에 살고 있는 사람들의 모습이 보였다. 그곳의 사람들은 숨 가쁘게 운동을 하고, 다정히 산책을 하며, 의자에 앉아 사색에 잠겼다. 우리는 잠시나마 그 속에 섞여 그들의 행복을 조금 나누어 가졌다.

나는 아파트 단지들 중에서도 낡은 아파트 단지에 자꾸 마음이 갔다. 새로 조성된 아파트 단지에는 정교하게 만들어진 세련된 산책로가 있었지만 왠지 낡은 아파트의 빈 공간이 더 좋았다. 낡은 아파트 단지 안에는 산책로가 없었다. 그냥 동마다 세워진 나이 든 아파트 건물과 건물 사이에 여백만 있을 뿐이었다. 아파트 건물도, 지상 주차장도, 조성된 산책로도 없는, 그냥 사이를 메우고 있는 빈 공간을 걸으면 마음이 놓였다. 아무것도 없는 여백에 우리는 가끔씩 멈춰 섰다. 아직 아무것도 만들어지지 않은 여백에 서 있으면 재현과 내 모습이 그대로 보였다. 불행을 겪고도 살아가려는 두 사람이 절뚝거리며 걷고 있었다. 절뚝이며 보는 세상은 일렁이는 바다 같았다. 모든 것이 흔들려 살아 움직였다. 우리는 절뚝였지만 함께였기에 단풍이 든 나무와 선선해진 바람만으로도 쉽게 행복해졌다. 집으로 돌아오는 길에는 언제까지나 우리가 함께이길 바라는 마음을 가졌다. 재현을 사랑해서 갖는 소원이 하나둘 늘어갔다.

겨울이 되자 우리의 낙서 같은 산책은 몽환적인 산책으로 변했다. 해가 지기 전에 집을 나와 지하철로 여덟 정거장이나 떨어져 있는 올림픽공원까지 걷는 날이 잦아졌다.

한 계절이 지났을 뿐인데 재현은 이제 오래 걸어도 지치지 않았다. 더 이상 산책을 가기 싫다는 말도 하지 않았다. 재현은 손을 내밀면 언제나 나를 따라나섰다. 달빛이 내린 올림픽공원은 그림자 세상으로 변했다. 우리는 가로등이 많지 않아 어슴푸레 보이는 길을 따라 그림자만 남은 나무와 수풀이 우거진 언덕을 오르내렸다.

"왜 산책하는 걸 좋아해?"

재현이 물었다.

달빛에 빛나는 갈대들이 겨울바람에 가냘프게 흔들렸다.

"인생이 바뀔 때 길을 잃게 된대요. 인생과 인생 사이를 바르도라고 부르는데 바르도에는 길이 없어요. 하나의 인생이 끝났지만 아직 다른 인생이 시작되지 않아서 길이 없는 거예요."

"길이 없는 곳을 어떻게 가요?"

"서원을 따라가는 거예요."

"서원?"

"잊지 않으려 마음에 새긴 소원이요. 길을 잃었을 땐 서원을 따라 새로운 인생으로 가야 한대요. 이미 끝나버린 인생이 아니라 아직 시작되지 않은 인생을 향해 가는 거예요. 그래서 걸었어요. 더 이상 걷고 싶지 않을 때도."

흰 숨결이 바람에 실려 사라졌다.

"그래서 걷는 거예요. 당신과 내가 불행 끝에 좋은 인생에 닿았으면 해서."

재현은 깍지 낀 손을 다시 힘주어 잡았다. 우리는 달빛이 내린 어둠을 천천히 가르며 나아갔다.

빛나는 갈대숲을 지나면 탁 트인 내리막이 펼쳐져 불야성을 이루는 잠실단지가 내려다보였다. 그곳은 우리가 걷는 그림자 세상과 다른 세상처럼 보였다. 천천히 내리막길을 따라 나무계단을 내려가면 왼쪽으로 황폐한 들판이 나왔다. 그곳에는 산책로 경계선에 맞닿은 검은 연못이 있었다. 우리는 검은 연못 앞에 멈춰서 아무것도 보이지 않는 심연을 오래도록 바라보았다.

"이곳에 왜 연못이 있을까?"

내가 물었다.

"안이 안 보여서 무섭다."

"백마랑 여기에 온 거예요?"

"아니."

재현은 예상치 못한 내 질문에 크게 웃었다.

"당신이 데려다준 호수는 훨씬 컸어. 바다 같은 호수였어."

심연이 담긴 검은 연못을 한참 바라보면 무엇이 현실이고 무엇이 꿈인지 몰라 현기증이 일었다. 검은 연못을 보고 나면 나는 늘 중심을 잃고 비틀거렸다.

우리의 몽환적인 산책은 고대무덤에서 끝났다. 검은 연못을 지나 다시 능선을 오르내리면 내가 가장 좋아하는 언덕이 나왔다. 나는 그곳에 '고대무덤'이라는 이름을 지어주었다. 거대한 고대무덤 같은 그림자 언덕은 세상의 모든 기억이 묻힌 곳 같았다. 고대무덤에 이르면 모든 것이 그림자로 변해 검은색으로 보였다. 숲의 정령을 닮은 커다란 나무 한 그루가 드넓은 초원 한가운데 서 있고, 달빛에 백자색으로 빛나는 길이 언덕까지 길게 이어졌다. 언덕을 따라 걸어가는 손가락만 한 그림자들은 다른 세상을 찾아 떠나는 인생의 유랑자들처럼 보였다. 언덕 아래에서 그 정경을 바라보고 있으면 이 모든 것이 태곳적부터 이어져온 것 같았다.

"고대무덤 좋아."

내가 말했다.

"나도 고대무덤 좋아."

"그리고 또?"

"귀뚜라미가 없는 길."

"그리고?"

"코인워시."

"그리고 그리고?"

"너."

재현은 다정한 미소를 지으며 나에게 입을 맞췄다.

일요일이 되면 점심을 먹고 느슨해진 마음으로 단칸방을 나섰다. 우리는 시간을 흘리며 동네 도서관으로 어슬렁어슬렁 걸었다. 아마도 『장자』에 미친 사람이 지었을 도서관의 이름을 볼 때마다 나는 누군지도 모를 사람에게 반가움을 느꼈다.

"애태타가 무슨 뜻이지?"

재현은 도서관 이름을 한참 바라보다 나에게 물었다.

"애태타는 『장자』에 나오는 사람이에요."

"유명한 사람이에요? 처음 들어보는데?"

"애태타를 본 사람들은 모두 그를 사모해, 그를 떠나지 못하고 평생 그의 곁에 머물기만 원하게 된대요."

"잘생긴 사람이에요?"

"아니. 애태타는 추악한 용모로 유명했어요."

"그럼 부자였어?"

"아니. 애태타는 가난했어요."

"그럼 성공한 사람이었어?"

"아니."

"그런데 왜 모든 사람이 그를 좋아해?"

"애태타는 아름다운 외모도, 부유함도, 명성도, 뛰어난 재능도 없었는데 그를 알게 된 모든 사람은 그를 사랑해서 모든 것을 다 주어서라도 그의 곁에 있고 싶어 했대요."

"말도 안 돼."

"나도 애태타를 사모해요."

"왜 그런 취향을 갖고 있는 거야?"

재현은 한숨을 쉬었다.

"도대체 애태타가 뭘 가졌는데?"

"비밀이에요."

"나한테만 알려줘. 우린 특별한 사이니까."

"안 돼요. 인생에서 중요한 것들은 스스로 깨달아야만 하니까."

재현은 다시 한숨을 쉬었다.

애태타도서관에 도착하면 우리는 각자 보고 싶은 책을 골랐다. 재현과 나는 서로 다른 구역으로 향했고 항상 책을 먼저 고른 재현이 내가 있는 곳으로 찾아왔다. 재현은 대출할 책을 빨리 골랐다. 보름 동안 여섯 권의 책을 빌릴 수 있었지만 그는 오직 한 권의 책만 골랐다. 항상 경제경영 분야의 책만 골랐고 다른 곳에는 가지 않았다.

재현과 달리 나는 항상 도서관을 이리저리 헤맸다. 도서관에 들어오면 숨을 깊게 들이쉬어 오래되고 눅눅한 종이 냄새를 맡았다. 그러고는 길을 잃은 사람처럼 발길이 닿는 대로 걸었다. 기다렸던 책을 만나면 기뻤고, 낯선 책을 만나면 설렜고, 두고 온 책을 만나면 먹먹했다. 재현은 선택이 끝나면 자신이 고른 책을 들고서 여전히 도서관을 헤매고 있는 나를 찾아왔다.

"책 읽고 있을게."

재현이 작은 목소리로 속삭였다. 재현은 내가 어디에 있든 자신을 찾아올 수 있도록 출구 앞 책상에 앉아 대출할 책을 읽으며 내 방황이 끝나기를 기다렸다. 난 도서관 서가를 다 둘러본 뒤에야 소설, 시, 에세이, 철학, 심리, 종교, 인류학, 고고학 분야 중에서 어렵게 여섯 권의 책을 골랐다. 고민 끝에 결정한 책들을 한 아름 안고 재현이 있는 책상으로 가면 재현은 한숨부터 쉬었다.

"일주일 후에 다시 올 건데 읽을 수 있는 만큼만 빌려요."

"다 읽을 수 있어요."

나는 재현과 달리 여러 권의 책을 동시에 읽어서 일주일

동안 여섯 권의 책이 모두 필요했다. 서울에서는 재현이 곁에 있어도 자주 외로워져 그때마다 책 속 이야기에 빠져들었다. 재현은 한숨을 쉬면서도 메고 온 검은 가방에 대출한 책을 차곡차곡 넣었다. 우리는 저녁이 다 되어서야 수많은 이야기를 어깨에 지고 애태타도서관을 나왔다.

미래만을 위해서 살던 재현은 현재를 살아가며 빠르게 회복되었다. 시든 꽃이 비를 맞아 소생한 것처럼 싱그러워진 재현은 생명의 경이로움을 보여주었다. 재현은 더 이상 불행했던 과거에 대해 말하지 않았고, 자주 아직 세상의 고통을 보지 못한 아이처럼 맑게 웃었다.

우리는 매일 아침마다 음악을 들었고, 같이 밥을 먹었고, 두 개의 몸을 하나로 이었고, 수많은 이야기를 읽었고, 몽환적인 산책을 했고, 나란히 누워 잠들었다. 토요일 저녁이 되면 코인워시에 가서 정화의식을 치렀고, 코미디를 보며 눈물이 나도록 웃었다. 일요일에는 애태타도서관에서 새로운 한 주를 살아가게 할 이야기들을 빌려 왔다.

재현은 언젠가부터 내가 빌린 책들을 읽기 시작했다. 우리의 이야기는 철학에서 시작해 기억과 신화로 흘렀고 별의 탄생과 인류의 기원에 머물다 깨달음과 사랑에서 끝났다. 우리에게는 돈과 성공만을 위한 인생이 아닌 다른 인생 이야기들이 필요했다. 우리는 이야기에 중독된 사람들처럼 수많은 인생 이야기를 모았다. 재현은 내가 이야기하면 내 목소리에 귀를 기울였고, 나도 재현이 이야기하면 그의 목소리에 귀를 기울였다. 그때 우리에게 별다른 좋은 일은 없었지만 우리는 사는 게 꽤 괜찮은 일이라고 여겼다.

무능한 증명서

무하도에서 하루하루 성실하게 살았던 내 인생은 서울에 오자 쓸모없는 것이 되었다. 서울에서 나는 스스로를 부양하던 힘을 잃었다. 내가 떠나고 나서도 나루터에는 여전히 정령들이 놓였지만 광주리에 덩그러니 담긴 정령조각을 사람들은 더 이상 원하지 않았다. 내가 무하도를 떠나자 사람들의 슬픔을 거두던 정령도 힘을 잃었다.

서울에서 내가 할 수 있는 일은 전문적인 기술이 필요하지 않은, 언제든지 대체가 가능한 노동뿐이었다. 나는 매일 재현이 알려준 구직 사이트에 들어가 강일동에서 멀지 않은 강동, 잠실, 강남 지역의 커피숍, 편의점, 판매, 청소 등대체될 수 있는 일들을 모두 검색해서 이력서를 넣었다. 처음 써보는 이력서에는 이름, 나이, 주소, 학력을 제외하면 적을 것이 없었다. 내가 겪었던 수많은 일은 경력이 되지 못했다. 이력서에 내가 만난 불행, 내가 잃은 제물은 하나도 적히지 못했고 그래서 내 이력서는 아무것도 하지 않은 채 무능하게 살아온 한 인간의 증명서처럼 보였다. 나는 여백의 미가 빼어난 이력서를 매일 수십 곳에 보냈지만 연락이 오는 곳은 단 한 곳도 없었다.

"나, 이력서 쓰는 거 가르쳐줄 수 있어요?"

다시 일을 시작하려고 준비하는 재현도 하루 종일 노트북 앞에만 있었다. 일 년 정도 일을 쉬었던 재현 역시 다시 쉽게 일을 시작하지 못했다.

"이력서?"

"응. 연락 오는 곳이 하나도 없어서. 뭘 잘못 쓴 건가 해서요."

틀린 글자가 없는지 확인까지 마친 이력서를 재현 앞에 내밀었다.

"음."

재현은 무심하게 내 이력서를 쳐다보았다.

"잘못 쓴 건 없어요."

재현은 아무 일도 아니라는 듯 말했다.

"그런데 왜 아무 곳에서도 연락이 안 와요?"

"경력이 없으니까."

"경력직에는 지원 안 했어요. 경력 무관이라고 표시된 곳에만 넣었는데?"

재현은 두 손바닥으로 두 눈을 지그시 누르면서 작은 한숨을 내뱉었다.

"경력 무관이라는 글자는 정말 경력이 없는 사람을 뽑겠다는 뜻이 아니에요."

"그러면?"

"그냥 지원자의 조건을 넓혀서 많은 경우의 수 중에서 고용자가 선택하겠다는 뜻이에요. 경력 무관이라고 쓴 곳도 아마 경력이 있는 사람들을 뽑았을 거야."

육지 사람은 알 수 없는 법칙이 무하도에만 있는 것처럼 서울에도 섬사람인 내가 알 수 없는 법칙이 있는 듯했다.

"그럼 경력이 없는 사람은 일을 어떻게 구해요?"

"신의 은총으로."

이번엔 내가 한숨을 쉬었다.

"리하, 일은 안 해도 돼. 일은 내가 할게."

재현은 몸을 돌려 다시 노트북을 바라봤다.

그날 이후 이력서 보내는 것을 그만두었다. 나는 종교가 없어서 신의 은총으로 일을 구할 수 있을 것 같지도 않았다. 대신 이력서를 보냈던 곳들을 직접 찾아가기로 했다. 먼저 강일동에 있는 편의점과 커피숍의 리스트를 출력해서 위치를 확인한 뒤 단칸방을 나섰다. 일을 구해 오기로 결심한 첫날은 오피스텔 바로 옆에 있는 편의점부터 시작해서 강일동에 있는 모든 편의점을 찾아갔지만 똑같은 질문과 대답만 반복됐다. "아르바이트 구하러 왔는데요"라고 머뭇거리며 물었고 "사장님 지금 안 계시는데요"라는 대답을 들었다. 두 번째 날에는 커피숍에 한 곳씩 들어가서 주문을 받으려는 사람에게 같은 질문을 머뭇거리며 반복했고 "사장님 지금 안 계시는데요"라는 똑같은 대답을 들었다. "약속하셨어요?"라는 질문도 함께. 세 번째 날에도 윤회하는 삶처럼 같은 하루가 반복됐다. 마지막으로 들어간 커피숍에서도 똑같은 질문을 반복했다.

"아르바이트 구하러 왔는데요."

나는 머뭇거리며 말했다. 어제 그리고 엊그제와 같이.

"잠깐만요."

주문을 받는 곳에 있던 남자는 카운터 오른쪽 뒤편으로 나 있는 문 뒤로 사라졌다. 나는 처음 들은 다른 대답에 어떻게 해야 할지 몰라 어색하게 서 있었다.

"제가 오늘 보자고 연락했나요?"

문에서 나온 여자가 물었다. 유니폼인 것 같은 새파란 셔츠를 입고 긴 생머리를 단정하게 묶은, 화장기가 없는 얼굴을 한 여자였다.

"아니요."

여자는 내가 어떤 말을 더 하길 기다렸다.

"이력서를 넣었는데 연락은 못 받았어요.

근데… 그러니까… 어…"

여자의 얼굴에 나타난 의아한 표정이 점점 뚜렷해졌다.

"근처에 살고 있어서 직접 와봤어요."

긴장한 목소리가 가녀리게 떨렸다. 슬픈 염소처럼.

"면접 연락도 안 받았는데 왔다는 말인가요?"

자신을 매니저라고 소개한 여자는 나를 이상하게 보았다.

"경력은 없는데 꼭 일하고 싶어서요."

용기를 내려 크게 한숨을 쉬었다.

"대신 첫 달에는 돈을 안 주셔도 돼요.

일을 잘 못 배우거나 마음에 안 드시면 그만둘게요."

숨이 차올라 잠시 말을 멈췄다.

"여기서 일하게 해주세요. 열심히 할 수 있어요."

나는 떨리는 목소리로 천천히, 최대한 또박또박 말했다.
여자 매니저는 잠시 동안 나를 멍하니 쳐다보다 웃음을 터
트렸다. 경쾌하고 청량한 웃음소리였다.

"이렇게 일을 구하는 사람은 처음 봐요."

매니저는 나를 신기하게 바라보았다. 그녀의 입가에 남
은 웃음에 두렵고 떨렸던 마음이 진정되었다.

"제가 대표라면 당장 채용하고 싶어요."

"정말요?"

"정말요."

그녀는 내 안색을 살피면서 어렵게 말을 이어갔다.

"그런데 지금은 채용 시즌이 아니에요. 블루아일랜드는
일 년에 한 번만 채용을 해요. 매년 12월에요. 여기는 파트
타이머들도 장기 근무자들이 많아서 다른 곳처럼 아르바
이트생을 상시로 채용하지 않아요."

살짝 입술을 깨물고 한숨을 내쉬는 그녀가 오히려 일자
리를 구하는 사람처럼 보였다.

"아…"

나는 어떤 말을 해야 할지 몰라 되돌아 나가지도 못한 채
그대로 서 있었다.

"미안해요."

"아니에요… 감사합니다…"

천천히 뒤를 돌자 사람들로 가득 찬 블루아일랜드 매장이 보였다. 방금 전 들어왔던 입구가 어딘지 생각나지 않았다. 매장 안의 모든 것이 눈에 보였지만 내 마음은 아무것도 보지 않았다.

"저기."

누군가 내 어깨를 두드려 뒤를 돌아봤다.

"저기."

짧은 커트 머리를 한 여자가 보였다. 그녀는 몸의 선이 가려지는 티와 몸의 선이 드러나는 청바지를 입고 있었다.

"잠깐 얘기할 수 있어요?"

그녀는 자기가 앉아 있던 테이블을 가리켰다. 무슨 일인지 몰라 주저하는 나를, 그녀는 자신의 테이블로 이끌었다.

의자에 앉아 가까이 마주한 그녀의 얼굴은 달빛 아래 신비로운 자태를 드러낸 대지 같았다. 색조 없이 음영만 준 그녀의 눈, 코, 입은 돌을 깎은 조각 같았다. 테이블에는 내가 검은집에 두고 온 키에르케고르의 『공포와 전율』이 놓여 있었다. 균열이 일어난 어둠의 틈으로 빛이 새어 나오는 표지였다.

"키에르케고르 좋아해요?"

나는 누군지도 모르는 그녀에게 물었다.

"키에르케고르를 알아요?"

"좋아해요… 철학을 전공하거든요…"

"학교 친구들 말고 철학 전공하는 사람은 처음 만나요."

그녀는 전설로만 남은 고대 유적을 발견한 고고학자처럼 나를 바라보았다. 우리는 스물넷으로 나이가 같았다. 그녀도 새해에 졸업생이 되었다고 했다.

"나는 희연이야. 기쁠 희喜, 사랑할 연憐, 기쁨과 사랑을 주는 자라는 뜻이야. 아빠가 지어주셨어."

"처음이야."

"뭐가?"

"먼저 이름의 의미를 말해주는 사람."

희연은 햇살이 부서져 내린 바다 같은 미소를 지었다.

"너는?"

"나는 리하야. 조각할 리, 은하수 하, 수많은 별을 만들며 살아가라고 지어주신 이름이야."

"역시."

"역시?"

"그럴 줄 알았어."

"뭘?"

"모르겠어?"

희연은 오른쪽 눈과 코, 입술을 찡긋했다.

"우린 닮은 사람이잖아."

"닮은 사람?"

"같은 인생을 원하는 사람."

"우리가 같은 인생을 원해?"

"왜 전공으로 철학을 택했어? 수많은 배움 중에서."

희연은 아무도 내게 묻지 않았던 것을 물었다. 나는 희연을 가만히 바라보았다. 희연의 검은 두 눈에 내 모습이 비쳤다.

"불행을 배우고 싶어서."

나는 떨리는 목소리로 대답했다.

"역시."

"너는?"

"사랑을 배우고 싶어서."

희연은 여덟 살 때 사고로 아버지를 잃었다고 했다. 그녀의 어머니는 남편을 잃은 뒤 청소 일을 하며 희연을 대학까지 보냈다.

"엄마가 그랬던 것처럼 나도 엄마를 지켜줄 수 있는 사람이 되고 싶어."

희연은 엄마를 사랑해서 그녀가 겪을 모든 일을 배우고 싶어 했다. 그녀는 늙고 병들고 죽게 될 어머니를 사랑하기 위해 철학을 전공으로 선택했다고 말했다. 희연의 말대로 우리는 원하는 인생의 모습이 같았다. 사랑을 위해서 불행마저 겪어낼 수 있는 사람, 우리는 사랑에 미친 사람이 되기를 원했다.

"근데 너 밀림에서 온 거야?"

"밀림?"

"너처럼 일을 구하러 다니는 거 처음 봐. 야성적이야. 멋있어."

"무하도에서는 다 이렇게 일을 구하는데."

"무하도?"

"내가 살던 섬. 난 섬에서 왔어."

"역시."

"역시?"

"출생부터가 남달라. 멋있어."

희연은 턱을 괸 채 나를 빤히 바라보며 진지하게 말했다.

"주말에도 일할 수 있어?"

"할 수 있어."

"아무 일이나?"

"아무 일이나."

"너는 양면적인 매력이 있어."

"내가?"

"응. 염소 목소리를 내는 연약한 아이 같으면서도 모든 것을 감당할 수 있는 강인한 철인 같기도 해. 정신을 차릴 수 없을 정도로 매력적이야. 멋있어."

"그런 말은 처음 들어."

"정신을 차릴 수 없다는 말?"

"아니."

"매력적이라는 말?"

"아니. 멋있다는 말."

"정신을 차릴 수 없이 매력적이라는 말은?"

"익숙해."

떨리는 목소리로 내가 말했다.

"맙소사."

희연은 고개를 젖히면서 힘차게 웃었다. 나도 희연을 따라 웃었다. 낯선 내 웃음소리가 듣기 좋았다. 희연은 처음 본 사람도 사랑할 수 있다는 것을 가르쳐주었다.

희연이 소개해준 일은 사무실 청소였다. 희연의 어머니가 다니는 화이트클린WhiteClean은 잠실 일대 회사들의 청소를 대행하는 회사였다. 화이트클린은 소속 청소원을 클리너cleaner라고 불렀는데 클리너들은 건물입구, 계단, 엘리베이터를 포함한 건물 외관을 담당하는 실외팀과 층별 사무실을 담당하는 실내팀으로 분류되었다. 실외팀은 맨 위층부터 차례대로 계단, 계단의 난간, 창문과 창틀, 외부 화장실, 엘리베이터 내부, 건물 입구와 유리문, 로비층을 청소하고 쓰레기를 수거했다. 실내팀은 사무실 내부와 실내 화장실, 탕비실, 복도를 담당했다. 청소 요청 표시가 된 사무실 선반이나 개인 데스크, 사무실별로 특별 요청한 사항도 실내팀 업무에 포함되었다.

일주일 동안의 짧은 연수가 끝나고 나는 6층 이하 소형 건물을 담당하는 부서로, 다시 석촌호수 동호東湖라인으로, 그다음엔 실외 3팀으로 분류되었다. 새로 일하게 된 곳에는 바다도, 나루터도, 아저씨도 없었지만 바다를 떠 온 것 같은 작은 호수가 있었다. 나는 마음에 담아 온 나루터를 그곳에 꺼내두었다.

건물에 도착하면 실외팀 선배 두 명과 일을 시작했다. 반짝이는 방수용 흰 위생복을 입고 청소기, 스팀 살균기, 물

걸레 청소기, 워셔액 분사기, 용도별 세정액을 사용해 건물을 목욕시키듯 모든 문과 창문, 계단, 난간, 로비, 엘리베이터 안, 화장실을 닦았다.

새벽 6시에 잠실역 2번 출구 앞에 서 있는 승합차를 타면 첫 번째 건물 앞에서 문이 열렸다. 우리는 새하얀 작업복을 입은 채 건물 입구로 들어가 더러워진 곳을 하나하나 청소했다. 청소가 끝나면 조금 더러워진 채 장비를 들고 건물을 나와, 우리를 기다리고 있는 승합차에 올라타 다음 건물로 이동했다. 차에 타고, 이동하고, 하차하고, 청소하고, 다시 승차하는 과정이 세 번 반복되었다. 정확하게 9시가 되면 더러워진 것들은 다시 깨끗해졌고, 정화의식을 마친 우리들은 저마다의 인생을 시작하러 어딘가로 흩어졌다.

유토피아 에듀

　평일에는 새벽 6시부터 오전 9시까지 세 시간씩 청소를 했다. 매일 더러워진 것들이 깨끗해지고, 깨끗해진 것들이 다시 더러워지고, 더러워진 것들이 또다시 깨끗해졌다. 서울에 온 지도 어느덧 반년이 더 지났다. 우리는 처음으로 함께 나이를 먹었다. 나는 스물넷, 재현은 서른둘이 되었다.

　재현은 여전히 일을 구하지 못했다. 잠깐씩 부탁받은 일을 할 뿐 그의 추방은 계속되었다. 나는 무하도에서 정령조각가로 살던 인생을 버리고 청소부가 되었다. 화이트클린에서 일하는 것만으로도 단칸방 월세와 생활비 절반을 낼 수 있었지만 그것은 내게 반쪽짜리 삶처럼 여겨졌다. 나는 서울에서도 혼자만의 힘으로 살아내고 싶었다.

"리하, 너 혼자 살아?"

"아니."

"부모님이랑 사는데 일이 더 필요해?"

일을 더 구하려 하자 희연이 물었다.

"난 부모님이 모두 돌아가셨어."

뜻밖의 고백에 희연의 눈빛이 일렁였다.

"언제?"

"아버지는 열일곱에,

어머니는 열아홉에."

희연의 마음은 잠시 여기가 아닌 다른 곳에 머물렀다.

"취직을 하고 싶은 거야?"

"그런 건 생각 안 해봤어. 서울에서도 혼자만의 힘으로 살아가고 싶어. 그럴 수 있으면 아무 일이나 좋아."

"취직 준비 해본 적 있어?"

"아니."

"그럴 줄 알았어."

"어떻게?"

"티가 나."

희연은 오른쪽 눈과 코, 입술을 찡긋했다.

"철학전공자는 실업자의 운명을 갖고 있어. 우리는 운명을 거슬러야 해."

희연은 진지한 표정으로 나를 바라보았다.

"준비됐어?"

"응."

나는 진지하게 고개를 끄덕였다.

희연이 두 번째로 준 일은 입시학원 보조강사였다. 유토피아 에듀Utopia Edu는 중견기업으로 수도권에 대치, 목동, 강남, 서초, 송파, 노량진, 신촌, 강북, 분당, 일산 지점이 있었고, 지방은 지역마다 별도의 분원을 운영했다. 유토피아 에듀는 본사뿐만 아니라 서울 전 지점이 모두 빌딩 전체를 쓸 정도로 규모가 컸다. 건물 안에는 강의실부터 촬영실, 편집실, 영상실, 자습실, 교무실, 대강당, 서점, 매점 등이 있었다. 빌딩 안으로 들어서면 그곳은 자체적으로 운영되는 작은 독립국가처럼 보였다.

"난 경력이 없는데 여기에 취직할 수 있어?"

나는 재현의 말을 떠올렸다.

"여기서는 경력이 중요하지 않아."

"그럼?"

"실력이 중요해. 여긴 리하 너가 살았던 밀림이랑 비슷해."

"밀림이랑?"

"응. 누구든 들어올 수 있지만 살아남기 어려워. 유토피아 에듀는 관리자들을 제외하고는 정규직이 단 한 명도 없어. 이곳은 불안정한 세계야.

내가 관찰한 바에 의하면 안정된 세계는 산과 같아. 견고한 대신 안정적이지만 입구가 정해져 있어서 들어가기 어려워. 근데 불안정한 세계는 바다 같아. 자유로운 대신 불안정하지만 입구가 정해져 있지 않아서 들어가기 쉬워. 바다는 모든 곳이 입구잖아."

난 무하도의 바다를 생각했다. 바다는 모든 것을 잉태하고 모든 것을 죽게 했다.

"유토피아 에듀는 구중궁궐 같아."

"구중궁궐?"

"유토피아 에듀에 처음 들어오는 건 쉬워. 문과 논술은 전공 연관성도 별로 없어서 인문사회 전공자면 누구든 첫 번째 문은 들어갈 수 있어. 첫 번째 문은 들어가겠다는 생각만으로도 들어갈 수 있어. 생각의 문제거든. 대부분은 들어가겠다고 생각조차 하지 않지만 첫 번째 문은 몇 번의 우연을 모으면 열려. 멋있어."

희연의 검은 눈동자가 별이 박힌 것처럼 반짝였다.

"문을 하나씩 열고 안으로 들어가면 이해할 수 없는 극적인 변화와 전복이 일어나. 이곳 사람들은 안정된 미래를 원하지 않아."

"그럼?"

"불가능한 것을 원해. 하지만 안으로 들어갈수록 죽음과도 가까워져. 밀림이랑 바다처럼. 첫 번째 문까지는 내가 데려다줄 수 있어. 바다는 모든 곳이 입구니까 들어가는 건 쉬워. 생각의 문제니까."

희연은 오른쪽 눈과 코, 입술을 찡긋했다.

희연은 내가 했던 인생의 선택들이 환대받는 곳으로 날 데려가주었다. 취업시장에서 낙인이 되었던 철학을 전공한 학력은 유토피아 에듀에서 징표가 되었다. 불행을 배우려 했던 마음, 나를 가르친 죽은 자들, 내가 배운 것들은 변치 않았으나 세상마다 그것을 다르게 가치 매겼다. 내가 가진 것들이 어떤 곳에서는 천한 가치가 되었고 어떤 곳에서는 귀한 가치가 되었다. 희연의 말대로 나는 논술부 서류심사를 통과했고, 서류시험에 합격했고, 면접에서 승인을 받았다. 서류시험은 전공시험과 비슷해서 어렵지 않았다. 연수기간에는 매일 출근해서 논술강사가 되기 위한 교육을 받았다.

연수 프로그램에서는 분석적 사고를 만드는 방법을 체계적으로 배웠다. 내용은 논리학, 명가, 법가사상과 비슷했다. 모두 내가 싫어하던 책들이었다. 구조화하고, 체계화하고, 분석하고, 증명하고, 오류를 제거하는 기술들을 끊임없이 반복하고 훈련하는 과정은 나를 숨 막히게 했다. 유토피아 에듀의 훈련방식은 체계적이고 강압적이었다. 그들은 세상을 다르게 보길 원하지 않았다. 세상을 분석할 수 있는 것으로만 보길 원했다.

분석적 방법론에 대한 교육이 끝나자 교수법에 대한 교육이 이어졌다. 학습과정과 난이도를 설계하는 법, 판서 기술, 교재 집필, 입시전략을 분석하는 법, 상담 매뉴얼, 시간 관리, 강사 화법, 강의 실습을 배우고 훈련하고 다시 반복했다. 삼 개월 간 이어진 연수과정이 끝나자 박혀 있던 눈이 뜯기고 새로운 눈이 박힌 것 같았다. 초점이 어긋난 것처럼 모든 것이 조금씩 뒤틀려 보였다.

유토피아 에듀에서 나는 토요일엔 분당으로, 일요일엔 대치로 분류되었다. 아침 10시부터 밤 10시까지 주말 이틀 동안 일하고 받는 돈은 화이트클린에서 한 달 내내 일하고 받는 돈보다 많았다. 유토피아 에듀에서 받는 돈만으로도 서울에서 혼자 살아가는 데 충분했지만 화이트클린 일도 계속 하기로 했다.

평일에는 화이트클린에서 클리너가 되어 새벽마다 더러워진 것을 깨끗하게 만들었다. 정화의식을 마치고 나오면 세상은 언제나 새로운 날이었다. 청소가 끝나면 바로 집으로 가지 않고 오래도록 석촌호수를 바라보았다. 바다를 담은 작은 호수를 보면 그리운 것들이 떠올랐다. 마음이 진정되면 그제야 다시 재현이 있는 단칸방을 향해 걸었다.

주말에는 유토피아 에듀에서 보조강사가 되어 하루 종일 아이들을 가르쳤다. 일요일에는 희연을 볼 수 있었다. 희연은 졸업하고 일주일 내내 일을 했기에 수업이 시작되기 전, 일요일 아침 한 시간이 우리가 만날 수 있는 유일한 시간이었다. 난 일요일마다 한 시간 일찍 출근해 희연을 기다렸다. 아무도 없는 교무실에서 희연을 기다리면 심장소리가 바다의 숨소리처럼 들렸다. 숨소리를 들으며 그녀를 기다리면 돌아올 수 없는 것들이 떠올라 슬퍼졌다.

교무실 문을 열고 들어오는 희연의 손에는 항상 읽고 있던 책이 들려 있었다. 희연은 검은집에 내가 두고 온 책들을 가져오는 듯했다. 우리는 좋아하는 철학자와 소설가 들이 같았다.

"희연아."

"응?"

"너와 이야기하면 편안해."

"설명하지 않아도 돼서?"

"응."

"설명하지 않아도 내 이야기가 너에게는 그대로 들리는 것 같아."

희연과 이야기할 때는 재현과의 대화 끝에 남는 외로움이 없었다. 설명하지 않아도 우리는 서로의 이야기를 들을 수 있었다. 그녀에게는 내 모든 이야기가 사라지지 않고 의미가 되었다.

"나도 그래. 너와 난 같은 언어를 쓰니까."

"같은 언어?"

"우린 모국어가 한국어잖아. 그럼 내가 '리하야! 난 일요일 아침마다 너와 대화하는 게 즐거워!'라고 말할 때 난 너에게 이 문장이 무슨 뜻인지 설명하지 않아도 돼. 난, 일요일, 아침, 너, 대화, 즐거워 같은 단어의 뜻을 설명하지 않아도 되고, 그 단어들이 합쳐져 만들어진 한 문장이 무슨 뜻

인지 설명하지 않아도 되고, 그 문장에 담은 보이지 않는
내 애정을 설명하지 않아도 돼. 내 말을 듣자마자 리하 넌,
'나도 그래. 난 희연이가 세상에서 제일 좋아'라고 슬픈 염
소처럼 말할 거야. 내 말을 이해하니까. 같은 언어를 쓰는
건 그런 거야.

　살아온 인생이 같으면 같은 언어를 갖게 돼. 살아온 인생
의 수많은 순간이 닮아서 인생으로부터 같은 말을 배운 거
야. 닮은 사람들은 서로의 이야기를 들을 수 있는 수많은
순간을 갖고 있어. 그래서 설명하지 않아도 아는 거야."

　"살아온 인생이 다르면 서로의 이야기를 못 들어?"

　"누군가와 이야기할 때 외로움을 느끼면 그건 그 사람과
내가 다른 언어를 가져서야. 그 사람과 난 서로 닮은 수많
은 순간이 없는 거야."

　나는 재현이 했던 낯선 말들을 떠올렸다.

　"서로의 인생을 배우면 되잖아. 외국어처럼. 그럼 언젠가
같은 언어를 갖게 될지도 모르잖아."

　"예전에 나한테 서원에 대해서 말해준 적 있잖아."

　"응."

　"서원은 배울 수 있는 게 아니잖아. 서원이 다르면 함께
인생을 만들어갈 수 없는 것처럼 언어가 다르면 서로의 이

야기를 들을 수 없어. 리하 넌, 서원이 모든 것을 바꿀 수 있다고 믿지만 미래만큼 과거도 중요해. 살아온 시간들은 사라지지 않으니까. 같은 언어를 갖지 못한 둘은 서로에게 이방인이 되고, 서로를 외롭게 하고, 누구도 메울 수 없는 결락을 만들어. 완전한 하나가 되려면 모어母語가 같아야 돼. 너와 나처럼."

"날 처음 만났을 때 알았어?"

"응. 운명의 연인은 너와 나처럼 만나. 어느 날 우연히 만나는 거야, 수많은 필연을 모은 끝에. 놀라고 전율해, 늘 바란 일이 진짜 이루어져서. 만나고 나서야 알아. 이 사람이구나, 내가 오랫동안 기다려온 사람. 기쁘고 서글퍼져. 드디어 만나서, 그토록 기다린 끝에. 둘은 서로에게 이끌리듯 다가가 가장 하고 싶었던 말을 해. 난 불행을 배우고 싶어, 난 늙고 병들고 죽어갈 사람을 사랑해, 내 모든 인생이 담긴 말을. 서로는 서로의 이야기를 들어. 나는 그 사람의 인생을 들어주고 그 사람은 내 인생을 들어주는 거야. 이젠 다 괜찮아, 라고 생각해. 지금까지 많은 슬픔, 외로움, 불행을 겪었지만 다 괜찮아. 그 끝에 널 만났으니까. 그제야 비로소 알게 돼. 그동안 아무도 내 이야기를 들을 수 없는 곳에서 살아왔다는 걸. 아주 오랜 시간 혼자 남겨져 있었다는 길. 나랑 같은 언어를 가진 사람이 진짜 있었음을. 사랑이란 설명하지 않아도, 내가 나인 채로, 가장 하고 싶었던 말을 하는 것임을. 어느 날 우연히 내 이야기를 들을 수 있는 사람을 처음 만나는 거야, 닮은 수많은 순간을 살아온 끝에. 멋있어."

희연은 내가 가장 듣고 싶었으나 들을 수 없는 채로 오랫동안 기다려왔던 이야기를 해주었다.

"리하 넌, 어떤 사람을 사랑하는데?"

나는 죽음을 원하던 재현을 떠올렸다.

"불행을 가진 사람."

"그 사람과 어떤 사랑을 하고 싶어?"

"불행마저도 겪어낼 사랑."

"역시. 우리는 모어도, 서원도 같잖아. 운명이야. 멋있어."

희연은 오른쪽 눈과 코, 입술을 찡긋했다.

그해가 끝나기 전, 나는 두 번째 문 앞에 이르렀다.

"리하 씨, 자유강사 되는 거 어때요?"

내년 계약을 위해서 대표와 개별면담을 하는 날이었다.

"제가요?"

학생들 앞에서 강의하는 것은 익숙해졌지만 여전히 많

은 학생 앞에서 이야기할 때면 목소리가 떨렸다. 수업을 하는 것에 익숙해진 뒤에도 내 목소리는 미세하게 떨렸다. 나는 떨리는 목소리 때문에 많은 학생을 가르치지는 못했다. 떨리는 목소리는 미래를 보장받고 싶어 하는 학생들을 불안하게 만들었다. 그들은 떨리는 목소리를 자신감 없는 목소리로 들었다. 하지만 어떤 학생들은 떨림이 밴 목소리를 진실하다고 여겼다. 그들만이 내 수업을 들었다.

"많은 사람 앞에 서면 목소리가 떨려요."

"그건 지금까지의 리하 씨 모습이죠. 과거의 모습."

대표는 안경 너머로 나를 오랫동안 바라봤다. 먼 산을 바라보는 눈빛이었다.

"자기가 많은 사람 앞에서 말을 못 한다고, 그렇게 믿는 거 아니에요?"

나는 아무 대답도 하지 못했다.

"이전에 자유강사였던 적 있어요?"

"아니요."

"그런데 해보지도 않은 일을 할 수 없는지 어떻게 알아요?"

"저는…"

"리하 씨는 재능이 있어요. 최고가 되긴 어렵겠지만 그 아래는 될 수 있을 거예요."

"그 아래…?"

"좋은 강사요."

대표는 선량한 미소를 지었다.

나는 여전히 주중에는 새벽마다 화이트클린에서 더러워진 것들을 깨끗하게 만들었고 주말에는 하루 종일 유토피아 에듀에서 뒤엉킨 세상을 분석하는 법을 가르쳤다. 일을 시작한 뒤로 재현과 함께하는 시간은 줄었지만 우리 일상은 크게 달라지지 않았다. 나는 더 바라는 것이 없었다. 바라던 대로 서울에서도 혼자 힘으로 살아갈 수 있게 되었고 월세와 생활비를 모두 내고도 저축할 수 있는 돈이 충분히 남았다. 재현은 여전히 이따금씩 의뢰받은 일을 할 뿐 다시 일을 시작하지 못했다. 재현이 열려고 하는 문은 아무리 두드려도 열리지 않았다. 내가 주말 이틀 동안 일하고 받는 돈만으로도 둘이 살아가기에 충분했지만 재현은 추방이 길어질수록 조금씩 여유를 잃어갔다.

대표에게 자유강사 제안을 받았다고 이야기하자 희연은 읽고 있던 책을 덮고 나를 바라보았다. 등이 서로 이어진 두 개의 몸을 그린 책의 표지에 『향연』이라는 제목이 쓰여 있었다. 그 책도 검은집에 두고 온 책이었다.

"첫 번째 문을 연 사람들은 모두 두 번째 문을 열고 싶어해. 리하 넌, 두 번째 문을 열어보고 싶지 않아?"

"응."

"왜?"

"지금으로도 충분해."

"계속 보조강사인 채로 살아가도 좋은 거야?"

"응. 그럴 수만 있다면 계속 보조강사인 채로 살아가도 좋아."

"두 번째 문을 열면 더 많은 것을 가질 수 있어."

"두 번째 문을 연 다음에는?"

"세 번째 문을 열고 싶어져."

"맙소사."

희연은 눈부신 태양처럼 웃었다.

"세 번째 문을 열면?"

"더 많은 것을 갖게 되지. 여기 사람들은 계속 문을 열고 싶어 하거든."

희연은 오른쪽 눈과 코, 입술을 찡긋했다.

"어떻게 해야 할지 잘 모르겠어."

"아무래도 좋은 거 아냐?"

"응?"

"인생의 불행은 어디서든 배울 수 있으니까. 강사가 되어도, 강사가 되지 않아도 좋은 거잖아."

희연은 내게 무엇이 되라 말하지 않고 내 서원이 무엇이었는지 말해주었다.

희연과 달리 재현은 내게 자유강사가 되라고 말했다.

"왜요?"

"언제까지 보조강사만 할 거예요?"

"난 지금으로도 충분해요."

"더 가질 수 있는데 왜 갖지 않으려고 해?"

"내가 자유강사가 되면 좋겠어요?"

"날 위해서가 아니라 당신을 위해서. 자유강사가 되면….."

"더 많은 것을 가질 수 있으니까."

재현은 희미하게 웃었다.

"예전에 애태타 이야기해준 적 있잖아요."

"네."

"그때 리하 씨는 애태타가 가진 걸 원한다고 말했잖아. 돈도 성공도 아닌 것."

"응."

"근데 난 리하 씨 이야기를 들으면서 애태타가 갖지 못한 것들을 갖고 싶었어요."

 "왜요?"

 "리하 씨는 어떻게 확신해?"

 재현은 대답이 아닌 질문을 했다.

 "가져본 적 없는 걸 원하지 않는지 어떻게 알아?"

 나는 재현을 가만히 바라보았다.

 "애태타가 갖지 못한 걸 진짜로 갖게 되면 원하게 될지도 모르잖아."

 재현은 내가 원하지 않는 걸 원하게 될 거라고 말했다.

5

———

남산 아래
하얀집

———

회귀

그해가 끝나기 전에 우리 셋은 각자 자신의 인생을 바꿀 선택을 내렸다. 가장 먼저 선택을 내린 것은 희연이었다. 희연은 한국을 떠났고 나는 한국에 남았다. 희연은 쉬지 않고 일하던 유토피아 에듀를 그만두었다.

"엄마가 아파."

희연의 말이 나의 마음을 허물었다.

"리하야, 나…."

나에게 기쁨과 사랑을 주었던 사람이 아이가 되었다. 아이가 내 앞에서 울었다.

"난 이번엔 죽음을 기다리지 않을 거야."

웃으려는 희연의 얼굴이 일그러졌다. 그녀의 얼굴에 울음과 웃음이 뒤섞였다.

"엄마와 난 죽음을 만나러 갈 거야."

희연은 약속 이야기를 들려주었다. 아무에게도 말하지 않은 이야기가 말해지고 들려졌다. 희연의 어머니와 아버지는 하나가 되었을 때 약속을 했었다. 단칸방에서 두 칸으로 이사를 가게 되면 여행을 가자는 약속이었다. 둘은 몇 년 끝에 두 칸으로 이사를 했지만 약속을 지키지 못했다. 대신 그들은 희연을 낳았다. 둘은 다시 약속을 했다. 희연이 학교에 들어가면 셋이 여행을 가자는 약속이었다. 셋은 약속을 지키지 못했다. 죽음은 그들의 약속을 기다리지 않았다.

희연은 죽음의 사원에 가려 했다.

"죽음의 사원?"

"응. 그곳엔 세상의 모든 죽음이 있대."

"어디 있는데?"

"아직은 몰라."

"어딘지도 모르는 곳에 가려는 거야?"

"그곳은 이야기로만 전해져. 죽음의 사원을 다녀온 자에게서만 그곳이 어딘지 들을 수 있대."

"어떻게?"

"죽음의 사원을 다녀온 사람은 오직 한 사람에게만 죽음의 사원이 어디에 있는지 알려준대."

"오직 한 사람?"

"죽음을 보고 싶어 하는 자에게."

희연은 우연들을 모아 죽음의 사원을 찾아갈 거라 말했다.

한국을 떠나는 날 처음 본 희연의 어머니는 아이 같았다. 불행들을 겪으며 살아낸 끝에 병든 여인이 희연의 손을 잡고 서 있었다. 그녀는 희연보다 작았다. 둘이 가진 것은 각자 짊어진 가방 하나가 전부였다.

"언제… 와?"

그것은 내가 세상에 태어나서 처음 한 말이었다. 희연은 환하게 웃었다. 화장을 하지 않은 그녀도 작아진 어머니처럼 어린아이 같았다. 희연은 내게 아무것도 약속하지 않았다. 기쁜 사랑을 주던 희연이 마지막으로 내게 준 것은 슬픈 이별이었다.

두 번째로 선택을 내린 것은 재현이었다.

"새로운 일 구했어요."

늦은 밤, 집에 돌아온 재현이 말했다.

"정말?"

"오늘 면접 보고 왔어요. 그곳 대표가 같이 일하자고 해서 다음 주부터 출근하기로 했어요."

"정말 다행이에요."

우리가 연인이 된 지도 벌써 두 해가 다 되었다. 그동안 재현과 나는 성실한 농부처럼 봄을 기다리며 모든 것이 사라진 겨울을 지나왔다. 이제 우리가 모은 씨앗들이 움트는 봄이 시작되는 것인지도 몰랐다.

"우리 이사 가요."

재현은 화전민과 피난민이 삶의 터전을 일구었던, 우리가 긴 겨울잠을 잔 강일동을 떠나자고 했다. 재현이 새로 시작한 일은 서울의 전 지역을 다녀야 하는 일이었다.

"무슨 일인데요?"

"예전에 우리 회사에 투자했던 곳에서 일하기로 했어요."

나는 숨이 멎는 듯했다.

"예전에 했던 일, 다시 하려는 거예요?"

"내가 제일 잘하는 일이니까."

재현의 목소리가 섬짓하게 들렸다. 나는 모든 것이 피로 물들어 끝났던 설원의 꿈을 기억했다. 재현은 어머니, 선배, 연인을 잃고 노력으로 얻었던 모든 것을 빼앗긴 채 자신마저 죽음에 이르게 했던 인생을 다시 원했다.

　"그 일, 안 하는 게 좋을 것 같아요."

　떨리는 목소리로 말하자 재현은 나를 안았다. 들려오는 심장소리가 내 것인지 재현의 것인지 구분이 되지 않았다.

　"걱정 마. 앞으로 우리에겐 좋은 일만 있을 거야."

　재현은 몇 번이고 내 등을 쓸어내렸다.

　"날 믿어요."

　재현은 또다시 내가 아닌, 자신을 믿으라 말했다. 무하도를 떠나지 않으리라는 결심을 거스르게 했던 그의 말이, 이번에는 내 인생의 무엇을 바꾸게 될지 몰라 두려웠다.

　"그 일 하지 말아요. 숨이 멎을 것 같아. 두려워."

　"당신이 두려움에 너무 익숙해져서 그래."

　재현은 향수병에 걸린 사람처럼 자신의 귀향을 기대했다. 그곳에서의 불행도, 그곳이 내린 추방도 모두 잊은 듯했다. 몇 번을 더 이야기해도 재현은 내 말을 듣지 않았다. 과거의 인생을 다시 시작하겠다는 재현의 말은 또 다른 불행의 전언처럼 들렸다. 이유를 알 수 없는 두려움은 며칠이

지나도 계속되었다. 나는 예언자가 아니었기에 두려워할 뿐 스스로도 무엇을 두려워하는지 몰랐다. 나에게는 일어날 미래가 보이지 않았다. 단지 재현이 다시 겪게 하는 섬짓한 불안을 견뎌낼 뿐이었다. 내가 알 수 없는 미래를 두려워하는 동안 재현은 내가 아닌 자신을 믿고 전생前生을 살았던 곳으로 다시 돌아갔다.

내가 아는 서울은 단칸방이 있는 강일동, 올림픽공원과 화이트클린이 있는 잠실, 유토피아 에듀가 있는 대치동이 전부였기에 재현은 우리가 어디로 가야 할지 내게 묻지 않았다. 그는 무하도에서 강일동으로 나를 데려온 것처럼 서울의 다른 곳으로도 자신이 나를 데려가야 한다고 여겼다. 하지만 재현은 며칠 동안 노트북으로 서울 지도를 보며 고민만 할 뿐 어디로 가야 좋을지 쉽게 결정을 내리지 못했다.

"여기로 가요."

나는 재현이 바라보던 서울 지도 정중앙을 가리켰다.

"남산?"

"여기가 남산이에요?"

"응."

"우리 남산으로 가요. 여기가 정중앙이니까 서울의 동서

남북 어디로도 갈 수 있을 거예요."

재현은 의외로 내 결정을 순순히 따랐다. 우리는 서울의 어디로도 갈 수 있는 남산으로 이사를 가기로 했다. 이사 갈 지역이 결정되자 재현은 다시 며칠 동안 노트북으로 중개 사이트의 월세 매물들을 보았다. 서울의 정중앙 남산은 우리가 사는 동쪽 끝 강일동보다 월세가 비쌌다. 재현은 또다시 쉽게 결정을 내리지 못했다.

"우리 남산에 가봐요."

나는 우리가 새로운 인생을 시작할 곳을 직접 보고 싶었다. 그곳을 걸으며 보고, 듣고, 그곳에서 숨 쉬면 자연스럽게 우리가 살 곳을 찾게 될 것이었다. 남산에 가기 전 재현과 의논 끝에 세운 기준은 단순했다. 주차가 가능할 것, 대중교통을 이용할 수 있을 것, 산책을 할 수 있을 것. 첫 번째는 재현에게 필요한 조건이었고, 두 번째는 재현이 나를 위해 필요하다고 생각한 조건이었고, 세 번째는 내가 우리를 위해 필요하다고 생각한 조건이었다. 재현은 일을 시작하면 중고차를 살 예정이었고 내가 일을 하러 가려면 버스나 지하철을 타야 했다.

토요일 아침 일찍 우리는 남산 아래 후암동에서 시작해 용산동 2가를 어슬렁거렸다. 시린 겨울바람을 들이쉬니 잠들어 있던 감각들이 깨어났다. 우리는 코끝이 아린데도 선명해진 감각들이 좋아 쉬지도 않고 계속 길을 걸었다. 가파르게 오르내리는 길마다 자리한 낡은 집들이 쇠락한 정경을 이루었다. 그 모습은 황량하기보다 오히려 고요해 보였다. 재현은 그곳이 해방촌이라고 했다. 집으로 돌아와 인터넷으로 검색하자 이름의 유래에 대한 정보가 나왔다. 해방 직후에 월남한 실향민들이 터전을 일군 곳이며 이후에는 고향을 떠나 서울로 온 이주민들이 정착한 곳, 서울의 대표적인 달동네. 그날 밤 나는 고향을 상실한 이들이 다시 살아가려는 마음을 가졌던, 달동네라는 이름을 가진 그곳으로 가리라 마음을 정했다.

해방촌은 시간에 스러져가는 분위기와 다르게 우리가 지냈던 강일동보다 월세가 더 비쌌다. 우리는 볼 수 있는 모든 집을 다 본 후에야 우리가 정한 세 가지 조건이 소박하지 않다는 것을 깨달았다. 우리의 세 가지 소원이 모두 이루어진 집은 어디에도 없었다. 해방촌 일대는 주차가 가능한 곳이 거의 없었고, 지하철역과 가까우면 낡은 집인데도 월세가 너무 비싸거나 남산과 멀었다. 산책할 수 있는 남산과 가까운 집은 반대로 지하철역과 너무 멀었다. 우리는 소원을 조금만 빌어야 했다. 내게는 숨 쉴 수 있는 곳이 가장 중요했기에 나는 재현이 정한 두 번째 조건을 지웠다. 재현과 내가 모두 마음을 준 곳은 집에서 조금 떨어진 곳에 주차를 할 수 있는, 남산과도 가까운 비탈길 위 하얀집이었다.

우리는 둘 다 그 집을 보자마자 마음을 주었다. 남산 아래 하얀집은 낙후된 모습을 감추려 도색한 새하얀 페인트 때문에 사방이 하얗게 빛나 눈이 부셨다. 재현과 나는 빛으로 가득한 그곳이 좋았다. 우리는 조금 긴 여행을 떠나듯 짐을 꾸려 남산 아래 하얀집으로 갔다. 처음으로 우리의 것들이 생겼다. 누군가의 인생을 같이 살았던 중고세탁기, 중고냉장고, 중고옷장, 중고식탁 들은 낡은 하얀집과 잘 어울렸다. 나는 스물다섯, 재현은 서른셋이 된 겨울이었다.

세 가지 가르침

희연은 죽음을 찾아갔고, 재현은 결국 귀향했고, 나는 두 번째 문을 열었다. 마지막으로 선택한 사람은 나였다. 나는 희연이 유산으로 물려준 일을 계속하기로 했다.

무하도를 떠날 때 나는 재현이 원하는 것을 원했다. 그는 내가 자신을 살리길 원했고 나도 그러길 원했다. 이제 재현은 다른 것을 원했다. 그는 채워지지 않을 갈망을 원했다. "진짜로 갖게 되면 원하게 될지도 모르잖아." 재현은 새로운 주문을 외웠다. 난 무하도로 돌아가 예전처럼 함께 살아가길 원했다. 나는 이제 재현이 원하는 것을 원하지 않았다. 수많은 시간을 함께 겪었는데도 우리는 결국 같은 서원을 갖지 못했다.

나는 재현이 왜 끊임없이 더 많은 것을 원하는지 몰랐다. 모든 것을 다 잃고도, 내가 가진 것을 다 바쳤는데도, 재현은 결국 전생을 다시 원했다. 재현이 원하는 것을 진짜로 갖게 되면 다시 그가 원하는 것을 원하게 되는 걸까. 나는 재현이 나아간 길을 바라봤다. 그리고 그를 따라 걸음을 내디뎠다. 사랑은 원하지 않는 것도 원하게 만들었다.

보조강사 때와 달리 자유강사가 되기 위해서 별도의 시험이나 면접은 치르지 않았다. 대표의 제안이 유일한 조건이었다. 자유강사 계약서는 보조강사 계약서보다 더 단순했다. 보조강사일 때는 근무일정, 시간당 급여, 근무복장, 강의할 내용, 금기사항 등이 모두 정해져 있어서 내가 결정할 수 있는 것이 아무것도 없었다. 그와 달리 자유강사 계약서는 백지에 가까웠다. 계약담당자가 준 계약서에는 세 가지 조건만 명시되어 있었다. 첫째, 모든 수입은 6:4 비율제로 한다. 둘째, 유토피아 에듀와 전속계약을 하며 외부강의 시 영구제명된다. 셋째, 계약 유효기간은 1년이다. 그게 전부였다. 근무시간조차 정해진 것이 없었다.

"수업일정은 언제 나와요?"

내 질문에 계약담당자는 의아한 표정을 지었다. 그녀의

고개가 살짝 왼쪽으로 기울어졌다.

"수업은 선생님께서 '하고 싶은 대로 원하는 만큼' 하면 돼요. 우리는 선생님께 아무것도 강요하지 않아요."

'하고 싶은 대로 원하는 만큼.'

나는 낯설게 들리는 그녀의 말을 되새겼다.

남산 아래 하얀집으로 이사를 오고 나서도 우리의 일상은 크게 달라지지 않았다. 과거의 일을 시작한 뒤로 재현은 안정을 찾은 것 같았다. 나는 원하는 만큼 일하라는 계약담당자의 말과 달리 수업을 하나도 맡지 못했다. 희연도 재현도 모르는 더 적은 것들이 있는 두 번째 문을 내가 찾은 건지도 몰랐다. 나는 다른 문을 연 것 같았다.

재현이 일을 시작한 뒤로 함께하는 시간이 줄었지만 우리는 그 시간을 아껴 썼다. 매일 저녁을 먹으면 차가운 겨울바람을 맞으며 비탈길을 걸어 남산으로 갔다. 밤이 되면 푸른색 가로등들로 검보랏빛 그림자숲이 되었던 올림픽공원과 달리 남산은 노을색 가로등들로 아기 해가 잠든 요람이 되었다. 남산 정상에 도착하면 우리는 나무의자에 앉아서 오랫동안 아름다운 불빛 파편들을 바라보았다. 서울의 야경을 바라보면 내가 떠나온 것들이 떠올랐다. 검은 바다, 언제나 있던 절벽, 고통을 씻어준 파도소리, 슬픔을 재우던 밤바람, 빛을 보내준 등대. 아련한 마음이 일 때마다 맞잡은 재현의 손을 꼭 쥐었다. 재현은 이제 매일 약 없이 잠들었고, 죽음이 아닌 삶을 원했으며, 인생의 선의만을 아는 아이처럼 이루고픈 꿈들을 모았다.

"수업은 언제부터 해요?"

재현이 일에 대해서 묻는 것은 처음이었다.

"모르겠어요."

"몰라?"

"응. 계약할 때 수업일정을 물어봤는데 '하고 싶은 대로 원하는 만큼' 하라고만 했어요."

"하고 싶은 대로 원하는 만큼만 하라는 말은 마음대로 하라는 뜻이 아니에요."

"그럼?"

"아무것도 책임지지 않는다는 뜻이야. 리하 씨는 프리랜서가 됐으니까 앞으로는 스스로 수업을 만들어야 돼."

"그런 말은 안 해줬는데?"

재현은 두 손바닥으로 두 눈을 지그시 누르고 작은 한숨을 내뱉었다. 그의 입에서 가녀린 연기가 흘러나와 어둠 속으로 사라졌다.

"당분간 수업이 없을지도 몰라요. 걱정하지 마. 내가 가르쳐줄게."

"재현 씨는 강사 일 해본 적 없잖아요."

"같은 시스템이야. 내가 있는 세계와 당신이 있는 세계는 규칙이 같아. 숫자로 된 결과만 의미가 있고 더 큰 숫자를 모으면 되는 거예요. 단순해."

재현은 일해본 적도 없는 유토피아 에듀의 시스템을 나보다 더 잘 이해했다. 나는 이해하지 못하는 그들의 방식을 재현은 설명하지 않아도 이해했다. 그들과 그는 같은 언어를 쓰는 듯했다.

재현이 첫 번째로 가르친 것은 유토피아 에듀의 철학이었다. 나는 재현의 첫 번째 가르침을 '큰 숫자 모으기'라고 불렀다.

"앞으로는 프리랜서여서 계약할 일이 많을 거예요. 리하 씨는 처음이니까 하나만 기억해요. 계약할 때 공식은 하나예요. 숫자가 같거나 크면 하고 숫자가 작으면 안 하는 거예요."

"무슨 말인지 모르겠어요."

재현은 다시 작은 한숨을 쉬고 천천히 '큰 숫자 모으기'에 대해서 설명했다.

"리하 씨 페이보다 큰 숫자는 계약하고 작은 숫자는 계약하지 않아요."

"왜요? 난 어떤 수업이든 괜찮아요."

아이들을 가르치는 일은 좋았다. 아이들은 살아 있는 나무 같았다. 계절과 바람, 물과 흙, 뿌리내린 곳에 따라 죽고 태어나기를 쉬지 않는 나무처럼 아이들은 곁에 있는 것들을 받아들여 끊임없이 새로운 모습이 되었다. 잠깐의 시간만으로도 그들은 아주 다른 무언가가 되어 매번 나를 놀라게 했다.

"여기에서는 더 큰 숫자만 가치가 있어요. 더 큰 숫자를 모은다고 생각해. 그거 하나만 생각하면 돼."

내가 아무 말도 하지 않자 재현은 문제를 냈다.

"리하 씨가 수업을 계약하려고 하는데 상대측에서 페이를 낮춰달라고 '정중하게' 부탁해요. 지금 상황이 안 좋다거나 나중에 상황이 좋아지면 페이를 높여준다고 '애절하게' 설명하는 거예요. 그럼 어떻게 해야 돼요?"

"계약해야 돼요."

재현은 두 손바닥으로 두 눈을 지그시 눌렀다.

"왜?"

"상황이 안 좋으니까 도와줘야 해요."

"이 세계에서 선의, 배려, 공감능력 같은 건 중요하지 않아. 질문에서 상대의 사정, 미래에 대한 장밋빛 약속 같은 건 무시해요."

"그럼?"

"여기에선 '더 큰 숫자'만 중요해. 아까 계약할 때 공식이 뭐라고 했지?"

"더 큰 숫자."

"그럼 질문한 거에 다시 대답해봐요."

내가 고민하자 재현은 다시 작은 한숨을 내뱉었다.

"이건 형이상학이 아니잖아."

"잘 모르겠어요."

"아주 단순한 문제야. 단순한 문제를 복잡하게 풀려고 해서 그래. 계약할 때 공식은 하나예요. 더 큰 숫자인가 아닌가."

재현이 하는 말은 여전히 이해되지 않았다.

"이해했어요?"

나는 애매하게 고개를 끄덕였다.

1월과 2월이 고요하게 흘러갔다. 재현의 말대로 2월이 되어도 수업은 생기지 않았다. 겨울이 끝나고 봄이 되자 남산은 겨울의 흔적을 모두 지우고 화사한 모습을 드러냈다. 하루도 쉬지 않고 꽃들이 피어났다. 노을빛 물이 든 밤의 꽃나무들은 색보다 물성이 도드라졌다. 밤하늘 아래 붉게 핀 겹복사꽃은 매번 숨을 멎게 했다. 수많은 붉은 겹꽃이 어둠 속에 떠다니는 모습에 밤마다 현실을 잊었다.

봄이 절정에 이른 4월이 되자 수업이 하나둘 생겼다. 모두 보조강사일 때 함께 일했던 선생님들이 소개해준 수업이었다. 수업을 하게 되자 재현은 자신이 깨달은 두 번째 비밀을 가르쳐주었다. 나는 재현의 두 번째 가르침을 '잿빛 의상학'이라고 불렀다.

"옷은 잿빛으로 입어요."

"왜요?"

"신뢰감을 주니까. 몸의 라인이 드러나지 않는 잿빛 정장을 몇 벌 사요."

"몸의 라인이 드러나지 않는?"

"신뢰감을 거래하는 전문직은 성별이 드러나지 않는 중성적인 옷을 입는 게 좋아요. 클라이언트에게 원하는 것을 줄 수 있는 이미지를 갖는 게 중요해. 학생들은 리하 씨가 여자라서 수업을 받으러 오는 게 아니잖아. 리하 씨 클라이언트들이 원하는 건 예쁜 여자 선생님이 아니라 대학의 입장권이에요. 일할 땐 항상 신뢰감을 주는 잿빛 정장을 입어요."

"나는 푸른 옷을 입고 싶어요."

보조강사일 때도 무하도에서 입던 옷을 그대로 입었다. 흰옷, 검은 옷도 있었지만 자주 입는 것은 쪽빛 물을 들인 푸른색 옷이었다.

"왜?"

"바닷속에 있는 거 같아서 좋아요."

재현은 작은 한숨을 내뱉었다.

"그런 말도 안 되는 이유로 옷을 고르면 안 돼. 공식 같은 거예요. 신입에게는 보이는 것이 전부야. 잿빛 정장을 입으면 중성적인 전문가처럼 보이고 사람들은 당신을 신뢰해. 이해가 안 되는 공식은 일단 외워요. 외국어를 배우는 것처럼."

재현은 아침마다 자신을 잿빛 정장에 넣었다. 정갈하게 빗어 넘긴 머리에 차가운 은빛 크롬 안경테, 얇은 잿빛 캐시미어 스웨터, 몸의 선을 따라 재단된 재킷과 바지를 걸치고 광택이 없는 검정색 가죽 신발을 신었다. 그는 모든 것을 예측하고 계산할 수 있는 사람처럼 보였다. 나는 희연을 생각했다. 희연은 물처럼 흐르는 무명천에 검은, 흰, 푸른색을 물들인 내 옷을 좋아했다.

"리하 넌 빛과 어둠, 바다를 좋아하는구나. 눈부셔."

희연은 낡고 바랜 내 무명옷을 볼 때마다 손바닥으로 두 눈을 가렸다.

"모든 것에 물드는 물 같아. 너처럼."

희연은 바라던 곳에 이르렀을까.

나는 기억에서 깨어나 재현을 바라보았다.

"신입강사의 복장은?"

"잿빛 정장."

"디자인은?"

"중성적 디자인."

"잘했어요."

재현은 자식에게 세상 이치를 가르친 아버지처럼 안심하는 표정을 지었다.

수업을 하는 날은 금, 토, 일, 사흘뿐이었지만 아이들을 가르치기 위해서는 많은 시간이 필요했다. 수업을 하지 않는 날은 하루 종일 수업준비를 하며 보냈다. 나와 달리 다른 신입강사들은 계속해서 수업을 늘렸다. 그들은 수업을 더 하지 않으려는 나를 이해할 수 없다고 말했다. 재현도 그런 나를 이해하지 못했다.

"왜 수업을 더 안 해요?"

"지금으로도 충분해요."

"주말 말고 평일에는 수업이 언제 있어요?"

"주말과 같아요. 오전, 오후, 저녁 수업이 있어요."

"그럼 앞으로 하루를 세 칸으로 나누고 일주일 스물한 칸을 모두 수업으로 채워요."

"일주일을 전부?"

"전부."

"그럼 언제 쉬어요?"

"쉬지 않아요."

"왜요?"

"프리랜서는 스스로 계약을 만들 수 있어야 하는데 처음에는 영업능력이 없으니까 일을 많이 하는 게 중요해요. 일을 많이 한다는 건 당신을 원하는 곳이 많다는 걸 증명하고, 수요가 많다는 건 당신이 유능하다는 걸 증명해요. 계약하기 어려울수록 사람들은 당신을 더 원하게 되고, 원하는 사람들이 많을수록 사람들은 당신을 유능하다고 믿게 돼. 프리랜서가 된 첫해는 쉬지 않고 일해야 돼요. 선순환을 만들기 위해서. 이해했어요?"

나는 재현의 어깨 너머를 바라보다 재현의 가슴에 시선을 두었다.

재현은 두 손바닥으로 얼굴을 감쌌다.

"신입강사의 근무일은?"

"주 7일."

"빈칸이 생기면?"

"채우기."

"잘했어요."

나는 재현이 쓰다듬을 수 있도록 그의 가슴 가까이에 머리를 대었다. 재현은 웃음을 떠뜨렸다. 재현이 가르치는 것을 다 배우고 나면 우리는 닮은 사람이 되는 걸까. 재현을 사랑해서 갖는 소원은 많아지기만 했다.

나는 재현이 가르쳐준 세 번째 비밀을 '빈칸 채우기'라고 불렀다. 재현의 가르침대로 빈칸을 채우기 위해서 소개받은 수업을 계속 맡았다. 여름방학이 끝나기 전에 열두 개의 빈칸이 채워졌다. 빈칸을 다 채우지 못했는데도 쉴 수 있는 날이 없었다. 자유 계약은 이중의 계약이었다. 계약된 시간을 일하기 위해서는 계약되지 않은 시간을 모두 바쳐야 했다. 계약되지 않은 시간에는 출제경향을 분석하고, 교재를 만들고, 커리큘럼을 기획하고, 강의안을 연구하고, 시범강의 훈련을 하고, 보조강사들을 지도했다. 잠드는 시간은 세 시간도 채 안 됐다. 무하도에서는 쉬지 않고 일주일 내

내 일해도 괜찮던 몸이 조금씩 망가졌다. 유토피아 에듀에는 회사처럼 정해진 식사시간이 없어서 난 대부분 식사를 걸렀고 무언가를 대충, 빨리 먹었다. 그렇게 새긴 몸의 습은 마음을 물들여 무언가에 쫓기듯 조급해지고 앞에 있는 목표만을 보게 했다. 어느새 내 몸과 마음은 재현을 닮아갔다.

바르도 설화

예전의 일을 다시 시작한 뒤로 재현은 일을 마치고 오면 오랫동안 몸을 씻었다.

"다 씻었어요?"

한참 동안 그를 기다린 내가 물었다.

"응. 다 씻었어요."

재현은 인생의 고단함이 덕지덕지 붙은 몸을 저녁마다 오랫동안 씻어내었다. 밤이 되면 하얀집은 창에 비친 가로등으로 노을이 졌다.

"기분 좀 나아졌어요?"

"응."

"오늘 힘들었어요?"

"아니."

아니라고 말하는 재현의 감은 눈꺼풀과 긴 속눈썹이 가녀리게 떨렸다. 그는 슬픔과 불안이 자신의 몸에 섞이지 않게 밤마다 정성 들여 몸을 닦아내고 눈을 감아 마음의 문을 닫았다. 매일 밤 샤워를 마치면 재현은 하루 종일 돈과 성공만을 바라보던 자신을 잊고 침대로 와 내 품에 안겼다. 나를 안고 나면 재현은 아주 잠깐 자신을 매혹시키던 주문에서 풀려나 순수한 아이가 되었다. 커다란 몸을 웅크려 내 허벅지를 베고 누운 그는 내가 밴 아이 같았다. 나는 재현의 마음이 진정될 때까지 그의 머리를, 얼굴을, 감은 두 눈을 쓰다듬었다.

"이야기해줘요."

"어떤 이야기?"

"예전에 해줬던 바르도 이야기요. 그 이야기 듣고 싶어."

"고대에는 사람이 죽으면 바르도를 지나 다른 인생으로 태어난다고 믿었어요. 하나의 인생이 끝나고 다른 인생이 시작되기 전, 죽음과 탄생의 길인 바르도에는 길이 없어요. 살아온 삶은 죽음을 맞이하였으나 살아갈 삶은 아직 태어나지 않아서 길이 없는 거예요. 모든 죽은 자는 죽음과 탄생이 뒤섞인 바르도에서 길을 잃어요.

　고대부터 바르도에서 길을 잃은 자에게 새로운 인생으로 가는 길을 알려주는 자들이 있었어요. 이들을 바르도 안내자라고 불렀어요."

　나는 재현을 안고서 아무에게도 말하지 않았던 바르도 설화說話를 들려주었다.

첫 번째 만남

옛날 옛날에 한 사람이 살았다. 그의 이름은 연조, 인연 연緣, 만들 조造, 인연을 만드는 자였다. 그는 원래 두 사람 이었다. 연조에게는 단 하나뿐인 연인이 있었다. 그녀의 이름은 서영, 줄 서敍, 영원할 영永, 영원한 것을 주는 자였다. 그들은 서로에게 첫 연인이었고 오직 서로만을 원했다.

하지만 죽음은 그들을 동시에 찾아가지 않았다. 죽음은 서영을 먼저 찾아갔다. 연조는 단 하나뿐인 연인을 잃고 살아남은 대가로 찢겨진 사람이 되었다. 어떤 이도, 어떤 것도 연조의 찢겨진 자리를 아물게 하지 못했다.

연조는 죽음이 자신을 찾아오지 않아서 스스로 죽음을 찾아갔다. 그렇게 그는 망자亡者가 되었다. 연조는 스스로 죽음을 찾아갔음에도 죽음의 공포에 전율했다. 그는 자신이 죽은 것을 몰라 사흘 동안 잃어버린 몸을 찾아다니다가 자신이 죽었다는 것을 깨달았다. 그것은 모든 망자들이 겪어야 하는 죽음의 공포였다. 죽은 자들은 모두 사흘이나 고통당한 뒤에야 비로소 자신의 죽음을 알게 되었다.

"여기는 어디입니까?"

연조는 두려움에 떨며 물었다. 그의 앞에는 검은 천으로 몸을 휘감은 자가 서 있었다.

"너는 죽은 자가 되었다."

그 말을 듣자 연조는 믿을 수 없어 또다시 공포에 전율했다.

"당신은 무엇입니까?"

"나는 바르도를 안내하는 자이다."

연조는 자신 앞에 있는 자를 보려 했으나 보이지 않았다. 그는 흘러내리는 어둠 같았다. 흑색 무명천 안으로는 어둠만이 보여 자신 앞에 있는 것이 사람이 아니라 검은 문처럼 보였다.

"이곳은 바르도이다."

안내자의 목소리가 다시 울렸다.

"바르도?"

"바르도는 죽은 뒤에 다음 인생으로 태어날 때까지 지나야 하는 길을 말한다. 너는 죽기 전에 전생에서 서원을 세웠다. 이제부터 너는 서원의 인생으로 태어나기 위해서 그 인생을 찾아가야 한다."

그의 목소리가 어둠 속에 울려 퍼져 마치 연조의 마음속에서 우러나는 소리처럼 들렸다. 연조는 안내자가 말하는 서원의 인생이 무엇인지 몰랐다.

"서원은 마음에 새긴 소원이다. 너는 전생에서 서원을 세웠다. 이제 너는 죽은 자가 되었으니 전생에서 절대 잊지 않으리라 마음에 새겼던 서원의 인생을 찾아가도록 하라. 너는 49일 동안 길을 잃을 것이며, 나는 너에게 일곱 번 길을 가르쳐줄 것이다. 49일이 지나고 서원의 인생에 이르면 너는 그토록 바라던 생을 살게 될 것이다."

"제가 서원의 인생에 이르지 못하면 어떻게 되는 것입니까?"

"너는 망자忘者가 되어 영원히 바르도에서 길을 잃고 헤맬 것이다."

안내자는 연조에게 첫 번째 길을 안내해주었고, 연조는 길이 없는 바르도를 걷기 시작했다.

두 번째 만남

연조는 쉬지 않고 걸었으나 자신이 어디로 가는지 알지 못했다. 그의 앞에는 어둠만이 있었다. 그는 하염없이 걸었지만 어디에도 이르지 못한 것 같았다. 바르도는 달빛이 내린 밤처럼 칠흑빛을 띠었다. 망연해진 그의 앞에 다시 검은 문이 나타났다.

"너는 길을 잃을 것이다."

안내자의 목소리가 울렸다.

"어디로 가야 할지 모르겠습니다."

"바르도는 모든 길이 사라진 곳이다. 죽음으로 너의 전생은 끝났으나 아직 다음 생이 시작되지 않았다. 아무것도 정해지지 않아서 바르도에는 길이 없는 것이다. 너는 죽음과 생이, 끝과 시작이 뒤섞인 곳을 지나야 한다. 길이 없으니 계속 길을 잃을 것이다."

"길을 잃으면 어디로 가야 합니까?"

"어디로든."

"저에게 서원의 인생을 찾아가야 한다고 하셨습니다."

"망자亡者들은 정해진 길이 있다고 믿기에 어디로도 가지 못한다. 바르도는 길이 없는 곳이다. 정해진 길을 따라가는 것이 아니라 스스로 길을 만들어가야 한다. 서원이 너의 길을 만들어줄 것이다. 길을 잃을 때마다 전생에서 세웠던 서원을 기억하라. 반드시 잊지 않으리라 마음에 새겼던 서원이 길을 찾아줄 것이다."

안내자는 어둠 속으로 사라졌다.

아무리 걸어도 구슬픈 통곡이 메아리치는 폐허만이 이어졌다. 연조는 끊임없이 길을 잃었고 서영을 다시 만나지 못할까 마음이 미어졌다. 길을 잃을 때마다 연조는 죽음에 더 가까워졌고 서영을 사랑했던 기억들이 환영처럼 사라져갔다.

"서영아…"

연조의 목소리가 연기처럼 흩어졌다.

"너에게 가고 있어."

절망한 연조에게서 슬픈 넋두리가 흘러나오자 그 순간 저 멀리서 희미한 목화솜이 떠올랐다. 연조는 그 빛을 따라 걸었다.

세 번째 만남

연조는 바르도를 지날 수 없었다. 사방에서 울부짖는 망자들이 마음을 미어지게 해 그는 더 나아가지 못했다. 연조는 길을 잃은 것이 아니라 멈춰 섰다. 그들의 눈은 모두 텅비어 하염없이 눈물을 흘리면서도 아무도 서로를 바라보지않았다. 그들은 끊임없이 서로 엇갈리며 같은 자리를 맴돌았다. 연조에게는 그들의 고통과 비탄이 그대로 전해졌다.

"이들은 왜 울부짖고 고통스러워합니까?"

연조는 사방에서 길을 잃고 헤매며 울부짖는 이들을 보자 슬퍼져 목이 메었다.

"그들은 길을 잃고 망자忘者가 된 이들이다. 그들은 죽었으나 어디로도 갈 수 없어 비탄에 빠져 울부짖는 것이다."

안내자의 목소리가 울렸다.

"이들은 왜 서원의 인생으로 가지 않습니까?"

"그들에게는 서원이 없기 때문이다. 그들은 망각의 대가로 망자가 된 자들이다."

"저는 이들의 고통에 목이 메고 눈이 멀어 더 이상 나아갈 수 없습니다."

참혹한 슬픔이 연조의 눈을 멀게 했다.

"불행을 잊은 자는 서원을 가질 수 없다. 사랑해서 불행해진 자만이 서원을 갖게 되니, 오직 그들만이 바르도를 지날 수 있다. 너는 전생에 불행을 겪으며 서원을 세웠고 그것을 지켜내었다. 바르도는 모든 것이 사라지는 곳이다. 시간이 흐를수록 기억이 사라져 아무것도 기억하지 못하게 될 것이다. 너는 서원을 지키기 위해서 치렀던 대가들을 기억해내야 한다. 그 불행의 기억이 너에게 길을 찾아줄 것이다."

안내자는 말을 마치고 다시 어둠 속으로 사라졌다.

연조는 안내자의 목소리를 되새겼다. 연민에 무너진 연조의 눈앞에 희미한 기억이 빛처럼 떠올랐다. 연조는 서영이 죽고서도 끝내 그녀를 잊지 않아서 겪었던 시련을 보았다.

연조의 기억

　서영의 죽음은 연조에게 새로운 눈을 주었다. 연조는 더 이상 서영이 살아 있을 때처럼 세상을 바라보지 못했다. 그의 눈에는 자신과 닮은 사람들이 보였다. 이별과 죽음을 겪어 찢겨진 사람들이 연조의 눈에 매일 비쳤다. 그들 중 일부는 죽음을 원했고, 일부는 살아 있으나 죽은 자가 되었고, 일부는 시련을 견디며 살아갔다. 연조가 서영을 사랑해서 잊지 않은 대가로 얻은 것은 고통을 보는 눈이었다.

　서영이 준 눈으로 연조는 그들의 슬픔을 하나하나 겪게 되었다. 그 시간들은 연조에게 죽음을 보게 하고, 슬픔을 느끼게 하고, 그것을 견디게 하였다. 연조의 마음은 헤아릴 수 없는 슬픔을 겪어 끝내 누더기가 되었고, 누더기가 된 그의 마음은 사랑한 대가로 불행을 겪어야 하는 이들을 사랑하게 되었다. 연조는 찢겨진 자들을 사랑할 때마다 불행해졌으나 그들에 대한 사랑을 멈추지 못했다. 연조가 서영을 사랑해서 두 번째로 얻은 것은 참혹한 고통마저도 견뎌내는 연민의 심장이었다.

서영에 대한 사랑이 연조에게 감당할 수 없는 것을 감당하게 해, 결국 뼈 줄기들이 야윈 그의 몸을 집어삼켜 산산조각 내었다. 연조가 서영을 사랑한 대가로 마지막으로 얻은 것은 사랑과 고통으로 갈라진 고행자의 몸이었다. 서영이 연조에게 준 것들은 누구도 빼앗을 수 없는 영원한 것이었다.

연조는 그 모든 시련을 겪고도 서영에 대한 사랑을 잊지 않았고 끝내 사랑에 미친 자가 되었다. 불행이 준 고통 끝에 연조는 서영과 함께 죽음을 맞이하려는 서원을 세웠다. 그는 죽음이 자신과 서영을 함께 찾아오는 인생에서 서영을 만나길 소원했다. 연조는 고통을 보는 눈, 연민의 심장, 고행자의 몸을 얻고서도 서영을 잊지 않았다. 그가 세운 서원이 서영을 기억하게 했다. 연조가 스스로 죽음을 찾아갔을 때 그에게는 서영에 대한 모든 기억이 있었다. 그것이 연조가 망자가 되지 않은 이유였다.

네 번째 만남

아무리 걸어도 길이 없는 바르도는 끝나지 않았다. 연조는 서영과 함께 죽음을 맞이하는 생을 향해 하염없이 걸었으나 끝내 제자리로 돌아온 것 같았다.

"망자들은 결국 어디에 이르게 됩니까?"

연조는 다시 자신 앞에 나타난 검은문에게 물었다.

"망자들은 과거의 생을 찾아가기 때문에 전생과 비슷한 생으로 태어나게 된다."

"그들은 왜 이미 끝나버린 과거의 생을 찾아갑니까?"

"그들이 원해서가 아니다. 그들의 혼이 전생에서 쌓은 습쩝을 기억해 익숙한 곳을 찾아가기 때문이다. 누구도 카르마KARMA의 법칙을 거스를 수 없으니 그들은 살아온 대로 다음 생도 선택하는 것이다."

"그럼 저도 결국 과거의 생을 찾아가게 됩니까?"

"너도 결국 과거의 생을 찾아가게 될 것이다."

연조는 안내자의 예언에 마음이 무너졌다. 끝내 자신도 카르마의 법칙을 거스르지 못해, 그 모든 노력에도 과거의 생을 반복하게 될 것이라는 말이 연조의 눈을 어둡게 만들었다.

"바르도는 모든 것이 사라지는 곳이다. 시간이 흐를수록 모든 기억이 사라지게 될 것이며 서원마저 사라지게 될 것이다. 서원을 가진 것만으로는 바르도를 지날 수 없다. 서원을 가진 자도 결국 모든 기억을 잊게 되고 길을 잃게 되는 것이 바르도의 법칙이다."

"저는 이제 무엇을 따라가야 합니까?"

"너의 혼魂에 새겨진 습을 따라갈 것이다."

연조의 눈이 멀어 안내자의 목소리만이 들렸다.

연조는 서영이 죽고 난 뒤에 자신이 살아낸 시간들을 떠올렸다.

연조의 기억

연조는 서영이 죽고서도 육 년을 더 살아내었다. 아버지와 어머니가 계셨기에 그는 살아남으려 했다. 연조는 감당할 수 없는 슬픔 속에서도 쉬지 않고 일을 해 부모를 보살폈다. 삼 년의 시간이 그를 지나쳐 갔다. 누구도 인생의 법칙을 거스를 수 없었으므로 늙은 부모는 병들고 끝내 죽음에 이르러, 연조에게 또다시 견딜 수 없는 이별과 죽음을 겪게 했다.

아버지가 먼저,
어머니가 다시.

연조는 죽음이 다시 그가 아닌 아버지와 어머니를 먼저 찾아간 것에 전율했다. 죽음은 연조에게 자비 없는 자신의 모습을 기억하게 했다. 연조는 또다시 고통의 증인이 되어 아버지와 어머니가 좋은 생으로 태어나길 빌고 또 빌었다. 아버지, 어머니와 함께한 기억의 수만큼 연조에게 슬픔이 찾아왔다. 서영이 준 고통을 보는 눈과 연민의 심장은 모든 기억을 보고 모든 슬픔을 겪게 했다. 슬픔을 겪을 때마다 그의 몸은 깎여나가 마지막에 연조의 몸은 거대하게 뻗어나간 산맥이 되었다. 연조가 살아낸 육 년의 시간은 사라지지 않고 그의 몸과 마음에 새겨졌다.

부모의 죽음을 삼 년 동안 애도한 뒤에야 연조는 비로소 죽음을 찾아갔다. 연조가 죽음을 찾아갔을 때 그의 몸과 마음은 서영과 아버지, 어머니가 죽음 끝에 좋은 생으로 태어나기를 수도 없이 빌었던 습이 박힌 채였다. 바르도에서 연조는 거의 모든 기억을 잃었지만 그의 혼은 습을 기억해 죽음에서 생을 낳는 길을 찾아갔다.

다섯 번째 만남

　연조는 바르도에서 일곱 번 모두 길을 잃었으나 안내자의 목소리를 따라 끝내 길을 찾아 나아갔다. 안내자는 일곱 번 연조를 인도해주었고 연조는 결국 빛을 따라 마침내 서원한 인생에 이르렀다.

　"당신은 죽은 자입니까?"

　연조는 마지막으로 안내자에게 물었다.

　"바르도에 죽지 않은 것은 아무것도 없다. 죽음 없이는 바르도에 들어올 수 없는 것이 바르도의 법칙이다."

　"당신은 왜 안내자가 되었습니까?"

　연조는 바르도를 지나면서 보았던 헤아릴 수 없는 죽음과 고통을 떠올렸다.

　"나는 불행해질 운명을 지닌 자들을 사랑해 안내자가 되었다. 사랑해서 불행해진 자들이 더 이상 고통받지 않길 원해 그들에게 바르도를 안내해주는 것이다. 그들이 불행 끝에 서원하는 생에 이르도록."

　"언제까지?"

　"언제까지나."

안내자는 사랑을 멈추지 않았기에 영원토록 안내자가 되어 바르도에 남았다. 안내자는 사랑에 미친 자였다. 바르도에서 어떤 이들은 길을 잃었지만 어떤 이들은 안내자의 사랑으로 서원의 생에 닿아 새로운 인생으로 태어났다. 새로운 생은 서원을 기억한 자와 불행해진 자를 사랑한 자가 만나 낳은 아이였다. 사랑에 미친 두 사람은 49일 동안 바르도를 지나 생을 잉태했다.

마지막 만남

연조는 그토록 바라던 서원의 인생으로 태어났다. 안내자는 영원한 것들을 가진 연조가 서영을 만나 함께 죽음을 맞이하기를 기원했다.

사랑의 광인狂人들만이 오직 바르도의 법칙을 거스를 수 있었다. 그들은 사랑으로 슬픔과 죽음 속에서 누구도 빼앗을 수 없는 영원한 것들을 갖게 되었다. 영원한 것들을 가진 사랑에 미친 자들은 바르도의 법칙을 거슬렀다. 바르도는 자비 없이 모든 것을 사라지게 했으므로 사랑에 미친 자들도 평생 동안 지켜온 기억들을 모두 잃었다. 하지만 그들의 혼은 평생 동안 새겨진 습을 따라 망각 속에서도 서원의 생으로 나아갔다. 그것은 오직 안내자만이 볼 수 있는 사랑의 경이로움이었다. 사랑에 미친 자들은 바르도의 자비 없는 망각의 법칙을 거슬러 서원의 생을 낳았다.

명이도 설화

다음 날에도 재현은 잠들지 못하고 내 품을 찾았다.

"이야기 더 듣고 싶어요."

"어떤 이야기요?"

"망자들의 이야기요. 서원이 없으면 바르도에서 길을 잃고 망자가 된다고 했잖아요. 망자들은 왜 서원이 없어요?"

망자들에게 왜 서원이 없는지 어머니는 말해주신 적이 없었다. 몇 번을 물어도 미소만 지으실 뿐 망자들에 대한 이야기는 더 하지 않으셨다. 나는 듣고 싶은 이야기를 들을 수 없어서 늘 망자들에 대한 이야기를 생각했었다. 서원이 없어 길을 잃고 어떤 인생으로도 태어나지 못하는 망자들이 마음에 맺혀 잊히지 않았다. 망자들에 대한 이야기가 태어난 것은 어머니가 돌아가신 지 일 년이 지나서였다. 일 년 동안 어둠만을 본 끝에 나는 그 이야기를 낳았다. 검은 집에서 나오기 전날 밤, 나는 망자들의 이야기가 사라지지 않도록『기억의 서』에 적었다.

"어머니는 불행이 생의 대가로 제물을 거둔다고 하셨어요. 불행이 찾아가 제물을 거둔 자는 잃을 수 없는 것을 잃었기에 찢겨진 사람이 돼요. 그렇게 슬픔에 눈이 멀고 말을 잃어 고통에 망가진 자는 길을 떠나요."

"어디로요?"

"명이섬으로."

"명이섬이 어디에 있는데요?"

"명이섬은 아무 곳과도 연결되지 않은 외딴섬이에요. 밝을 명明, 다칠 이夷, 밝음이 다친 곳이라는 뜻이에요. 명이섬은 늘 낮보다 밤이 길어요."

"명이섬에 가면 행복해져요?"

"아니요. 기억을 버리러 가는 거예요."

시빈의 기억

옛날 옛날에 아무 곳과도 연결되지 않은 명이섬이 있었다. 밝음이 다친 곳, 명이섬은 늘 낮보다 밤이 길었다. 명이섬에는 망각을 주는 샤먼이 살았다. 불행을 만난 사람들은 고통에 망가져 기억을 버리러 명이섬에 갔다. 그들은 불행을 잊길 원했다. 고통에 망가진 자는 배를 타고 별들을 따라 명이섬을 향해 나아갔다.

연조는 전생에 시빈이라는 이름을 가졌다. 처음 시始, 빛날 빈份, 빛을 시작하는 자가 그의 이름이었다. 시빈은 그녀가 아닌 다른 사람을 사랑할 수 없는 연인을 만나 하나가 되었다. 하나였던 둘이 만나 다시 하나가 되었으므로 축복을 받은 아이가 그들을 찾아왔다.

시빈은 불행이 찾아오지 않은 자신의 삶이 특별하다는 것을 알았다. 그는 자신을 찾아온 행운과 평온을 감사하게 여겼다. 아내만을 사랑했으며, 자애로운 아버지가 되었고, 불행에 찢겨진 사람들을 돌봤다. 그를 아는 모든 사람이 시빈을 존경했고 그의 가족을 축복했다. 하지만 불행은 시빈을 잊지 않았다. 다만 그를 오랫동안 기다렸을 뿐이었다.

시빈의 차례가 왔을 때 불행은 오랜 기다림 끝에 시빈에게서 두 개의 제물을 거두었다. 시빈은 아내와 아이를 모두 잃었다. 죽음은 시빈의 인생 전부를 거두어 잔혹한 자신의 모습을 기억하게 했다. 시빈이 평생 동안 쌓아온 순종적인 삶도, 매일 올렸던 감사의 기도도, 찢겨진 자들을 돌보던 헌신도 죽음 앞에서는 무無가 되었다. 시빈은 숭고했던 자신의 인생이 하루아침에 참혹해진 것에 전율했다.

오랜 시간이 흘러 시빈은 불행을 잊으러 망망한 바다에 작은 배를 띄우고 명이섬을 향해 나아갔다. 간절한 바람 끝에 명이섬에 닿은 시빈은 물가에 서 있는 망각의 샤먼을 보았다. 샤먼은 먹으로 물들인 무명천으로 몸을 휘감아 얼굴조차 보이지 않았다. 바랜 검은 천을 두른 샤먼은 배가 섬에 닿을 때까지 흔들림 없이 서 있었다. 그는 오랫동안 시빈을 기다려온 것 같았다. 배가 드디어 명이섬에 닿자 샤먼은 등을 돌려 앞으로 걸어갔다. 시빈은 샤먼을 따라 하염없이 길을 걸었다. 이윽고 거대한 검은 구멍이 나타나자 망각의 샤먼은 뒤돌아보지 않고 어둠 속으로 사라졌다. 시빈도 샤먼을 따라 검은 구멍 안으로 들어갔다. 시빈은 또다시 끝나지 않을 것 같은 길을 걸었다.

동굴 끝에 이르자 하늘로 깨어진 틈에서 달빛과 별빛이 쏟아져 내렸다. 망각의 샤먼은 달빛과 별빛이 만든 원 안에 앉았다. 시빈도 그를 따라 빛 안에 앉았다. 시빈은 긴 시간 동안 자신이 겪은 불행을 고백했고 마지막으로 샤먼에게 고통을 주는 기억을 지워달라고 말했다. 망각忘却을 주는 샤먼은 시빈이 더는 고통받지 않도록 그의 기억을 거두기로 했다.

망각의 의식이 시작되자 시빈은 샤먼에게 잊고 싶은 기억을 이야기했다. 샤먼이 시빈의 불행한 기억들을 거두기로 하자 시빈은 잊고 싶은 고통의 기억을 새하얀 한지에 먹으로 써 내려갔다. 그것은 잊고 싶지 않은 사랑의 기억이기도 했다. 잊고 싶은 기억이 다 적히자 샤먼은 종이를 들고 바다에 가 담갔다. 바닷물이 한지에 스며들어 기억들이 얼룩져 지워졌다. 바다가 시빈의 기억을 거두어 사랑해서 불행해진 기억은 바다가 되었다. 샤먼은 기억이 지워진 종이를 들고 섬의 절벽에 올랐다. 샤먼의 손에 들린 얼룩진 한지에서 검은 눈물이 뚝뚝 떨어졌다. 절벽 위에 오른 샤먼은 서낭당에 뿌리내린 육백 년 된 나무에 젖은 종이를 묶었다.

시빈은 망각의 의식이 끝날 때까지 샤먼이 사는 검은 동굴에 머물렀다. 그는 어둠 속에서 며칠 동안 잠들었다 깨어나기를 거듭했다. 시빈이 의식을 잃고 되찾는 엿새 동안 기억이 지워진 종이는 서낭당 나무에 묶인 채 햇빛을 받으며 바람에 나부꼈다. 이렛날이 되자 이제 아무것도 적히지 않은 백지가 햇빛을 받아 청자색, 홍옥색, 백자색, 먹색, 모과색으로 찰나마다 점멸하며 빛났다. 절벽 위 서낭당 나무에 묶여 바람에 휘날리는 한지가 오방색五方色으로 변하자 한때 망가진 자였으며, 이제 망각한 자가 된, 앞으로 망자가 될 시빈은 명이섬을 떠났다. 자신에게 고통을 주었던 생으로 다시 돌아가기 위해.

재현은 되찾을 수 없는 것을 잃은 사람처럼 망연한 눈빛으로 자신의 마음속 무언가를 오랫동안 바라보았다.

"시빈은 명이섬을 떠나서 다시 행복해졌어요?"

"아니요. 시빈은 살아 있지만 죽은 자가 되었어요."

"왜? 기억을 버렸잖아. 아무 일에도 상처받지 않으려고."

"사랑과 불행은 한 몸으로 뒤엉켜 있어요. 그는 불행한 기억을 버릴 때 사랑했던 기억도 버린 거예요. 불행을 망각한 자는 죽은 마음을 갖게 돼요. 아무것도 슬프게 할 수 없으나 아무도 사랑할 수 없는 마음을요."

"시빈은 자기가 기억을 잃었다는 걸 어떻게 알았어요?"

"시빈은 '무엇을' 잃었는지 몰랐지만 무언가를 '잃었다'는 것은 알았어요. 자신이 잃어서는 안 되는 무언가를 잃었다는 걸. 망각한 자에게는 공허함이 흔적으로 남아요. 그는 아무도 사랑할 수 없는 채로 살아갔어요. 시빈은 망자가 되었고 끝내 길을 찾지 못했어요."

잿빛 시간

재현은 다시 여유 없는 과거의 인생으로 돌아갔다. 그는 새벽부터 모니터 화면 속 알 수 없는 자료들을 보았고 아침이 되면 예전에 알았던 업계 사람들에게 전화를 해 안부를 묻고 정보를 공유하며 투자를 부탁했다. 녹음기처럼 같은 대화를 반복하고 통화가 끝나면 하루 종일 바쁘게 어딘가에서 어딘가로 움직였다. 일을 마치면 차를 몰고 다른 곳으로 가서 또 다른 일을 마쳤다. 그의 마음도 그렇게 움직였다. 재현은 늘 다음 일을 생각했고 여러 가지 일이 뒤엉킨 그의 머릿속은 여러 가지 기억을 지웠다. 나는 재현에게 같은 이야기를 몇 번씩 다시 했지만 재현은 일과 관련된 이야기가 아니면 곧 모두 잊었다. 망각의 자리는 재현이 갈망하는 것들로 채워졌다.

밤이 되면 재현은 여전히 내 품 안에 안겨 눈을 감은 채 이야기를 들었다. 물이 그의 몸에서 삶의 시름을 씻어내고 내 이야기가 텅 빈 그의 마음을 채우면 재현은 그제야 눈을 감고 잠에 들었다. 재현이 잠들고 나면 나는 그가 잠든 모습을 오래도록 바라보았다. 감긴 그의 눈은 밤새도록 잠들지 못하고 파르르 떨렸다. 아침이 되면 우리는 헤어졌고 밤이 되면 텅 빈 눈을 한 재현이 다시 내 품을 찾았다. 그가 평생 동안 키워온 마음속 우울은 문득문득 그의 몸에서 새어나와 나를, 우리를, 하얀집을 진한 어둠으로 물들였다.

"재현."

"응?"

"너무 무리하지 말아요."

"일이 계속 있는 게 아니잖아. 내가 하고 싶은 만큼 일을 정해서 하는 건 불가능해. 여긴 섬이 아니니까."

재현은 설원의 꿈속에 있는 듯했다. 그는 끝이 없는 곳을 향해 혼자 걸어갔다. 한기가 몸에 스며들었다. 내가 모르는 세상에 혼자 있는 그를 보면 떠나온 무하도가 떠올랐다. 시간이 흐를수록 재현은 자신의 인생을 파멸시켰던 것들을 점점 더 많이 원했다. 더 많은 돈과 성공이 그를 매혹시켰고 그는 한계 없는 인생에 다시 이끌렸다.

그해 가을과 겨울을 우리는 보지 못했다. 나는 쉬지 않고 일한 끝에 재현이 원했던 더 큰 숫자를 갖게 되었다. 유토피아 에듀는 재계약을 조건으로 여덟 개의 0이 하나인 숫자를 주었다. 갖지 못했던 것을 진짜로 갖게 되었는데도 그것을 갈망하게 되지는 않았다. 나는 재현이 원했던 것을 반밖에 갖지 못했다. 더 큰 숫자는 가질 수 있었지만 갈망은 가질 수 없었다.

재현도 쉬지 않고 일한 끝에 더 큰 숫자를 갖게 되었다. 하지만 우리의 일상은 크게 달라지지 않았다. 여전히 남산 아래 하얀집에 살았고 우리가 쓰는 가구는 모두 중고로 샀던 것들 그대로였다. 재현은 예전과 달리 더 비싼 무언가를 사지 않았다. 그는 신중하게 더 큰 숫자들을 모으기만 했다. 우리는 오히려 더 가난해진 것 같기도 했다. 이제 우리는 아침에 음악을 듣지 않았고 밤에 남산을 걷지 않았다. 돈과 성공만을 위한 인생이 아닌 다른 인생의 이야기들을 모으지도 않았고, 태어나는 해도 빛이 사라진 어둠도 보지 않았다. 한때 신전의 사제였던 우리는 더 이상 신성한 의식을 치르지 않았다. 시간은 늘 부족했다.

돌아보니 되리라 생각조차 해본 적 없는 일이 내 직업이 되어 있었다. 나의 인생이 그랬다. 부모의 연이은 죽음, 표정 없는 남자와의 만남, 한 몸이었던 섬을 떠난 일, 서울로의 이주, 희연과의 인연, 청소부와 강사가 되었던 날들, 나는 무엇 하나 알지 못했다. 유토피아 에듀 소속 자유강사, 그것이 내가 무하도에서 살았던 정령조각가의 인생을 버리고 얻은 새로운 인생의 모습이었다. 서울에서 얻은 삶은 이력서에 적을 수 있는 것이었지만 그것이 이력서에 적을 수 없었던 무하도의 삶보다 나은 것인지는 알 수 없었다. 두 번째 문을 열고 내가 알게 된 유일한 것은 재현과 같은 갈망이 나에게 없다는 것뿐이었다. 재현은 내가 가질 수 없었던 것을 진짜로 갖게 되면 더 많은 것을 갈망하게 되리라 말했지만 나는 결국 그렇게 되지 않았다. 세 번째 문에 이르렀을 때 내게는 갖게 될 것이 아닌, 잃게 될 것이 보였다. 나는 재현과 함께하는 시간을 잃을 것이고, 우리는 다른 인생을 향해 점점 어긋날 것이었다. 나는 더 많은 것이 아니라 유일한 것을 갖고 싶었다. 같은 인생을 원하는 연인이 되는 것, 그것이 내가 갖고 싶은 유일한 것이었다. 난 우리가 잊고 싶지 않은 인생을 만들어가길 원했다.

"내년에는 일을 줄이려고 해요."

고민 끝에 내린 결심을 재현에게 꺼냈다.

"왜?"

"기억을 찾아주는 일, 하고 싶어요."

"어떻게?"

"아직은 잘 모르겠어요."

"왜 힘들게 가진 걸 버리려고 해? 내년엔 더 많은 걸 갖게 될 거야."

"난 지금으로도 충분해요."

"당신은 왜 항상 만족해?"

"당신은, 지금 우리로는 부족해?"

재현은 아무 말도 하지 않았다.

"아직도 더 많은 걸 가져야 해?"

"응."

"왜?"

"그럼 우리가 행복해질 테니까."

"지금은 행복하지 않아?"

"변할 테니까."

"뭐가?"

"당신 마음. 하얀집과 나만으로도 충분했던 당신 마음은 변할 거야. 영원한 건 없으니까."

"더 많은 것을 갖게 되면 내 마음이 변하지 않아?"

"내년이면 예전만큼 회복할 수 있어. 내년까지만. 그다음에 여유를 갖자."

삼 년 전에도 재현은 약속을 했었다.

'일 년만이라도 좋아. 모든 게 정리되면 우리 다시 무하도로 와요'

삼 년이 지나도 약속은 지켜지지 않았다. 재현은 무하도 얘기를 꺼낼 때마다 미친 사람처럼 화를 냈다.

"너와 행복해지려고 이렇게까지 하는 거야. 진짜로 가지려고."

재현은 내가 원하는 것이 아니라 내가 원하지 않는 걸 갖게 되면 우리가 행복해질 거라고 말했다.

"우린 행복해질 거야."

"언제?"

"곧 그렇게 될 거야. 조금만 더 있으면."

내가 무엇을 했어야 했을까. 내가 무엇을 더 할 수 있었을까. 그 모든 노력으로도 왜 이렇게 되어버린 걸까. 나는 눈을 감았다. 해무에 가려진 무하도가 보였다. 나는 다시 재현의 약속을 믿었다. 내가 믿은 것은 재현의 약속이 아니라 재현을 믿고 싶은 내 마음일지도 몰랐다.

스물여섯, 서른넷이 된 우리는 쉬지 않았다. 재현의 예언대로 수업을 많이 할수록 더 많이 원해지고 더 원해질수록 유능하다고 믿어졌다. 사람들은 갖지 못할수록 더 갖길 원했다. 갈망은 금기를 먹고 자라났다. 빈칸이 없어서 거절하는 수업이 늘어날수록 계약을 원하는 곳이 늘어났고 채워줄 수 없는 갈망이 커질수록 난 더 유능해졌다.

유토피아 에듀도 쉬지 않았다. 학원, 학교, 지자체, 출판, 온라인, 기숙학원으로 유토피아 에듀의 세상은 커져만 갔다. 나는 서원이 아니라 빈칸 없는 일정표를 따라갔다. 학원, 고등학교, 지방학교, 기숙학원에서 수업을 했고, 주 7일을 쉬지 않고 대치, 목동, 분당, 충청도, 경상도, 전라도를 오고 갔다. 지도 위에 그려진 나의 이동은 길 잃은 사람의 여정을 표시한 것 같았다.

유토피아 에듀가 만든 세상에서는 언제나 숫자가 모어로 쓰였고 복잡한 인생의 문제들이 단순한 수치로 환원되었다. 아무리 진심을 다해도 그 끝에는 공허함이 남았다. 매일 잿빛 정장을 입고 새벽에 하얀집을 나서서 다음 새벽에 돌아왔다. 그것은 내 인생이었으나 언젠가부터 타인의 인생처럼 보이기도 했다. 나는 조금씩 현실감을 잃어갔다. 그 무렵의 기억은 항상 잿빛으로 남았다.

우리는 점점 대화를 하지 않게 되었다. 재현은 돈과 성공을 갈망했으나 나는 그런 것에 대해 아는 것이 없었다. 아버지는 매일같이 어머니와 함께 배를 탔다. 그러고도 그들은 부유해지지 않았다. 바다가 낳고 기르는 것들은 시간이 걸렸기에 바다가 만든 것으로 살아가는 우리는 인생을 살아갈 수 있는 최소한의 것만을 얻었다. 그마저도 불행이 찾아오면 많은 것을 잃었다. 무하도 사람들은 몸을 짓이겨 돈을 벌었기에 자신의 것 이상을 가지려 하지 않았다. 누군가의 돈에는 그 사람이 치른 대가가 담겨 있어 우리는 서로의 것을 원하지 않았다.

재현은 무하도 사람들과 달리 가지지 못한 것을 끊임없이 원했다. 수면제와 악몽 없는 밤, 건강한 몸, 수많은 표정을 갖게 되자 그는 갖지 못한 다른 것들을 원했다. 재현은 내가 그에게 무엇을 주었는지 서서히 잊어갔다. 나에게는 그에게 줄 수 있는 것이 더 이상 남아 있지 않았다. 재현이 내게 느끼게 한 것은 외로움이 아닌 황량함이었다. 쓸모없어져 아무것도 자라지 않는 곳, 재현이 나에게 가르친 것은 그런 마음이었다. 내가 혼자 어디를 가는 것도, 누구를 만나는 것도 허락하지 않던 그는 이제 내가 어디를 가도, 누구를 만나도 관심을 두지 않았다. 재현이 노력하지 않아도 여전히 나는 그를 사랑했기에 그에게 평온한 밤, 살고 싶은 마음, 표정 들을 주었다. 그래서 나는 재현을 사랑하면 할수록 가난해졌다.

애써 가진 것이 아닌 것을 살면서 잃게 되듯 재현도 내가 준 것들을 다 잃었다. 밤이 되면 재현은 모든 것을 잃고 돌아왔다. 텅 빈 그는 나를 침대에 눕히고 몸을 담갔다. 두려워하는 내 위에서 그의 몸이 움직였다. 내 몸을 타고 흔들리는 재현의 검은 눈은 아무것도 보지 않았다. 쾌락이 아닌 두려움이 몸을 전율시켰다. 점점 재현과 몸을 겹치는 것이 무서워졌다. 재현이 내 안에 들어오면 그의 공허함이 스며들었고 그가 담갔던 몸을 빼면 내 안에 있던 모든 것이 사라져버렸다. 표정 없는 얼굴이 내 위에서 흔들릴 때마다 나는 눈을 감고 그를 견뎠다. 그해 봄도, 여름도 보지 못했다.

6

———

코럴블루

———

표정 없는 여자

그리고 여름이 끝날 무렵 또 다른 표정 없는 사람이 나를 찾아왔다. 자신을 전시기획자라고 소개한 그녀는 무하도에서 정령조각을 봤다며 나를 만나고 싶어 했다. 나는 무하도와 정령이라는 말에 이끌려 그녀의 초대를 선뜻 받아들였다. 그녀는 나를 가회동성당 근처에 있는 묵연 갤러리로 초대했다.

묵연 갤러리는 고풍스러우면서도 기이한 느낌을 자아내는 곳이었다. 단층 건물은 화마에 살아남은 듯 외관의 모든 곳이 검게 그을려 골조가 군데군데 드러나 있었다. 건물을 바라보자 거대한 불길이 일어 모든 것을 집어삼키는 환영이 아른거렸다. 환영은 건물이 허물어져 잿더미로 변할 때까지 계속되었다. 나는 정신이 아득해져 비틀거렸다. 눈을 감고 숨을 힘겹게 내뱉었다. 한동안 그렇게 있었다.

"괜찮으세요?"

눈을 뜨자 잿빛 정장을 입은 여자가 내 앞에 서 있었다. 그녀도 환영처럼 보여 나는 말없이 그녀를 바라보았다.

"괜찮으세요?"

나는 고개를 끄덕였다. 그녀는 가볍게 목례를 하고 두 손으로 공손하게 갤러리로 들어가는 문을 가리켰다.

그녀를 따라 갤러리 입구로 들어서자 사방을 먹으로 물들인 공동空洞이 펼쳐졌다. 그곳에는 아무것도 없는 빈 공간만 있었다. 문이 닫히자 극단적인 명암의 단차에 눈이 멀어 어둠만 보였다. 내가 사라지고 어둠이 된 듯했다. 눈에 보이는 것들이 사라져 숨소리만 들렸다. 어둠이었던 나는 다시 숨이 된 것 같았다.

"왼쪽이에요."

목소리가 들려오는 쪽을 바라보자 빛이 쏟아져 짓이기듯 눈을 감았다. 눈을 감아도 새어 들어오는 빛에 눈이 부셨다. 눈물이 맺힌 눈을 힘겹게 뜨자 빛이 쏟아지는 왼쪽 문이 보였다. 나는 왼쪽 문을 향해 비틀거리며 걸어갔다.

문을 지나 새로운 경계로 들어서자 눈앞에 숨겨져 있던 정원의 비경이 펼쳐졌다. 물을 머금은 연둣빛 잔디 위로 비원 한가운데 어느 나라 양식인지 모를 나무탁자와 의자 들이 있었다. 조선 소나무와 바위가 어우러져 비원의 경계를 만들었고, 눈송이로 만든 꽃다발 같은 불두화와 투명하게 핏물이 든 명자나무 꽃이 눈부신 햇살 아래 반짝였다. 칼로 잘라낸 것처럼 반듯한 수로에는 검은 잉어들이 흐르는 물을 따라 유유자적 헤엄쳐 갔다.

"안녕하세요."

그녀는 내가 자리에 앉자 그제야 인사를 건넸다.

"안녕하세요."

"연락했던 시현이에요."

그녀는 담배를 한 대 꺼내 입에 물고 불을 붙였다.

"무슨… 뜻이에요?"

"무슨 뜻?"

"시현 씨 이름이요."

"특이하네요."

시현은 길게 담배연기를 내쉬었다.

"처음인 거 같은데. 이름의 의미를 묻는 사람."

나는 시현의 표정 없는 얼굴을 가만히 바라보았다.

"빛나는 것을 본다는 뜻이에요. 볼 시視, 빛날 현顯."

"아…"

"왜요?"

"특이해서요. 볼 시라는 한자는 이름에 거의 안 쓰는데."

"한자를 잘 알아요?"

"잘 아는 건 아니에요. 어려서부터 봐서 익숙해요."

"나도 독특한 이름이라고 생각해요."

시현은 아련한 것을 보다 깨어났다.

"우리 부모님은 평생 힘들게 살았어요. 내가 보기엔 불행한 인생이었어요. 빛나는 것은 아무것도 주어지지 않고, 아무도 관심 갖지 않는. 나는 어려서부터 그런 인생을 살아가는 자들을 보면서 자랐어요."

시현은 잠시 말을 멈추고 연기를 길게 뱉었다.

"그들의 인생은 어둠뿐이었어요. 깜깜한 터널을 걷는 거죠. 아무리 걸어도 빛나는 출구는 보이지 않는 막힌 터널을. 그들은 내가 빛이라도 보길 바랐나 봐요. 빛나는 것은 영원히 가질 수 없으니 볼 수만이라도 있길. 부모의 희망이 자식에게 저주가 된다는 것을 왜 모를까. 아마 본 적도 없으니 몰랐겠죠. 가질 수도 없는 걸 바라보기만 하는 인생이 얼마나 비참한지. 그들이 남긴 거라고는 그게 전부예요. 자신들의 저주를 물려준 이름."

"빛은 모든 것을 볼 수 있는 지혜를 의미해요. 어둠 속에서는 아무것도 볼 수 없지만 빛 속에서는 모든 것을 볼 수 있으니까. 부모님은 시현 씨가 행복하게 살아가길 바라셨던 거 같아요. 지혜를 보는 자, 라는 뜻이었을 거예요. 인생의 진정한 행복을 깨달은."

그녀는 잠시 생각에 잠겼다 깨어났다.

"리하 씨를 좀 더 일찍 만났으면 좋았을지도 모르겠네요. 나는 너무 오랜 시간을, 빛나는 것들을 쫓으면서 살았어요. 내게 없는 빛나는 것들을 동경하면서, 아주 오랜 시간을요."

시현은 새 담배를 꺼내 피우며 천천히 연기를 내뱉었다.

"리하 씨 이름은 무슨 뜻이에요?"

"수많은 별을 만드는 자, 라는 뜻이에요."

"신기하네요. 빛을 보는 자와 빛을 만드는 자."

시현의 얼굴은 재현의 얼굴과 닮았으면서도 묘하게 달랐다. 재현도, 시현도 모두 얼굴에 표정이 없었다. 하지만 표정을 잃은 서글픔이 흔적처럼 남은 재현의 얼굴과 달리 시현의 얼굴은 무無에 가까웠다. 그녀의 얼굴은 사라진 표정의 흔적조차 남아 있지 않아 깨끗하게 표백된 백지처럼 보였다.

"나는 작가들의 전시를 기획하는 일을 해요. 리하 씨의 정령조각에 관심이 있어서 만나자고 했어요. 정령에 대해서 이야기해 줄래요? 조각하는 건 섬에서 배웠나요?"

"아니요. 조각하는 법을 누구에게 정식으로 배운 적은 없어요. 예전에는 무하도에 목수가 있었는데 그분이 돌아가신 뒤로는 계속 목수가 없었다고 들었어요. 제가 자랐을 때는 무하도에 목수가 없었어요. 섬사람들 대부분은 자기가 필요한 것을 만들 줄 알아요. 저도 그렇게 혼자서 배웠어요. 나무를 고르는 법, 죽은 나무를 장례 치르는 법, 형태를 만드는 법, 세밀한 굴곡을 새기는 법, 하나하나 직접 해보면서요."

나는 떨리는 목소리로 천천히 이야기를 이어나갔다.

"정령조각을 처음 봤을 때 정령이 날 부르는 것 같았어요. 정령에 새겨진 수많은 결을 만지다 보니 잊은 지 오래된 기억 하나가 떠올랐어요. 있는지조차 몰랐던 기억이었어요."

시현은 살짝 눈을 감고 섬에서의 기억을 회상했다.

"나루터 사장님께 물었더니 한 아이가 살려고 깎아낸 거라고 하더군요. 살려고 깎았다는 말이 마음에 들었어요."

그녀는 다 피운 담배를 재떨이에 눌러서 끄고 표정 없는 얼굴로 나를 바라봤다.

"정령조각으로 전시를 하죠."

난 전시회에 가본 적이 한 번도 없었다. 본 적조차 없는 것을 내가 할 수 있다고 시현은 말했다.

"소재를 왜 나무로 썼어요? 무하도의 것들은 다 돌로 만들어졌던데."

"나무를 좋아해요. 뿌리를 내려 땅과 하나가 되니까."

"특별히 정령을 조각하는 이유가 있나요? 무하도의 토속신앙 같은 건가?"

"아니요. 저는 종교가 없어요. 정령은 아버지와 어머니가 바다에 나갈 때마다 그들을 지켜주던 거예요."

시현은 계속 담배를 피우면서 내 이야기를 들었다.

"제가 가장 두려워하는 건 기억이 사라지는 거예요. 죽은 나무를 깎아 정령에 기억을 하나하나 새겨 넣었어요. 기억이 사라지지 않도록 정령에 봉인하고 싶었거든요."

시현은 새 담배에 불을 붙였다.

"그리고 판매를 했나요?"

"아니요. 팔려고 만든 게 아니었어요. 전 사라지지 않는 것을 만들기만 했어요."

나는 값이 없는 정령에 대한 이야기를 시작했다.

"매년 겨울마다 무하도에 머물면서 낚시를 하던 아저씨가 계셨어요. 어른들은 그가 유일하게 무하도를 떠난 사람이라고 했어요. 같은 연배의 어른들은 모두 낚시 아저씨를 김 회장이라고 불렀어요. 무하도의 어른들은 친구끼리 정답게 이름을 불렀지만 낚시 아저씨만은 이름으로 부르지 않았어요. 그분의 이름을 부르는 사람은 아무도 없었어요.

무하도를 떠나 부자가 된 낚시 아저씨는 왠지 전혀 웃질 않았어요. 어려서부터 겨울마다 아저씨를 봤지만 한 번도 웃는 모습을 본 적은 없었어요. 아이들은 낚시 아저씨 곁에 가지 않았어요. 아저씨는 겨울마다 해변 끝에 홀로 앉아 하루 종일 바다를 바라보기만 했어요.

어느 날 아저씨가 다가와 매일 무엇을 깎고 있는지 물었어요. 고개를 들어 아저씨를 바라봤어요. 처음으로 가까이서 바라본 아저씨는 처연한 얼굴을 하고 있었어요. '정령이에요. 사랑하는 사람들을 지켜주는' 제가 대답했어요. 아저씨는 그날 하루 종일 바다가 아닌, 나무를 깎는 내 모습을 바라봤어요.

다음 날 아저씨는 내 앞에 쌓여 있던 정령들 중에서 하나를 집어 들고 물끄러미 바라봤어요. 넋이 나간 사람처럼 아저씨의 마음은 여기 없는 듯했어요. 저는 계속 아저씨 곁에서 나무를 깎았어요. 날이 저물어 돌아가려 하자 아저씨가 나지막이 '이것을 나에게 다오'라고 하셨어요. 값은 원하는 만큼 주겠다고."

"그래서 낚시 아저씨가 첫 고객이 됐나요?"

"아니요. 처음에는 조심스럽게 '파는 게 아니에요'라고 말했어요. 아저씨는 물끄러미 바다를 보다 이야기를 시작했어요. 그곳에는 우리 둘밖에 없었기 때문에 제게 말씀하시는 것 같았지만 제가 듣고 있는지는 신경 쓰지 않았어요."

나는 낚시 아저씨와의 기억을 떠올렸다.

값이 없는 정령

"이 섬을 떠난 뒤로 한 번도 마음이 편안했던 적이 없었
단다."

나는 조각하던 손을 멈추고 구부정한 자세로 아저씨의
이야기를 들었다.

"그런데 이 정령을 만지고 있으니 마음이 편안해지는구나.
아주 어렸을 때 우리 가족이 모두 여기에 살았단다. 아주 오
랫동안 잊고 있었던 기억들이 떠오르는구나."

나는 정령을 아저씨에게 드렸다.

"아저씨 마음이 평온해지면 좋겠어요."

"다른 사람들도 이 정령을 가져갈 수 있으면 좋겠구나."

아저씨에게 정령을 그냥 드렸지만 아저씨는 나에게 큰
돈을 주셨다. 무하도에서 일 년을 살아갈 수 있는 돈이었
다. 아저씨는 자신이 가져갈 정령의 값이라고 했다.

"나는 인생을 전부 바쳐서 죽을 때까지 다 쓰지도 못할
돈을 벌었단다. 갖고 싶었던 것을 갖게 되었지. 그런데 이
제 돈을 주고 갖고 싶은 것은 아무것도 없단다. 이 정령은
내가 잊었던 것들을 기억하게 하는구나. 이 정령을 갖고 싶

으니 값을 치르게 해다오."

"아저씨…"

나는 떨리는 목소리를 내었다.

"저는 혼자 힘으로 살아가고 싶어요. 섬에서 필요한 물건을 만드는 것만으로도 살아가는 데 충분해요. 가난하지만 누추하지는 않아요."

아저씨가 주셨던 봉투를 다시 내밀었다.

아저씨는 다음 날 작은 목비 하나와 대나무로 만든 광주리를 들고 오셨다. 광주리는 갓난아이를 품었던 어미의 자궁처럼 둥근 집 모양이었고, 목비는 방금 대패질을 해 살갗을 벗겨낸 듯 갓난아이의 여린 살색을 띠었다. 목비에는 먹으로 물들인 글자가 새겨져 있었다.

사랑하는 사람을
지켜주는 정령
값
당신의 슬픔만큼

그날 이후 나는 매일 첫 배가 오기 전에 나루터로 갔다. 광주리에 그동안 깎은 정령들을 담고 옆에는 목비를 세웠다. 그러고는 하루 종일 나루터에서 나무를 깎아 정령을 만들었다. 무하도를 찾은 방문자들은 홀린 듯 내 곁으로 와 나무 깎는 모습을 가만히 바라보았다. 섬을 둘러보지 않고 다음 배가 올 때까지 가만히 내 곁에 머무는 사람들도 생겨났다. 배가 떠날 시간이 되면 그들은 자신의 슬픔만큼 값을 치르고 정령을 가져갔다. 낚시 아저씨는 겨울마다 무하도를 찾아와 떠날 때마다 정령을 하나씩 가져가셨다. 낚시 아저씨가 치른 슬픔의 값은 나루터 아저씨께 드렸다.

"낚시 아저씨가 주신 슬픔의 값이에요. 바다가 제물을 거두러 오면 불행해진 사람들에게 주세요."

나루터 아저씨는 그러겠다고 하셨다.

"그래서 정령에 가격이 없는 건가요?"

시현이 물었다.

"네. 처음부터 정령은 값이 없었어요."

시현이 길게 담배연기를 내뱉자 그녀의 얼굴이 연기에 가려 흐릿해졌다. 한참 연기를 마시고 내뱉던 그녀가 내게 물었다.

"한동안 무하도에 가는 건 어때요?"

"섬에요?"

"네. 섬에요. 다시 갈 수 없는 곳도 아니니까. 꼬박 하루 정도 시간이 걸리겠지만 리하 씨 고향이기도 하니까 당분간 무하도에 머물러요. 조각에 쓸 나무도 구하고 조각에만 집중하도록 해요. 일하는 곳에는 휴가를 내요. 전시 준비하는 동안 일을 쉬면서 생활할 수 있도록 계약금을 먼저 줄게요."

그녀가 내뱉은 연기가 모래바람처럼 사라졌다.

"사람들은 전시에 와서 자신이 잃은 걸 가져가요. 나는 전시를 열 때마다 사람들이 잃은 걸 보여줘요. 난 사람들이 무엇을 잃었는지 알 수 있고, 그걸 누가 가지고 있는지도 알 수 있어요."

나는 표정 없는 시현의 얼굴을 바라보았다.

"어려서부터 갖고 싶은 걸 잘 알아봤어요. 내 이름처럼. 빛나는 걸 볼 수 있었어요. 갖고 싶은 빛나는 것, 그걸 가진 사람, 어떻게 하면 가질 수 있는지."

"어떻게요?"

"어렵지 않아요."

시현은 담배 한 개비를 다 태우면 라이터를 다시 켜서 새 담배에 불을 붙였다.

"리하 씨는 기억이 사라지지 않도록 정령에 새겨 넣죠. 그게 리하 씨가 원하는 거죠. 돈도 명성도 아닌 것."

"난 누구도 빼앗을 수 없는 영원한 것을 원해요."

"그게 중요해요. 원하지조차 않는 것. 그런 사람만이 사람들이 잃어버린 것을 만들 수 있어요. 순수함에서 태어나는 것만이 공허함을 채워줄 수 있으니까."

난 아무것도 없는 그녀의 얼굴을 바라보았다.

"나한텐 리하 씨가 보는 것이 보이지 않아요. 대신 난 리하 씨가 보지 못하는 걸 볼 수 있어요. 나한테 그런 것들이 아주 잘 보여요. 빛나는 걸 갖고 있는 사람이 지키지 못하는 것들."

"슬퍼할 텐데 왜 다른 사람의 것을 빼앗아요?"

시현의 왼쪽 입술 끝이 조금 올라갔다. 미세한 움직임이 표백된 시현의 얼굴에 선명한 균열을 만들었다.

"안 그럴 수가 없어요. 나한텐 빛나는 게 없으니까. 게다가 뺏는 일은 너무 쉽거든요."

시현은 일그러진 웃음을 지었다.

"사람들이 리하 씨가 만든 정령을 슬픔의 정령이라고 불러요. 슬픔을 거두어주는 정령이라는 뜻이에요. 서울에는 공허한 사람들이 많아요. 무언가를 잃었지만 무엇을 잃었는지 모르는 사람들. 그 사람들이 리하 씨의 전시를 보러 올 거예요. 그들이 잃은 것을 리하 씨가 줄 수 있으니까. 리하 씨의 정령으로 누군가의 슬픔이 덜어진다면 그건 리하 씨에게 아주 중요한 일 아닌가요?"

나는 아무 대답도 하지 않았다.

"전시 시안이 확정되면 연락할게요. 한 달 후에 다시 봐요."

시현은 대답을 듣지 않은 채 자신의 명함을 남기고 자리에서 일어섰다. 시현이 떠난 뒤에도 나는 한참을 비원에 남겨진 채 있었다.

은하수섬

"우리 여행 가요."

불도 켜지 않은 어둠 속에서 재현은 모니터 화면을 보고 있었다. 재현은 예전에 가졌던 큰 숫자를 모았으나 그 뒤로 다시 잃었다. 재현이 모은 숫자는 0으로 수렴하는 운명을 지닌 듯했다. 그럴수록 재현의 열망은 더 커졌다. 그의 열망은 상실로 생명을 얻는 듯했다. 재현은 여전히 하던 일을 계속했다. 그의 모든 것을 파멸시켰고 이제는 원하지도 않게 된 일을 쉬지도 않고 열심히 했다. 그리고 그만큼 살고 싶은 마음을 잃었다. 재현은 뿌리내릴 수 없는 곳에 있는 나무처럼 점점 메말라갔다. 그의 표정도 무가 될 운명을 지닌 것처럼 그를 찾아왔다 사라졌다. 그는 다시 예전의 모습으로 돌아갔다. 재현은 무하도를 처음 찾았을 때처럼 표정 없는 사람이 되었다.

"여행?"

"응."

"그럴 시간 없어."

"재현."

"응."

"다시 그림 그리면 어때?"

"그림?"

"응. 그림."

"그럴 시간 없어. 내가 바쁜 거 잘 알잖아."

그의 눈은 여전히 노트북 화면을 응시하고 있었다. '우리'라고 말했던 모든 일을 재현은 이제 '나는'이라고 말했다.

"우리, 이대로는 어디로도 가지 못할 것 같아."

재현은 가만히 생각에 잠기더니 노트북 화면을 덮고 다시 나를 바라보았다.

"당신은 이제 행복해?"

재현은 아무 말도 하지 않았다.

"나, 전시 제안받았어요."

"전시?"

나는 시현에게 연락을 받은 일, 묵연 갤러리에 갔던 일, 전시를 제안받은 일을 재현에게 이야기했다.

"전시, 해보고 싶어요."

"그럴 시간 없잖아."

"일 그만두려고 해요."

재현의 두 눈에 담긴 검은 호수가 일렁였다.

나는 여행을 가본 적이 없었다. 무하도에서 살 때는 그곳이 세상의 전부였다. 어디로도 가고 싶지 않았고 어디로도 가지 않았다. 재현을 따라 서울에 와 화전민과 철거민, 피난민 들이 다시 인생을 꿈꿨던 곳에서 뿌리를 내리려 했던 시간들이 흘렀다. 밤을 지새우는 시간 동안 기억을 휘저은 듯 무하도에서의 추억이 끝없이 떠올랐다. 마지막으로 본 것은 망산에 올랐던 첫날의 기억이었다. 캄캄한 어둠 속 사라진 길을 따라 태어나는 해를 보러 가는, 불행 속에서도 살아내려 했던 내가 보였다. 나는 새로운 인생으로 자신을 데려다주려 했던 과거의 서원을 기억했다.

다음 날 평소보다 일찍 집을 나서 출근 전에 서점에 들렀다. 지하철역과 연결된 사경死境문고는 다른 인생으로 가는 길을 찾는 유랑자들이 모여든 광장 같았다. 나는 한동안 수많은 인생이 교차하는 정류장 같은 정경을 말없이 바라보았다. 그들에게는 빠른 시간이, 나에게는 느린 시간이 흘렀다. 느릿한 걸음으로 가본 적 없는 여행분야로 가서 무엇을 고르려는 마음 없이 이끌리는 대로 걸었다. 수많은 아름다운 미지의 세계를 찍은 사진과 낯선 지명 들을 지나 발걸음이 멈춘 곳은 투명한 물빛 바다에 수십 개의 섬이 은하수처럼 떠 있는 사진 앞이었다. 첫 장을 넘기자 은하수섬으로 이루어진 나라를 소개하는 글이 읽혔다.

'필리핀, 7천 개의 섬으로 이루어진 나라'

헤아릴 수 없는 많은 섬이 있는 곳, 나는 그곳에 가고 싶었다.

그날 밤도 재현은 텅 빈 눈으로 내 위에서 몸을 움직이다 잠들었다. 나는 눈을 감고 그의 흔들림이 멈추길 기다렸다. 눈을 감으면 한 번도 가본 적 없는 황량한 초원이 보였다. 짧은 신음을 토해내고 재현은 깊은 잠에 빠졌다. 나는 천천히 몸을 일으켰다. 불도 켜지 않은 어둠 속에서 오랫동안 몸을 씻었다. 씻고 나서 의자에 앉아 새벽 내내 창밖의 밤을 바라보았다. 물기를 닦지 않아 몸을 타고 흐르던 가는 물줄기들이 말라갔다. 바닷속으로 가라앉아 눈을 감고 바다의 숨소리를 듣고 싶었다.

새벽이 끝날 즈음 노트북을 켰다. 화면에 발광하는 은하수가 펼쳐졌다. 시선이 머무른 곳은 은하수에 떠 있는 아주 작은별이었다. 지명조차 나와 있지 않은 아주 작은별을 점점 확대하자 반타얀아일랜드BANTAYAN ISLAND라는 이름이 나왔다. 여행책들을 꺼내 찾고 또 찾았지만 세 권의 책 어디에도 반타얀아일랜드는 나오지 않았다. 반타얀은 내가 살았던 무하도처럼 아주 작은 섬이었다. 무하도에 가기 위해서 한국에 오는 사람이 없는 것처럼 반타얀섬에 가기 위해서 필리핀에 가는 사람도 없는 듯했다. 나는 무하도를 찾은 방문자들이 그러했듯 우연을 모아 알려지지 않은 작은별 반타얀섬으로 가고 싶었다.

다음 날에도 수업을 마치고 자정이 넘어 하얀집으로 돌아왔다. 재현은 함께 여행을 가자고 말했다. 무엇이 그의 마음을 달라지게 했는지 알 수 없었다. 기다렸던 대답이었는데 정작 재현의 대답을 들었을 때 내가 기다리던 것이 그의 대답이었는지 확신이 서지 않았다.

재현은 같이 여행을 가자고 말했을 뿐 우리의 첫 여행을 기대하지도, 기다리지도 않았다. 그는 자신이 원하는 인생을 향해 쉼 없이 나아갔다. 나는 혼자 침묵 속에서 비행기

표와 숙소를 예약하고, 여행가방을 사고, 재현의 짐까지 간단히 꾸렸다.

"우리 어디로 가요?"

반타얀섬으로 가는 날 아침, 내가 준비한 여행가방을 멘 재현이 물었다. 우리는 지하철을 타고 인천공항으로 가는 중이었다. 그는 여행을 떠나는 아침까지도 바쁘게 계좌에 적힌 숫자를 확인했다.

"필리핀 반타얀섬으로 갈 거예요."

"반타얀?"

"응."

"처음 들어보는 곳인데?"

"필리핀 세부 북쪽에 있는 작은섬이에요."

"유명한 곳이에요?"

"아니."

"근데 왜 거기로 가요?"

"반타얀섬에 코럴블루CORALBLUE라는 곳이 있어요. 그 곳에서 무언가 끝이 나고 무언가 시작될 거예요."

재현은 아무 말도 하지 않았다.

비행기는 배와 기차와도 달랐다. 배는 망망대해 앞에 죽음을 마주하게 했고, 기차는 끝없이 이어지는 땅을 지나며 이별을 하게 했다. 비행기에서 바라보는 순백의 하늘은 시작을 꿈꾸게 했다. 시리도록 눈부신 빛에 모든 것이 잊혔다. 마음을 어지럽히던 생각들이 사라지고, 지금까지 중요했던 문제들이 더 이상 중요하지 않아졌다. 재현을 사랑하는 마음도 느껴지지 않았다. 모든 것이 사라지고 아무것도 일어나지 않은 처음만 남았다. 그 처음에서 새로운 인생을 시작하고 싶었다.

반타얀섬에 가려면 세부섬에서 내륙버스를 타고 다시 배로 갈아타야 했기에 우리는 막탄세부-국제공항 근처에 있는 해안가 숙소에서 하루를 보낼 예정이었다. 전날 자정이 넘어서까지 일한 재현과 나는 첫 여행을 온 연인이 아니라 전장에서 돌아온 전우처럼 보였다. 지친 우리를 실은 택시는 10분도 채 가지 않아 시티리조트cityresort에 도착했다. 시티리조트는 해안가에 있었지만 숙소에서 바로 바다가 보이지 않았고 공장에서 만들어져 세계 각 도시로 보내진 숙소 같았다. 흰색 외관, 흰색 수영장, 야자수들, 테라스가 있는 흰색 방에는 필리핀의 정체성이 전혀 반영되어 있지 않아 우리가 있는 곳이 필리핀인지 확인하려면 여권을 다시 봐야만 할 것 같았다.

재현은 내가 씻고 나올 때까지도 계속 휴대폰 화면을 체크했다. 그는 잃어버린 숫자들을 찾아 끝없이 헤맸다. 나는 아무 말 없이 재현이 앉아 있는 옆 침대에 누워 사그락거리는 이불 속으로 들어갔다. 새하얀 천장에서 돌아가는 흰색 나무팬을 바라보니 그 속도에 맞춰 내 의식도 느슨해졌다. 밀려오는 잠의 물결에 쓸려 의식이 점점 허물어졌다.

눈을 뜨자 깜깜한 방으로 새벽이 스며들어 와 있었다. 새들의 세계에 온 것처럼 적막과 새들의 지저귐만이 들렸다. 에어컨이 가동되지 않는 방 안에는 눅눅하게 데워진 공기가 가득했다. 끈적해진 알몸으로 누운 채 새소리를 들으며 천장에서 돌아가고 있는 흰 나무팬을 바라보았다. 잊고 있었던 내 안의 고요한 밤바다가 느껴졌다. 그 고요함이 사라질까 봐 가만히 누워 있었다. 테라스에서 푸른빛이 밀물처럼 흘러와 방 안의 어둠을 물러나게 했다. 빛과 어둠의 경계가 허물어지며 둘은 몸을 섞어 맑은 하늘빛, 눈부신 눈빛이 되었다. 어둠이 색채들을 낳았다.

"잘 잤어요?"

재현은 아침이 찾아온 뒤 한참이 지나서야 눈을 떴다.

"네."

"어제 많이 피곤했어요? 샤워하고 나오니까 리하 씨 잠들어 있었어요."

"피곤했나 봐요."

"오늘 반타얀섬에 가는 거예요?"

"네."

"여기서 멀어요?"

"먼저 택시를 타고 세부섬에 간 다음, 세부 시내에서 세 시간 정도 버스를 타고 세부북부-터미널로 가야 해요. 시티리조트에서 세부북부-터미널까지 아마 네 시간 정도 걸릴 것 같아요."

나는 아직 버스 시간표를 알아보지 않았다. 늘 그랬듯 구체적인 시간을 계획하지 않았다.

"그곳이 반타얀섬이에요?"

"아니. 다시 세부북부-터미널에서 배를 타고 가야 해요. 반타얀섬까지는 한 시간 정도 걸려요. 반타얀섬 산타페-항구Santa Fe-port에 내려서 코럴블루까지 오토바이로 10분 정도 걸린다고 했어요. 중간중간 대기시간까지 포함하면 여섯 시간 정도 걸릴 것 같아요."

"한국에서 필리핀으로 온 것보다 먼데?"

"그곳에서 우리의 새로운 인생이 시작될 거예요."

재현은 계시를 받은 무녀처럼 내뱉는 내 말에 순종하는 것 같기도, 체념한 것 같기도 했다.

세부섬으로 가는 택시 밖으로 매일 보던 풍경과 다른 낯선 풍경이 스쳐 갔다. 막탄섬에서 세부로 넘어오자 택시는 좀처럼 나아가지 못했다. 수많은 사람이 무엇을 타고 무엇에 실려 어딘가로 가려 하고 있었다. 우리는 세부북부-터미널로 가기 위해 내선버스-터미널에 내려서 버스표를 구입했다. 다음 버스가 출발하기 전까지 30분 정도 시간이 있었다. 뜨거운 햇빛이 쏟아져 아침인데도 몸을 타고 땀이 비처럼 흘러내렸다. 우리는 어슬렁거리며 터미널 주위로 이어져 있는 좌판을 구경했다.

"아이스크림 먹을까?"

재현이 눈빛을 반짝이며 물었다. 어제까지 계속해서 휴대폰을 보던 재현은 더 이상 휴대폰을 보지 않았다. 끊임없이 할 일을 생각하지 않고 현재에 머무는 재현의 모습이 낯설었다.

"이거 먹고 싶어요?"

"응."

재현은 이번 여행에서 아무것도 준비하지 않아서 필리

편에서 쓸 수 있는 돈이 없었다.

"어떤 맛 먹고 싶어요?"

"초코요."

재현이 공손하게 대답했다.

재현은 늘 초코맛을, 나는 바닐라맛을 먹었는데 그곳에는 초코맛 아이스크림밖에 없었다. 나는 환전해 온 돈을 꺼내 초코맛 아이스크림 두 개를 샀다. 우리는 살갗이 타들어가는 따가운 햇빛 아래 나란히 앉았다. 아이스크림은 금방 허물어져 녹아내렸고, 우리는 쉬지 않고 성실하게 녹아내리는 아이스크림을 핥았다.

얼마 지나지 않아 우리를 눈여겨보던 버스기사 아저씨가 다가와 버스가 곧 출발한다고 말해주었다. 그는 아이스크림을 열심히 핥는 우리 모습을 보면서 웃었다. 시간에 맞춰 탄 버스는 필리핀 박물관에 전시되어 있는 유물처럼 보였다. 버스 안의 모든 것에서 세월의 흔적이 묻어났다. 뿌연 창문, 꺼진 좌석, 해진 벨트, 바랜 자두색 시트는 나이 들어 닳고 낡은 모습 그대로였다. 내가 먼저 여섯 번째 줄 창가에 앉자 재현이 나를 따라 나란히 복도 쪽 좌석에 앉았다. 버스 안의 승객은 우리 둘뿐이었고 출발할 때까지 아무도 타지 않았다. 곧 문이 닫히고 버스는 아무도 기다리지 않았던 것처럼 정류장을 떠났다.

시내를 벗어나자 버스는 양옆으로 숲이 펼쳐지는 2차선 도로에 접어들어 영원히 계속될 것 같은 길을 달려갔다. 창밖으로 폐허가 된 필리핀의 모습이 하나둘 나타났다. 부러진 야자수, 나뒹구는 나무, 갈기갈기 찢긴 나무, 무너져내린 집, 무덤처럼 쌓인 물건, 닫힌 도로변 가게 들이 지나갔다.

"태풍이 왔었나 봐."

재현은 내게 말하고 같은 말을 버스기사에게 물었다.

"지난달에. 피해가 컸어. 그래서 북부로 가는 사람들이 없는 거야. 너희는 북부-터미널에 왜 가는 거야?"

기사가 말했다.

"반타얀섬에 가려고."

재현이 대답했다.

"거긴 완전히 망가졌어."

"반타얀섬에 갈 수 있을까?"

재현이 내게 물었다.

창밖으로 재난에 스러진 풍경이 계속 이어졌다. 나는 아무 대답도 하지 않았다. 그곳에서 무슨 일이 벌어졌는지 전혀 알 수 없었다.

"반타얀섬에 가는 배가 운행하기는 하나요?"

이번에는 내가 기사에게 물었다.

"배는 있어. 바다가 망가진 건 아니니까."

재현은 기대와 달리 이어지는 불운한 풍경이 지루하다는 듯 눈을 감고 잠에 들었다. 태풍이 할퀴어 찢겨진 자리마다 허물어진 잔해가 버려져 있었다. 그 죽음의 흔적은 사람을 들이지 않았던 태초의 원시림이 살아 숨 쉬는 모습 같았다. 나는 아무 말 없이 스쳐 가는 무너진 풍경을 오랜 시간 바라보았다. 무너진 표지판, 무너진 천막, 무너진 가게, 무너진 집, 무너진 숲이 기억에 새겨졌다.

폐허의 별, 반타얀

도착한 북부-터미널에도 사람은 없었다. 모두가 이주를 명령받은 곳에 그곳이 버려졌다는 소식을 듣지 못한 두 명의 이방인이 찾아온 것 같았다. 코럴블루와 연락이 안 돼서 일단 가보는 것 외에는 방법이 없었다. 반타얀으로 출발하는 배가 바로 있어서 우리는 하그나야-항구Hagnaya-port에서 배를 탔다. 우리가 무하도를 떠난 뒤 처음 타는 배였다. 표를 사서 가파른 계단을 오르자 눈앞으로 광활한 하늘과 바다가 펼쳐졌다. 눈빛 하늘과 쪽빛 바다가 맞닿은 수평선을 따라 하늘과 바다가 몸을 섞은 듯 서로의 색이 번져 있었다. 우리는 배의 난간에 서서 거대한 바다를 가로지르며 일어나는 흰 포말을 한참 동안 바라보았다. 반짝이며 부풀어 올랐다 사그라지는 바다의 거품들은 그리운 기억을 떠오르게 했다. 배가 반타얀에 가까워질수록 내 안의 무언가가 서서히 죽음에 이르렀다.

멀리 보이던 반타얀이 가까워지자 우리가 내릴 산타페-항구가 보였다. 짙은 쪽빛이었던 바다는 숲을 녹여낸 청록빛이 되었다. 반타얀 주위로 거대한 물의 장벽을 쌓은 것처럼 다른 색의 바닷물은 선명한 경계선을 이루며 서로 섞이지 않았다. 산타페-항구에 가까워질수록 바닷물은 투명한 물빛으로 변해 바닷속 모래와 일렁이는 물결이 뚜렷하게 보였다.

배가 항구에 닿자 우리는 위태롭게 출렁이는 다리를 건너 반타얀의 땅을 밟았다. 쏟아져 내리는 햇빛 아래 눈을 가늘게 뜬 사람들이 무리지어 앉아 있다가 배에서 내리는 우리를 발견하고 홀린 듯이 몰려왔다. 다른 몇몇 사람들은 다른 사람들이 나오기를 기다리다가 더 이상 아무도 나오지 않자 우리를 에워싼 무리에 합류했다. 재현과 나는 순식간에 항구에서 기다리던 사람들에게 둘러싸였다. 그들은 저마다 우리가 어디로 가는지 물었고 우리의 손을 잡고 이끌었다. 우리는 그들에게 뒤섞인 채 떠밀려 조금씩 앞으로 나아갔다. 조금 지나자 재현이 걸음을 멈추었고 그러자 우리를 에워쌌던 동그랗고 단단한 원이 조금 느슨해졌다. 나는 바로 앞에 있는 늙고 지쳐 보이는 남자에게 "코럴블루"라고 작게 말했다. 그는 은총을 받은 듯 환하게 웃으며 내가 메고 있던 검은 가방끈을 잡고 자기가 들겠다는 몸짓을 했다.

"괜찮아요. 무겁지 않아요."

내가 말했다.

늙은 남자가 우리를 데려가는데도 사람들은 계속 따라오면서 더 싸게 갈 수 있다고 끊임없이 소리쳤다. 늙고 지친 남자는 우리를 뒷좌석에 태우고 뒤돌아서 다시 환하게 웃었다. 오토바이는 얼마 가지 않아 해변에 있는 방갈로 앞에 멈춰 섰다. 돈을 건네자 늙고 지쳐 보이는 남자는 다시 환하게 웃었다. 나는 그가 자주 환하게 웃었으면 좋겠다는 생각을 했다.

코럴블루에 도착해 마주한 섬의 해안가 숙소와 식당, 마트 들은 난민촌처럼 보였다. 눈부신 은빛 모래와 청록빛 바다가 그 모습을 더 비극적으로 만들었다. 코럴블루의 비치 방갈로들은 해골처럼 겨우 뼈대만 남아 있었다. 코럴블루에는 원래 여덟 채의 방갈로가 있었는데 태풍이 지나간 뒤 세 채만 겨우 남았다고 했다. 다섯 채의 방갈로는 모두 바다 위에 떠 있는 비치 방갈로였고 남은 세 채는 해변 안쪽에 있는 지상 방갈로였다. 태풍에서 살아남은 지상 방갈로 옆에는 대나무로 만든 의자와 테이블이 난파선의 잔해처럼 어지러이 흩어져 있었다. 대나무는 어렸을 적 연둣빛을 잃고 검은색에 가까운 갈색을 띠었다. 모두 버려진 땅에서 주워 온 것 같았다.

"태풍이 왔었어. 물은 나오는데 자주 정전이 돼. 아마 완전히 복구되기까지 시간이 많이 걸릴 것 같아. 식사는 여기서 해."

그녀는 딸과 함께 코럴블루를 운영한다고 말했다. 반타얀은 태풍으로 생활기반이 망가진 상태였고, 그나마 드문 관광객들의 발길도 두 달 가까이 끊겼다고 했다.

"육 년 전에도 태풍이 왔었어. 그때도 모든 걸 잃었어."

그녀의 남편도 그때 사라진 걸까. 여주인은 잠시 바다를 바라보았다.

"다시는 그런 일이 생기지 않을 줄 알았어. 우리는 잊었는데 바다는 잊지 않았나 봐."

여주인은 우리에게 열쇠를 주며 바로 옆에 있는 방갈로

를 가리켰다. 그곳엔 살아남은 방갈로 한 채가 태풍이 남긴 난민촌의 잔해를 뒤로하고 쓸쓸하게 서 있었다. 내가 먼저, 뒤따라 재현이 나무 계단을 올랐다. 2층 발코니 앞에 서자 무명빛 모래사장과 빛의 결정이 흩뿌려진 청록색 바다 위로 백합빛 햇살이 쏟아졌다. 우리는 모든 것이 절정으로 빛나는 풍경에 말을 잃었다. 그곳은 모든 불행이 추방당한 빛의 세계 같았다. 나는 천천히 고개를 돌려 우리 뒤를 바라보았다. 그곳에는 어느 날 태풍이 찾아와 모든 것을 앗아간 폐허의 모습이 그대로 남아 있었다. 나는 여주인이 왜 육 년 전의 불행을 잊을 수 있었는지 알 것 같았다. 반타얀을 에워싼 바다는 망각을 가르쳤다. 인생을 모두 겪어낸 뒤 죽음을 앞둔 노인과 같은 무하도와 달리 반타얀은 인생을 전혀 겪지 않은 갓 태어난 아이 같았다. 반타얀의 바다에는 빛나지 않는 것이 없었다. 그곳의 모든 것이 빛났다. 그런 빛의 세계가 앞에 있는데도 나에게는 그곳이 이르게 될 곳이 아닌, 떠나온 곳처럼 느껴졌다. 그곳은 내가 잃은, 다시는 되찾을 수 없는 생의 모습 같기도 했다.

코럴블루의 방갈로는 모든 것이 하나로 이어졌다. 나무로 된 통창으로 눈부신 바다가 보였고 한가운데에는 침대가, 침대 머리맡으로는 가림막이 자리했다. 가림막 뒤로는 옷장과 오픈된 샤워실이 있었다. 우리는 가져온 짐을 바닥에 내려놓고 바다가 보이는 발코니로 나가 햇빛의자sunbed에 누웠다. 의자는 빛바랜 무명색을 띠었고 바람에 실려 온 모래가루가 흩뿌려져 있었다. 우리는 가만히 누워서 해가 질 때까지 오랫동안 반타얀의 바다를 바라보았다.

코럴블루는 바다 앞에 자리해 끊임없이 파도소리가 들렸다. 재현은 빛나기만 하는 반타얀의 바다 때문인지 뜨거운 햇빛, 숨 막히는 더위, 모든 것에 배어든 눅눅함마저 좋아했다. 저녁이 되자 살구색 하늘과 파란색 바다가 섞였다. 밤에는 은회색 달빛이 바다에 쏟아져 반짝였다. 우리는 불 꺼진 오두막에서 다시 두 개의 몸을 이었다. 재현의 얼굴이 달빛에 비쳐 어렴풋이 보였다. 재현은 나를 처음 안았던 날처럼 내 몸을 어루만지고 물이 흐르는 입구에 자신을 넣고 끊임없이 몸을 움직였다. 나의 두 다리와 두 팔은 그의 몸을 휘감아 찢겨졌던 두 몸을 다시 하나가 되게 했다. 우리의 방은 밤새 거친 파도소리와 서로를 원하는 소리로 채워졌다.

재현은 코럴블루 주인이 키우는 개들과 친해졌다. 이상하게 반타얀의 모든 개가 재현을 따랐다. 재현이 걸어가면 섬의 개들이 모여들어 그의 뒤를 따라갔다.

"꼭 피리 부는 사나이 같잖아. 어떻게 하는 거야?"

내가 물었다.

"몰라."

우리는 함께 웃었다.

더위에 지친 반타얀의 개들은 그늘 밑에 앉아서 시간을 흘려보냈다. 코럴블루뿐만 아니라 반타얀에는 놀라울 정도로 개가 많았는데 사람이 다가가도 누구 하나 일어서서 반갑게 다가오지 않았다. 개들은 모든 것을 관조했다. 그들은 원하는 것이 없다는 듯 인생이 자신들 앞을 그냥 지나쳐가도록 내버려두었다. 재현은 연약한 것을 대하듯 개들의 머리를 쓰다듬으며 말을 걸고는 했다. 신기하게 재현의 말을 들으면 개들의 눈빛이 반짝 빛났고 그다음에는 재현과 개들이 한 팀이 되어 움직였다.

우리는 밤이 되면 서로를 안고 새벽에는 달빛이 내린 바다를 함께 보았다. 밤새도록 모든 것을 씻어내는 파도소리가 무한히 반복되었다. 정전이 된 방갈로에는 천장에 매달린 나무팬도, 방 안을 비춰주던 불빛도 꺼졌다. 모든 것이 밤하늘에 뜬 달빛과 별빛에 비춰져 은은하게 빛났다. 어렴풋한 형상, 어스름한 조도만 남은 정전된 밤에는 모든 것이 희미하게 보였다. 새벽마다 재현은 내 눈을 한참 동안 들여다보았다. 그리고 또 안고 싶어, 라고 말하며 내 안에 들어와 다시 몸을 움직였다.

아침이 되면 느지막이 일어나 검게 변한 대나무 의자에 앉아서 샌드위치를 먹고 과일주스와 커피를 마셨다. 모든 맛이 은은했다. 샌드위치에는 치즈만 들어 있었고 주스와 커피는 모두 물에 섞여 나왔다. 우리는 아침을 먹고 어슬렁거리며 근처 마트에 갔다. 코럴블루에서 조금 떨어진 곳에 있는 반타얀마트는 휴양지의 상점이라기보다 난민촌의 임시보급소 같았다. 주스, 우유, 과자, 비누 같은 몇 가지 물건만이 여기저기 흩어져 있었다. 그 물건들마저도 팔기 위한 것이 아니라 급하게 떠난 피난민들이 두고 간 것처럼 보였다.

반타얀에 커플 여행자가 도착했다는 소식이 모든 곳에 전해진 것처럼 매일같이 많은 사람이 코럴블루로 찾아왔다. 반타얀을 찾은 아주 드문 관광객들은 호핑 투어hopping tour를 하거나 마차 모양의 오토바이를 타고 섬을 구경하는 모터사이클 투어를 하는 듯했다. 우리는 신중하게 아무것도 하지 않았기에 매일 아침마다 우리를 찾아오는 지친 사람들에게 그냥 여기 있을 거라는 말만 반복했다.

재현과 나는 아무것도 하지 않았다. 우리는 새벽이면 몸을 일으켜 코럴블루 옆에 자리한 맹그로브숲으로 갔다. 옅은 어둠 속에서 바다에 떠 있는 맹그로브숲은 숭고한 아름다움을 드러내었다. 바다와 나무가 한 몸이 된 맹그로브숲을 걸으면 비로소 숨 쉴 수 있는 곳을 찾은 듯했다. 바다에서 솟아난 맹그로브의 붉은 뿌리는 수많은 생명의 피를 머금고 있었다. 나는 피를 먹고 자라나 바다와 한 몸이 된 맹그로브숲에서 황홀한 절정에 이르렀다. 우리는 해가 뜨고서도 한참이 지나서야 맹그로브숲을 나왔다.

코럴블루로 돌아오면 늦게 아침을 먹고, 다시 방갈로로 돌아와 햇빛의자에 누워 바다와 하늘을 보고, 파도소리를 들으며 쏟아지는 햇살을 맞고, 비릿한 물 내음을 맡으면서 시간이 마음대로 흘러가게 내버려두었다. 그러다 광기 어린 해의 열기가 잦아들면 바다에 몸을 담갔다. 나는 오후 내내 바닷속에 머물렀다. 바다에 몸을 섞고 투명하게 비치는 몸과 일렁이는 파도의 물결, 물속 모래, 진주색 조개들을 바라보았다. 반타얀 해변에 가까운 물은 투명한 색이 되어 햇빛을 머금었고 조금 깊어지면 숲이 녹아든 물색이 되었다. 나는 투명한 물색이 수묵화처럼 농도가 짙어지는 경계선에 하루 종일 떠 있었다. 해가 저무는 동안 반타얀은 살구색 하늘과 파란색 바다의 경계선이 사라지고 하나로 이어진 무한한 공간이 되었다. 재현과 나는 백사장에 나란히 앉아서 어둠이 세상을 물들여 모든 색이 자신을 잃어가는 모습을 바라보았다.

바르도의 연인

"나 그림 그려볼게요."

섬에 온 지 사흘이 지나자 재현은 내가 여행가방에 넣어 온 스케치 노트와 목탄을 꺼내서 바다, 하늘, 시간을 관조하는 섬의 개들, 내가 웃고 있는 모습, 벌거벗은 내 몸을 그리기 시작했다. 반타얀은 수시로 정전이 돼 한낮에도 근처 상점 안이 모두 어두웠다. 우리는 전기가 없는 곳에서 생활했던 고대인처럼 햇빛과 달빛으로 세상을 바라보았다. 전기가 필요한 것들은 자연스럽게 일상에서 사라졌다. 재현과 나는 휴대폰이 원래 없었던 사람들처럼 하루하루를 보냈다. 나는 하루 종일 백사장에 앉아서 바다를 바라보거나 바다에 몸을 섞었고 재현은 그런 내 모습을 그렸다.

"오늘 오토바이 타고 섬 구경할래요?"

재현이 물었다.

코럴블루에 온 지 일주일이 지난 날이었다.

"모터사이클 투어 하고 싶어요?"

"아니. 코럴블루 사장님이 오토바이 빌려주신대."

"오토바이 타본 적 있어요?"

"아니. 한 번도 없어요."

"한 번도?"

"사장님이 쉽다고 하던데? 길에 차도 거의 없을 테니 위험하지도 않을 거래."

"가고 싶은 곳 있어요?"

"마을에 가볼래요? 마을에는 학교도 있고, 거기 마트에는 문구도 판대요. 나 물감 사고 싶어."

재현은 오토바이에 타서 몇 번 중심을 잡아보고 코럴블루 주변을 왔다 갔다 반복하며 연습했다.

"자, 이제 타요."

재현이 환하게 웃으며 말했다.

"응."

나는 뒷좌석에 올라타 재현의 등을 끌어안았다. 재현은

내가 타자 중심을 잡기 어려워하더니 이내 익숙하게 오토바이를 몰았다.

반타얀은 현지인의 세상과 이방인의 세상으로 나뉘었다. 우리가 머무는 코럴블루는 반타얀 동남쪽 산타페-항구 쪽에 위치해 여행자를 위한 리조트, 식당, 마트 들이 밀집해 있었다. 반타얀의 서남쪽에 위치한 반타얀타운은 현지인이 주로 사는 곳으로 학교, 시장, 집 들이 있었다. 우리는 동쪽에서 서쪽으로 아무도 없는 길을 따라서 달렸다. 2차선 너비의 길은 차선 구분 없이 하나로 계속 이어졌고, 길의 양옆으로 헝클어진 야자수림과 암녹색을 띤 초원이 번갈아가며 광활하게 펼쳐졌다. 바람을 가로지르며 달리는 동안 뜨거운 공기가 뭉글하게 우리 몸을 감쌌다. 눈에 보이지 않는 투명한 막을 하염없이 통과하는 느낌이었다. 우리는 작은 오토바이에서 힘겹게 하나의 몸이 된 채 달렸다. 그동안 나를 짓누르던 것들이 뜨거운 바람에 벗겨져 아무것도 걸치지 않은 발가벗은 몸이 된 것 같았다. 오토바이를 타고 달리면서 보는 반타얀의 풍경도 모두 태풍으로 허물어져 있었다. 반타얀의 폐허는 재앙이 다녀간 듯했던 세부에서 본 폐허의 풍경과 달리 원래의 모습처럼 자연스러웠다. 끝없는 암녹빛 대지 위로 부러지고 찢겨진 야자수,

강건하게 뿌리내린 나무, 죽은 나무 들이 뒤엉켜 죽음과 삶이 끊임없이 일어나는 태곳적 모습을 보여주었다.

반타얀타운은 마을이라기보다 삶의 터전이 만들어지고 있는 개척지로 보였다. 마을에는 교복을 입은 아이들과 현지인들이 있었다. 그곳에 여행자는 나와 재현 둘뿐이었다. 물어서 찾아간 학교 앞 타운마트에도 빛이 들어오지 않아서 선반 위 물건들이 잘 보이지 않았다. 재현은 새것인지 쓰던 것인지 분간하기 어려운 물감과 붓 세트와 물에 젖어서 누렇게 바래고 울퉁불퉁해진 스케치북을, 나는 볼펜과 요정들이 그려진 연지색 노트를 찾았다. 계산을 마친 화가 세트를 주자 재현은 검은색 비닐봉투를 들고서 기쁨만을 아는 아이처럼 웃었다.

우리는 마트를 나와 검은색 비닐봉투를 든 채 마을 주변을 어슬렁어슬렁 걸어 다녔다. 무너져 내린 집, 부러진 야자수, 여기저기 쌓인 모래와 벽돌 더미, 활기 없는 시장의 풍경이 보였다. 코럴블루로 돌아가기 위해서 나는 다시 재현의 등을 끌어안았다. 작은 오토바이에서 한 몸이 된 우리는 뜨거운 태양 아래서 아무도 없는 길을 달려 나갔다.

재현은 반타얀타운에서 돌아온 다음 날부터 물감으로 그림을 그렸다. 재현이 처음 색채를 써서 그린 것은 어둠의 홍수였다. 검은색으로 범벅된 어둠이 구멍에서 흘러나와 하얀 도화지 위로 흘러넘쳤다. 모든 것을 집어삼키는 검은 구멍은 어렸을 때 그에게 생겨난 것이었다. 재현은 며칠 동안 하루 종일 보고 싶은 것들을 그렸다. 개들은 재현의 주위에 몰려 앉아 무기력하게 시간을 흘려보냈다. 나는 아무것도 바르지 않은 채 흰 모래사장에 누워 있다가 살갗이 핏빛으로 달아오르면 바다에 몸을 담그고 투명한 물속에 담긴 것들을 바라보았다. 그림을 그리던 재현이 바다에 들어오면 우리는 바다 위에 누워 해안으로 밀려오는 파도에 몸을 내맡겼다. 바다는 잔잔한 파도를 쳐 두 개의 몸을 백사장으로 돌려보냈다. 우리가 다시 헤엄쳐 바다 위에 몸을 띄우면 바다는 파도를 쳐서 또다시 우리를 돌려보냈다. 그러다 잠이 오면 방갈로 발코니로 가 햇빛의자에 누워 태아처럼 웅크린 채 잠들었다. 눈을 뜨면 재현은 다시 그림을 그렸고 나는 오랫동안 쓰지 못했던 이야기를 지었다. 저녁이 되면 치즈토핑밖에 없는 피자를 먹었고 미지근한 산미구엘 맥주를 마셨다.

"산미구엘 좋아."

"이 밍밍한 맛이 좋아?"

재현은 산미구엘을 좋아하지 않았다.

"자연스러워서 좋아."

산미구엘은 청량함도, 싱그러운 허브나 과일 향도, 묵직한 발효의 맛도 나지 않았다.

"아무 일이 없어서 특별한 하루 같아. 산미구엘을 마시면 그런 맛이 나."

나는 빌렌도르프의 비너스를 닮은 산미구엘 병을 어루만졌다.

"서울에 돌아가면, 기억을 찾아주는 일 하고 싶어요."

재현은 그믐달이 떠 있는 검은 바다를 바라보았다.

"왜 그림 다시 그려보라고 했어요?"

"당신에게도 서원이 생겼으면 해서."

재현은 검은 바다에서 시선을 거둬 나에게 두었다.

"그림을 그리면 보고 싶은 것들 볼 수 있다고 했잖아요. 당신이 보고 싶었던 것들 볼 수 있게 되면 해서. 사랑했지만 잊어버린 것들."

내가 앞에 있는데도 재현은 오래전 잊어버린 기억인 것처럼 날 바라봤다.

달빛과 별빛만 남은 밤이 되어 나는 바다 앞에 재현을 눕혔다. 어둠은 세상의 소리를 듣게 했다. 파도소리와 정적만이 들렸다. 잠들지 못하는 무수한 밤마다 내가 밴 아이가 되었던 그는 다시 내 무릎을 베고 누웠다.

"눈 감아봐요."

나는 재현의 눈꺼풀을 쓸어내렸다.

"아버지에 대해서 기억나는 거 있어요?"

"아니. 기억 안 나요."

"어렸을 때 살았던 섬 떠올려봐요. 살았던 집, 아버지 모습도."

재현의 눈꺼풀이 파르르 떨렸다.

"어둠을 봐요."

재현은 아무 말도 하지 않았다. 감은 눈에 물방울이 맺혀 부풀어 오르다 흘러내렸다. 물방울이 그의 뺨에 번졌다.

"아버지, 보여요?"

재현은 내 목소리를 따라 자신의 기억을 보았다.

"검은 방에 붙박인… 몸만… 보여요."

재현의 목소리가 떨렸다.

"그림을 그렸어요. 아버지가 일하는 동안. 아버진 그림을 나무로 깎았어요. 어느 날은 물고기, 어느 날은 별."

그림을 새기는 남자와 그 곁에 있는 아이가 보였다.

"밤이 되면 손을 잡고 바다를 따라 걸었어요."

작은섬 네 가족이 어둠 속을 걸어갔다.

"끝나지 않는 이야기를 했어요."

"어떤 이야기?"

"아무것도 아닌 이야기… 학교에서 배운 거… 동생이 읽은 책… 어머니가 깐 굴… 아버지가 아는 섬의 나무들….

"눈으로 보고, 귀로 듣고, 몸으로 느꼈던 것들도 기억해 봐요. 하늘… 파도… 아버지 목소리… 어머니… 동생 얼굴… 발끝에 닿는 바다… 사랑했지만 잊어버린 것들…"

재현은 감은 눈을 더 지그시 감았다.

기억을 상기하는 의식이 끝나고 재현은 밤새 촛불 곁에서 그림을 그렸다. 어둠 속에 네 사람이 있었다. 어둠 속 네 사람은 어딘가로 함께 걸어갔다. 저 멀리 핏덩이 같은 해가 떠올랐고 해에서 흘러내리는 핏물이 그들의 걸음을 따라 푸른빛으로 번졌다. 새하얀 그믐달이 떠 있는 반대편 하늘에서는 은하수가 쏟아져 내렸다.

7

—

끝과 시작의
경계

—

새로운 서원

반타얀에서 돌아와 시현에게 먼저 연락을 했다. 우리는 다시 묵연 갤러리에서 만났다. 서리가 내리기 시작하는 날 霜降.10. 23이었다.

"전시 이름은 바르도로 하고 싶어요."

"생각한 걸 말해봐요."

시현은 담배 연기를 길게 내뱉었다.

"서울에는 공허한 사람들이 많다고 했잖아요. 그 사람들에게 기억을 주고 싶어요."

"어떻게?"

"우리는 하나의 인생이 아니라 여러 개의 인생을 살아

요. 하나의 인생이 끝나면 죽음과 탄생의 길인 바르도를 지나 다른 인생으로 가는 거예요. 하나의 인생을 마친 자는 모든 길이 사라진 곳, 바르도에서 길을 잃어요. 길을 잃었을 땐 서원을 따라가야 해요. 간절히 바라는 인생을 향해 가는 거예요. 전생에서 사랑과 슬픔 들을 겪은 끝에 깨달은 인생을 찾아서. 이미 끝나버린 인생을 뒤로하고 아직 시작되지 않은 인생으로."

"리하 씨는 서원을 이루는 게 인생의 목적이라고 믿나요?"

"시현 씨는 서원이 있어요?"

그녀의 손가락에 매달린 담배에서 재가 떨어져 내렸다. 한동안 그녀는 그대로 있었다.

"서원이 없는 자를 망자라고 불러요. 기억을 잊은 자이자 길을 잃은 자라는 뜻이에요."

"왜 망자는 서원이 없죠?"

"어떤 일들은 잊지 않으면 살아갈 수 없잖아요. 망자는 기억을 버린 자예요. 살아가기 위해서 불행을 망각한 자요."

"불행을 망각하면 서원을 가질 수 없나요?"

"불행과 사랑은 이어져 있어요. 사랑한 자만이 불행해질 수 있으니까. 불행을 잊으면 사랑한 모든 것도 잊게 돼요.

불행해지지 않는 사람은 아무도 사랑할 수 없는 공허한 마음으로 살아가요."

"리하 씨는 공허함이 망각에서 생겨난 거라고 믿나요?"

"네."

"공허함은 인간의 숙명 같은 거예요. 처음부터 채울 수 없는 구멍이 난 채 태어난 것뿐이에요. 인간은 결함이 있는 불완전한 것이니까."

"공허함은 불완전한 것이 갖는 선천적인 낙인이 아니에요. 공허함은 사랑했던 자만이 가질 수 있는 망각의 흔적이에요."

"사랑해서 불행해질 거라면 서원 따위 없는 게 낫지 않나? 감정은 환상 같은 거예요. 사람들은 공허하기 때문에 자기가 뭔가를 잃었다고 믿어요. 원래부터 아무것도 없었는데. 뭔가를 잃었다고 믿으니 뭔가를 주면 돼요. 전시는 환상을 사고파는 거예요. 성공적인 전시는 마법 같아요. 잃어버린 것을 찾았다고 믿게 하죠. 하지만 마법이 풀리면 다시 공허해져요. 환상이 사라진 것뿐인데 사람들은 또 뭔가를 잃었다고 믿어요. 텅 비어 있던 원래대로 돌아간 것뿐인데. 그래서 영원한 선순환이 만들어 지는 거예요. 공허함을 파는 사업은 영원히 지지 않는 해와 같아요."

"시현 씨는 그래도 괜찮아요?"

"뭐가요?"

"아무것도 느껴지지 않는 거요."

아무것도 보이지 않는 눈이 나를 바라보았다.

"망자는 서원이 아니라 망각을 따라가요. 공허함을 지우려 새로운 일을 하고, 새로운 곳을 가고, 새로운 사람을 만나지만 그 무엇으로도 텅 빈 자리는 채워지지 않아요.

그러다 문득, 아주 잠깐 혼자가 되면 깨닫게 돼요. 자신이 텅 비어 있다는 걸. 그 무엇으로도 공허함이 사라지지 않았다는 걸."

난 유토피아 에듀에서, 재현에게서 본 것을 말했다. 모든 것을 갈망하는 자들 안에는 공허함이 있었다.

"공허함은 새로운 것들로 채워지지 않아요. 공허함은 불행을 줄 수 있는 사랑만이 채울 수 있어요. 난 기억을 갖고 있어요. 사랑해서 불행해진 기억이요. 그 기억이 길을 잃은 사람들에게 서원을 갖게 해줄 거예요."

나는 나의 서원을 이야기했다.

나는 불행을 잊지 않은
무하도의 정령조각가를 기억했다.

사람들은 잃어버린 기억을 찾으러 바르도 전시에 온다. 갤러리는 무하도로 변해 있다. 사람들은 무하도의 시간에 따라 변하는 빛의 색채를 보고, 무하도의 소리를 듣는다. 흰 공간에 빛이 바뀌면서 무하도의 새벽, 아침, 낮, 밤의 시간이 흘러가고 모든 것을 씻어내는 파도소리와 귓가에 부딪히는 거센 바람소리만이 들린다. 황매화, 치자꽃, 수레국화, 동백꽃, 소나무껍질, 백단나무가 뒤섞인 향이 실려와 사람들은 무하도에서 현실을 잊는다.

갤러리에는 정령을 깎는 한 여인의 사진들이 걸려 있다. 기억을 잊지 않으려 죽은 나무에 기억을 새기는 찰나들이 펼쳐진다. 망자는 자신도 모르게 사진 앞으로 다가가 넋을 잃는다. 알 수 없는 눈물이 흘러내린다. 이내 망자는 스러지듯 사진 앞에 놓인 의자에 주저앉는다. 그것은 무하도의 몸을 깎아내 만든 돌의자다. 수만 번 파도에 부딪힌 돌이 슬픔에 무너진 몸을 받쳐준다. 돌의자 곁에 정령조각과 서한書翰이 담긴 광주리가 보인다. 물방울 모양의 나무조각을 꺼내 어루만진다. 수백 번의 결이 새겨진 정령은 잃어버린 것들을 떠오르게 한다. 망자는 손을 뻗어 서한을 펼쳐본다. 서한에는 정령에 새겨진 기억들이 적혀 있다. 고통의 증인이 되어 기억을 잊지 않고 지켜낸 자가 쓴 글이다.

이야기가 끝나자 시현은 오랫동안 담배를 피웠다. 그녀는 말이 없었다.

"그냥 떠오른 건가요? 리하 씨가 말한 공간, 이행의식, 시각, 청각, 후각, 촉각에 대한 전시 기획들."

"우연히 떠오른 건 아니에요. 전 기억을 지키기 위해서 필요한 것들이 무엇인지 알아요."

"잃어버린 기억을 찾는 의식은 어떻게 진행되죠?"

"망자는 망각한 기억을 되찾으러 명이도로 가요. 불행한 기억을 버렸던 곳으로 다시 가는 거예요."

나는 다시 나의 서원을 이야기했다.

나는 불행을 잊으려
명이도를 찾은 망자들을 기억했다.

망자는 어둠 속으로 인도돼 땅 위에 눕는다. 손끝에 얽히고설킨 거친 무명천이 만져진다. 하늘에서 비치는 달빛에 소나무, 은빛 갈대, 거친 검은 돌 들이 희미하게 보인다. 이곳이 섬이면서 무덤 같다고 생각한다. 망자는 눈을 감는다. 바닷바람이 불어 몸에 부딪힌다. 망자의 몸에서 슬픔이 새어 나온다. 여기저기서 메아리처럼 울음이 들려오고 사라진다. 아득히 멀리서 구슬픈 목소리가 전해져 온다. 망자는 감았던 눈을 뜬다. 눈 위로 보이는 천장에는 명이도에서 치렀던 망각의 의식이 재생된다. 그것은 망각한 자의 기억이다. 고통을 잊으려 불행을 버렸던 기억이 망자의 눈에 비친다.

밝음이 다친 섬, 명이도는 늘 밤이 낮보다 길다. 그곳에는 망각을 주는 샤먼이 살고 있다. 망자는 기억을 버리러 망망한 바다에 배를 띄우고 명이도로 향한다. 간절한 바람 끝에 명이섬에 닿자 물가에 서 있는 망각의 샤먼이 보인다. 샤먼은 묵색으로 물들인 무명천으로 몸을 휘감아 얼굴조차 보이지 않는다. 샤먼은 등을 돌려 앞으로 걸어간다. 검은 문이 나타나고 샤먼이 사라진다. 그를 따라 어둠 속으로 들어간다. 끝없는 어둠을 걸어간다.

하늘로 난 틈에서 달빛과 별빛이 쏟아져 내린다. 그곳에 앉아 샤먼은 망자가 잊고 싶은 기억을 가만히 써 내려간다. 고통의 기억이 새하얀 한지를 먹으로 물들인다. 잊고 싶은 기억이 다 적히자 샤먼은 종이를 들고 바다에 가 바다가 기억을 삼키게 한다. 한지에 바닷물이 스며들어 먹빛 기억들이 얼룩져 지워진다. 기억이 지워진 종이를 절벽 위 서낭당 나무에 묶는 샤먼이 보인다.

영상이 끝나자 어둠만이 남는다. 눈에 보이는 것들이 모두 사라지고 아무것도 보이지 않는 어둠 속에서 등대 불빛이 왔다가 사라지고, 다시 왔다가 사라진다. 망자는 마지막으로 하나인 둘, 어둠과 빛을 동시에 본다. 그러다 빛이 사라지고 완전한 어둠이 찾아온다. 망자는 망연해진다. 이미 죽어버린 것 같기도 하다.

그녀는 담배를 다 태울 때까지 아무 말이 없었다. 담배연기를 내뱉을 때마다 그녀의 얼굴이 사라졌다. 모든 것이 폐허가 된 버려진 땅이 환영처럼 어른거렸다.

"리하 씨는 특이해요. 잘 읽히지 않고, 잘 보이지 않고."

그녀의 시선은 오랫동안 연못 한가운데 세워진 정자에 머물렀다. 정자로는 건너갈 수 있는 다리가 없었다.

"내가 싫다고 하면요?"

한참 뒤 시현은 나를 똑바로 바라보며 물었다.

"전시는 하지 않을 거예요."

시현은 다시 기묘한 웃음을 지었다. 처음 보는 선명한 표정이었다. 그것은 수락의 표정 같기도, 비웃음의 표정 같기도 했다.

"좋아요. 바르도 전시를 하죠. 리하 씨가 원하는 대로."

오랜 침묵 끝에 시현이 말했다.

"제가 원하는 대로요?"

"거절할 거라고 생각했나요?"

"시현 씨가 어떤 대답을 할지 생각해보지 않았어요."

"처음 전시를 여는 작가들은 원하는 게 있어요. 그걸 내가 갖고 있죠. 첫 경험이 없는 작가들은 어떤 것도 요구하지 않아요. 첫날밤처럼 기대만 하죠. 약간의 불안과 잘할 수 있을까 하는 스스로에 대한 의심, 막연한 동경, 쾌락에 대한 떨림만 가진 채. 그들은 나한테 아무것도 요구할 수 없어요.

근데 리하 씨는 지금 나한테 요구하고 있잖아요. 자기가 원하는 걸. 나한테 원하는 게 아무것도 없으니까. 난 리하 씨 전시를 원해요. 근데 리하 씨는 나한테 원하는 게 없죠. 전시기획까지 모두 가졌으니까. 그러니까 난 리하 씨에게 요구할 수 없는 거죠. 지금은."

무하도에서는 모든 것이 그대로 보였다. 무하도를 품은 바다를 들여다보면 투명한 물속으로 돌, 모래, 일렁이는 해초들이 보였다. 흔들리는 소나무숲으로 거세게 부는 바람이 보였고, 섬의 모든 것을 멈추게 하는 폭우도 보였다. 무하도에서는 내가 사는 세상이 그대로 보였다. 하지만 시현에게서는 아무것도 보이지 않았다.

"날 믿어요. 리하 씨가 원하는 전시 그대로 만들어줄 수 있으니까. 공간 스케치가 끝나면 다시 만나죠. 이 주 뒤에 연락할게요."

파경과 사호의 운명

　해가 다 저물어서야 묵연 갤러리를 나왔다. 원하던 대로 전시를 하게 됐는데도 나는 절망한 사람처럼 비틀거렸다. 가회동성당에 이르렀을 때 걸음을 멈춘 채 나를 응시하는 한 노인의 얼굴이 보였다. 점점 가까워지는 무표정한 얼굴에 일렁임이 생겨났다. 생각지도 못한 마주침에 놀라 나는 인사조차 하지 못하고 아저씨 앞에 망연히 멈춰 섰다.

　"오랜만이구나."

　낚시 아저씨를 마지막으로 본 지 삼 년 만이었다.

　"섬을 떠났다고 들었다."

　그동안의 일을 무엇부터 말해야 할지 몰라 아무 말도 하지 못했다.

"많이 변했구나."

아저씨는 먼바다를 바라보듯 나를 바라보셨다.

"잘 지내셨어요…"

아저씨의 얼굴이 뭉개져 고개를 숙였다. 툭툭 눈물이 떨어져 내렸다.

아저씨는 내 슬픔이 멎을 때까지 묵묵히 서 계셨다. 한참 뒤에야 내가 고개를 들자 아저씨는 어둠 속으로 사라진 골목길로 걸음을 옮기셨다. 골목길에는 가로등이 없었다. 나는 아저씨를 따라갔다. 우리는 계속 나아가다 오른쪽으로, 어둠 안으로 향하다 왼쪽으로, 언덕길을 오르다 길을 건너 한 찻집의 문을 열고 들어갔다. 아저씨는 익숙한 곳인 듯 내게 묻지 않고 유자차 두 잔을 시키셨다. 남해 유자로 만든 유자차가 옅은 물빛으로 빚어진 청자 찻잔에 담겨 나왔다. 싱그러운 유자 향이 검은집에서 보낸 어린 시절을 기억하게 했다. 아저씨도 나도 한동안 아무 말 없이 아른거리는 찻잔을 바라보았다.

"근처 묵연 갤러리에서 전시를 하기로 했어요."

"묵연에서?"

"네. 정령조각 전시요."

아저씨의 눈에 깊은 어둠이 생겨났다. 아저씨는 내가 아닌 먼 곳에 있는 황량한 폐허를 바라보는 것 같았다.

"너는 바다가 부모를 거두어 갔을 때조차 원망하지 않았지. 침묵 속에서 홀로 마음을 짓이기며 불행을 겪어내더구나. 하지만 리하야, 넌 평생을 작은섬에서만 살았단다. 나는 네가 섬을 떠나지 않길 바랐다. 고립된 곳이 너를 지켜줄 테니. 결국 무하도를 떠난 것도 너의 운명이겠지. 너는 이제 많은 일을 겪게 될 거란다. 너를 찾아오는 사람들을 막을 수도, 네가 겪게 될 일들을 피할 수도 없을 게다."

아저씨는 명경 이야기를 들려주셨다.

파경 설화

옛날 옛날에 명경明鏡이라는 이름을 가진 자가 있었단다. 명경의 눈은 거울처럼 세상의 모든 것을 있는 그대로 비춰 밝은 거울이라는 이름을 가지게 되었지. 명경은 사람들의 진짜 모습을 볼 수 있다는 소문이 세상에 퍼졌단다. 사람들은 모두 그를 만나고 싶어 했지. 명경의 눈은 밝은 거울처럼 있는 그대로의 모습을 비춰 그의 눈앞에서는 거짓에 가려져 있던 진실이 드러났단다. 그럼에도 불구하고 사람들은 명경을 만나고 싶어 했어. 어떤 이는 남들에게 보이지 않도록 깊숙이 감춘 마음이 그에게 보이는지 알길 원했고, 어떤 이는 자신도 모르는 마음을 명경이 보아주길 바랐지. 하지만 명경을 실제로 본 사람은 아무도 없었단다. 오직 그에 대한 소문만 전해지고 전해졌지.

해가 뜨면 명경은 하늘을 뒤덮어 서로 뒤엉킨 소나무숲 묘지에서 잠들었어. 명경의 눈은 거울 같아 빛이 가득한 낮에는 눈이 멀어 아무것도 볼 수 없었거든. 소나무숲 묘지에는 버려진 무덤만이 있어 아무도 그곳을 찾지 않았지. 명경은 눈을 멀게 하는 낮에는 죽은 자처럼 잠에 들었고,

빛이 사라져 어둠이 태어난 밤이 돼서야 잠에서 깨어났어. 해가 지고 세상에 빛이 사라져 달빛과 별빛만이 있는 밤이 돼서야 명경은 소나무숲 묘지를 나와 어둠 속 그림자들을 보며 살아갔지. 아주 오랜 시간을 쓸쓸히 고독 속에서 살아 갔단다.

헤아릴 수 없는 시간이 흘러 오랜 고독 끝에 명경은 수많은 빛이 반짝이는 호수에 이르렀어. 명경이 이른 곳은 은하수 호수로 불리는 하호河湖였단다. 햇빛이 부서져 빛나는 것이 아니라 수많은 별로 빛나는 호수였지. 명경은 처음 보는 빛나는 세상에 넋을 잃었단다. 하늘에도 은하수가 빛났고 호수에도 은하수가 빛나 수많은 빛이 태어나는 순간을 보는 듯했어. 명경의 눈에서 맑은 눈물이 흘러내렸단다.

밤인데도 하호에는 수많은 사람이 그곳을 거닐고 있었어. 달빛과 어둠, 빛나는 하호와 그림자 사람들의 농담濃淡은 신이 먹으로 그린 수묵화 같았지. 명경은 아름다움에 이끌려 수묵화 세상으로 나아갔단다. 그토록 바랐던 이들에게 다가갈수록 먹이 짙게 배인 그림자였던 사람들은 점점 달빛에 푸른빛을 띠었지. 명경은 이내 달빛 아래 푸른빛으로 빛나는 사람들 곁에 이르렀어. 그들은 멈추지 않고 하호 주변을 하염없이 걸었지. 명경은 어떤 이의 소매를 간신히 붙잡고서야 한 사람을 마주할 수 있었단다. 그토록 보고팠던 한 사람의 눈을 마주했을 때 명경의 눈에 비친 것은 텅 빈 눈동자였어. 아무것도 보고 있지 않은 검은 눈. 모두가 텅 빈 눈을 한 채 하염없이 하호를 따라 거닐었지. 그들은 어디로도 가지 못한 채 영원 같은 원을 돌 뿐이었어. 명경은 그들의 공허함에 숨이 멎었단다.

숨이 멎어 그대로 주저앉은 명경에게 한 노인이 다가왔어. 명경은 자기에게 드리운 그림자를 따라 고개를 들어 노인을 바라보았지.

"자네는 거울의 눈을 가졌군."

명경은 무언가 말하려 했지만 목소리가 나오지 않았어.

"이곳을 떠나게."

명경의 눈에 애처로운 노인의 눈빛이 비쳤어.

"여기는… 이 사람들은…"

명경은 말을 잇지 못했어. 투명하게 반짝이는 눈물만이 빗방울처럼 툭툭 떨어져 내렸지.

"이 사람들은 망자들이네. 하호에는 헤아릴 수 없는 기억이 담겨 있어 밤에도 은하수처럼 빛나지. 망자들은 자신이 잃어버린 기억을 찾아 하호 곁을 맴도는 걸세. 영원히 되찾을 수 없는 것을 구하려 영원토록 원을 그리면서. 보다시피 저들의 눈은 텅 비어 있다네. 자네도 여기에 머물면 모든 기억이 사라져 망자가 될 걸세. 자네의 거울 같은 눈에 저들의 공허함이 비칠 테니."

"저는 어디로 가야 합니까?"

명경이 물었지.

"거울의 눈을 가진 자는 파경破鏡의 운명을 갖고 있다네."

명경은 파경의 운명이 무엇인지 몰랐어. 노인이 예언하기 전까지 단 한 번도 자신의 운명에 대해서 들어본 적이 없었지.

"자네가 혼자인 것은 거울의 눈을 가진 자들이 모두 파경의 운명을 맞았기 때문일세. 사람이 죽음의 운명을 타고나듯 거울은 깨어질 운명을 타고나지. 세상 사람들은 거울과 거울에 비친 상像을 구분하지 못해. 자네의 눈에 비친 것들이 모두 자네에게 있는 것이라 믿지. 거짓된 자를 바라보는 자네의 눈에 거짓이 비치면 사람들은 자네를 거짓된 자로 여길 걸세. 거짓이 자네의 눈에 담겨 있으니. 자네가 훔치는 자를 보면 자네의 눈에 비열함이 비칠 테고, 자네가 살인자를 보면 자네의 눈에 잔인함이 비칠 테니 사람들은 자네의 거울 같은 눈을 깨버리고 싶어 할걸세. 모든 것을 있는 그대로 비추는 것을 볼 수 있는 자는 희귀하지. 거짓된 자도, 비열한 자도, 잔인한 자도 모두 자네의 눈을 멀게 할걸세. 자네의 눈이 참혹한 것을 그들에게 보게 하니. 그것이 거울의 눈을 가진 자들의 운명이었네."

사호 설화

　명경은 노인의 말대로 다시 길을 떠났지만 지금까지 살아온 것처럼 살아가지 못했어. 그는 낮이 되면 소나무숲 묘지에서 잠들지 못했고 밤이 되면 하염없이 길을 잃은 사람처럼 헤맸단다. 명경은 망자들을 잊지 못해 그들을 보고 싶어 했거든. 그는 노인이 해준 충고를 거스르고 금기를 깨뜨렸지. 명경은 낮이 되면 눈이 멀어 아무것도 볼 수 없었어. 오직 어둠 속에서 살아가는 사람들만 볼 수 있었지. 밝은 빛 아래서 살 수 없는 거짓되고 비열하고 잔인한 자들이 명경을 찾아왔단다. 사람들은 명경의 눈에 비친 것이 자신의 모습인 줄 몰랐어. 끔찍한 것이 자신이 아니라 명경에게 있다고 믿었지. 그들은 명경의 거울 같은 눈에 비친 자신의 모습을 보고 그를 멸시하고, 해치고, 죽이고 싶어 했단다. 명경은 오랫동안 고독 속에서 자연의 생멸을 바라봤던 눈으로 이제는 인생의 참혹함을 바라보았지. 그는 비참하게 살아갔단다. 사람들을 보고 싶어 하는 마음을 멈추지 못했거든.

인생의 숭고함과 참혹함을 모두 본 뒤에야 명경은 파경의 운명을 거스르기로 했단다. 그는 거울의 눈이 깨지기 전에 호수에 자신의 눈을 봉인하기로 했지. 시린 달빛이 내리던 밤, 명경은 이름 없는 호수로 걸어 들어갔어. 호수는 명경의 몸을 삼켜 모든 것을 비추는 물이 되었단다. 명경을 삼킨 호수는 모든 것을 비추었고 물결조차 일지 않아 사람들은 그 호수에 명경지수明鏡止水라는 이름을 지어주었지. 명경은 죽어서 밝은 거울 같은 고요한 물이 되었단다.

어느 날 오랜 유랑 끝에 명경지수에 한 노인이 이르렀어.

"이곳에 묻혔구나."

노인은 알 수 없는 말을 읊조렸지.

"거울 같은 호수가 되었구나. 모든 것을 보고서도 끝내 흔들리지 않는 고요한 마음을 잃지 않았구나."

노인의 애처로운 눈빛이 호수에 비쳤어.

"사호가 될 운명이구나."

노인은 명경지수에 새로운 예언을 남기고 떠나갔어.

명경지수의 맑음이 세상에 알려져 고통을 가진 사람들이 찾아왔단다. 병든 자, 죄를 지은 자, 고통받은 자 들이 찾아와 몸을 담그고 수많은 병과 죄, 고통을 씻어내었지. 사람들은 죽은 자들이 평온에 이르도록 명경지수에 시체를 담갔고 죽음을 원하는 자들이 찾아와 자신의 몸을 삼키게 했단다. 명경지수는 아무 말 없이 사람들이 거두길 원하는 것들을 모두 거두어주었어.

헤아릴 수 없는 시간이 흘러 명경지수는 거울 같은 맑음을 잃어버리고 검은 호수가 되었단다. 사람들은 검은 호수를 사호死湖라 불렀어. 수많은 죄, 슬픔, 고통을 삼키고 한때 거울처럼 빛나는 맑은 물이었던 명경이 갖게 된 것은 죽음의 호수라는 이름뿐이었단다. 아무도 더 이상 그곳을 찾지 않았어. 명경은 이번엔 노인의 예언을 따라 사호가 되었지. 아무도 찾지 않는 버려진 죽음의 호수가 수많은 사람을 사랑한 끝에 얻은 명경의 운명이었어.

이야기를 마친 아저씨는 망연히 나를 바라보았다.

"리하야, 거울의 눈을 가진 자들은 파경과 사호의 운명을 따르게 된단다."

금기

전시를 하고 나면 하나의 인생이 끝나고 새로운 인생이 시작될 것이다. 나는 내가 버리려는 것 말고도 무언가를 '잃게 될 것'이었다. 하지만 원치 않는데도 잃어야 하는 것이 '무엇인지' 알 수 없었다. 단지 기묘한 기분만이 매일 엄습했다. 며칠 동안 기이한 꿈을 꾸었다. 매일 같은 꿈이 찾아왔다. 아무도 없는 버려진 산을 한참 오르다, 죽은 나무로 뒤덮여 사라져버린 길을 헤치고 나아갔다. 나는 두려운 떨림 속에서 돌아갈 수도, 나아갈 수도 없는 죽은 나무의 숲에 갇혀 있었다.

"입시가 끝나면 일, 그만두려고 해요."

대표는 내 결정을 듣고 놀라지 않았다. 그냥 나를 오랫동안 바라보았다.

"그렇게 생각해요?"

"네?"

"리하 씨가 연말까지만 일하고 그만둘 거라고, 그렇게 생각하는지 물었어요."

"네."

"일단 겨울방학 시즌에는 참여하지 않는 것으로 해둘게요. 새 학기가 시작되는 내년 3월부터 수업을 다시 시작하는 걸로 해요."

나는 잠시 말을 멈췄다. 숨을 작게 삼켰다 내쉬었다.

"잠시 쉬겠다는 말이 아니라 완전히 그만두겠다는 말이었어요."

"리하 씨 이야기를 오해한 게 아니에요. 리하 씨는 일을 그만둘 거라고 생각하는 거고, 나는 그러지 못할 거라고 생각하는 것뿐이에요."

나는 대표의 말을 이해하지 못해서 그를 바라보았다. 대표는 잠시 이야기를 멈추고 흰 아지랑이가 피어오르는 백자 찻잔을 바라보았다.

"예전에 말했던 것처럼 리하 씨는 좋은 강사가 되겠지만 여기서 최고가 되긴 어려울 거예요. 인생을 직선으로 사는 사람이 아닌 것 같달까."

그는 안개 속에 가리어진 것을 응시하듯 오랫동안 나를 바라보았다.

"유토피아 에듀에는 세 종류의 사람들이 있어요. 첫 번째는 여기서 최고가 되는 사람들이에요. 그들은 눈먼 자들이에요. 오직 그것만을 보고 그것만을 원하고 그것만을 가지려 하는. 그들은 다른 곳을 보지 않고 어디로도 가지 않아요. 유토피아를 향해 직선으로 가려고만 하죠. 결국 그들은 최고가 돼요.

두 번째는 여기서 아무것도 되지 못하는 사람들이에요. 그들은 아무것도 보지 않아요. 오직 말할 뿐이죠. 여기서 일하고 여기에 있고 여기에서 살아가면서 원하지 않는 곳에 잠시 있는 것뿐이라고 말해요. 그들은 끊임없이 자신이 가졌어야 하는 것, 자신이 싫어하는 것에 대해서 말해요. 그들도 여기를 떠나지 않아요. 아무것도 보지 않으니 어디로도 가지 못하고 아무것도 되지 못해요."

그는 잠시 말을 멈추고 손가락으로 찻잔의 테두리를 따라 원을 계속 그렸다.

"마지막은 리하 씨 같은 사람들이에요. 내가 가진 데이터로는 그들만이 여길 떠나요."

나는 희연을 떠올렸다. 나와 닮은 사람들이 이전에도 여기에 있었고 여기를 떠났다.

"그들은 보는 자들이에요. 그들은 여기에 있을 땐 여기만을 보고 다른 곳을 보지 않아요. 하지만 때가 되면 여기가 아닌 다른 곳을 봐요. 나비 같달까. 허물을 벗고 날아가는 나비처럼 그들은 다른 존재가 되면 다른 곳으로 떠나요. 어느 날 갑자기 떠나겠다고 말해요. 매번 들어도 난 그말이 싫어요. 모두가 싫어하는 일이 있잖아요. 난 이별통보를 듣는 게 싫어요."

대표는 선한 웃음을 지었다.

"그들은 자유로운 것 같아요. 나에게는 나비 같아 보여요. 인생을 직선으로 살지 않고 마치⋯."

"마치?"

"팔랑팔랑 나는 것 같아요. 가녀리면서도 자유롭게."

'팔랑팔랑⋯'

가녀리면서도 자유롭게. 자유롭지만 가녀린.

"그 사람들은 왜 떠났어요?"

"다른 인생을 원하게 됐다고 했어요."

"그런데 왜 돌아왔어요?"

"원하는 곳을 찾았어도 그곳에 도착하지 못하기도 하니까. 희망을 싣고 출발했으나 좌초된 배처럼."

'좌초된 배처럼…'

"리하 씨가 바라던 곳에 도착하게 된다면 다시 이야기해 줘요. 그때 그만둬도 늦지 않으니까."

여기를 떠나지 못할 거라는 그의 말은 내가 길을 잃게 될 거라는 말이기도 했다. 그의 말은 예언이 되어서는 안 되었다. 나는 한 몸이었던 무하도마저 떠났던 날을 기억했다.

"배려해주셔서 감사합니다."

나는 인사를 하고 대표의 방에서 나왔다.

다음 날 나루터 아저씨에게 편지를 썼다. 아저씨의 목소리를 들으면 아무 말도 할 수 없을 것 같아 전화는 하지 않았다. 편지에는 그동안 잘 지냈다는 것, 서울에서 아이들을 가르치고 있다는 것, 전시를 하게 되었다는 것을 적었다. 보고 싶다는 말, 돌아가고 싶다는 말, 무하도를 그리워한다는 말은 적지 않았다. 그 말을 꺼내면 더 이상 서울에서 살아갈 수 없기에 나는 하고 싶은 말들을 삼켰다. 전시를 위해서 정령을 깎을 나무가 필요하다는 말로 편지를 끝맺고 편지봉투에 남산 아래 하얀집 주소를 적었다.

　한 달 후, 나루터 아저씨가 보낸 편지가 여섯 개의 커다
란 상자들과 함께 남산 아래 하얀집에 도착했다.

보고 싶은 리하에게

서울에서 잘 지낸다니 더 이상 바랄 게 없구나.
나루터도,
검은집도,
무하도도
언제나 그 자리에 있단다.

돌아보니 내 인생에는 기다리고 싶은,
시간이 지나도 잊히지 않는
사람들이 많이 남았더구나.

리하야.
서울에서도 너에게
사라지지 않는 것들이
늘 곁에 있기를 바란다.

언제나 그 자리에 있을

아저씨가

상자에서는 그리운 것들이 쏟아져 나왔다. 아저씨 손길, 검은집 향, 파도소리, 죽은 나무, 정령조각, 무명천, 목비, 조각칼들. 나는 며칠 동안 상자 안의 죽은 나무들을 어루만지며 슬픔과 머뭇거림이 가라앉기를 기다렸다.

반타얀에서 서울로 돌아온 뒤로 재현의 일은 빠른 속도로 줄었다. 재현이 모든 것을 바쳐 모은 숫자들은 재현의 의지가 아닌 0으로 회귀할 자신의 운명을 따랐다. 재현도, 숫자도 윤회를 거듭했다. 그럴수록 재현은 일이 전부였던 사람처럼 다시 일만 했다. 그는 반타얀에 다녀온 적 없는 사람 같았다.

"질량 보존의 법칙 같아."

재현이 자조적으로 말했다.

우리는 늦은 밤 전등 하나를 켜두고 산미구엘을 마셨다. 전등 하나로도 방의 모든 곳에 빛이 닿았다. 우리의 작은 세상은 별 하나로도 빛났다.

"당신에게 새로운 인생이 시작되려나 봐요."

"어떻게 알아?"

"새로운 인생이 시작되면 길을 잃게 되니까."

"잘못되고 있는 것뿐이야."

"왜 그렇게 생각해?"

"늘 그랬으니까."

"하던 일, 계속 하고 싶어요?"

"내가 하고 싶은지 아닌지는 안 중요해."

"왜?"

"또다시 불행해지는 것뿐이니까."

"천천히 시간을 가져요. 우리 일 년 정도는 일 안 해도 지낼 수 있잖아. 예전처럼 재현 씨가 그리고 싶었던 것들 그리면서 지내요. 당신이 보고 싶었던 것들."

"아무리 도망쳐도 다시 찾아와. 또 다 잃게 될 거야."

재현은 한 번도 말하지 않았던 기억을 고백했다.

"섬을 떠나던 날, 무서웠어."

"무하도를 떠나던 날?"

"아니. 내가 살았던 섬."

"여덟 살 때?"

"응."

"왜?"

"남겨질까 봐."

"남겨질까 봐?"

"배를 기다렸어. 앞이 안 보일 정도로 비가 내렸어. 배만 타면 떠날 수 있는데 배가 영영 안 올 거 같았어. 결국 거기에 남겨지고, 배는 다시는 오지 않고, 그래서 난 영원히 거기에 박힌 채 죽어가고. 그날 정말 배가 안 왔어."

재현의 검은 호수에 내가 비쳤다.

"난 알아. 항상 그랬으니까. 곧 불행이 올 거야. 또 불행해지고, 다 잃고, 남겨질 거야."

"그렇지 않아."

"난 항상 그렇게 돼."

재현의 얼굴이 일그러졌다.

"아무리 노력해도 그렇게 돼. 결국 불행해져."

나는 재현의 일그러진 얼굴을 어루만졌다.

"또다시 다 잃을 거야. 너도."

"우리 함께 살아온 시간을 기억해봐요. 무하도, 강일동, 남산 아래 하얀집까지. 살고 싶지 않았던 시간, 절뚝이며 걸었던 시간, 다시 살아가려 했던 시간, 기뻤던 시간, 행복해지려 애썼던 시간, 그 모든 시간을 우리 함께 살아왔잖아. 그러니 앞으로도 그렇게 살아요.

어둠이 빛을 낳는 시간에 눈뜨고, 해가 태어나는 거 보고, 난 정령을 만들고 당신은 보고 싶은 것들 그리면서. 저녁이 되면 야경을 보다, 잊고 싶지 않은 기억을 가진 채 서로 안고 잠들어요. 무하도, 단칸방, 코럴블루에서 그랬던 거처럼. 우리 그렇게 살아요 재현 씨."

나는 재현에게 새로운 서원을 고백했다. 재현은 희미하게 웃었다. 그의 얼굴이 천천히 기울어 내 가슴에 닿았다. 재현은 가슴에 얼굴을 묻고 오래도록 있었다. 나는 눈을 감고 우리가 겪어온 모든 시간을 바라보았다. 하지만 재현은 고백에 대한 대답을 끝내 하지 않았다.

재현의 불안은 사그라들지 않았다. 그의 불안은 화마처럼 그를 집어삼켰다. 재현은 우리가 함께 살아냈던 수많은 시간이 아니라 결국 불행해졌던 자신의 과거만을 기억했다. 그는 이번엔 미친 듯이 뭔가를 사들이지 않았다. 하지만 엉망이 되어가는 걸 알면서도 멈추지 못한다. 또다시 모든 걸 엉망이 되게 한다. 재현은 이제 그림만이 전부였던 사람처럼 하루 종일 그림만 그렸다. 재현이 곁에 있는데도 나는 이미 그를 잃은 것 같았다.

수능 전주에는 모든 수업이 휴강되었다. 겨울이 시작되는 날 入冬.11.07, 시현을 다시 만났다. 전시시안을 준비하기 위해서 필요한 스케치와 『기억의 서』에 묶여 있던 바르도 설화와 명이도 설화를 그녀에게 주었다.

"모두 리하 씨가 쓴 건가요?"

"네."

"『기억의 서』라는 책에 이런 이야기들이 얼마나 있죠?"

"세어보지 않았어요."

시현은 바르도 설화와 명이도 설화를 다시 읽었다.

"전시에서 그대로 쓰죠. 원본은 너무 작으니까 큰 사이즈 한지에 다시 써서."

"『기억의 서』에 묶인 예순네 개의 기억을 전시하고 싶어요."

"왜 그 숫자여야 하죠?"

"제가 살던 집에 고서들이 많았어요. 가장 좋아하는 책이 있었는데 모든 인생이 적힌 예언서였어요."

"예언서?"

"첫 번째 장에 '우리는 태어나서 죽을 때까지 예순네 개의 인생을 살게 된다'라는 예언이 적혀 있었어요."

"제목이 뭔데요?"

"제목이 없는 책이었어요. 검은집의 고서들은 모두 제목이 없었어요. 모든 인생은 이름과 각자의 이야기를 갖고 있었어요. 어렸을 때는 한자로 쓰여 있어서 읽지 못했는데,

한자를 배운 다음에는 읽을 수 있었지만 이해할 수는 없었어요. 누군가 아무도 모르는 곳에 숨겨둔 비서秘書 같았어요."

"어려운 책이었나요?"

"수많은 죽음을 가진 자가 쓴 이야기라고 했어요. 고대에 모든 인생을 다 살았던 자가 있었대요. 그 사람은 모든 바르도를 지난 끝에 바르도 안내자가 되었어요.

'길을 잃은 자들이 서원의 생에 이르기를' 최초의 안내자는 영면에 들기 전에 마지막 서원을 세웠어요. '내가 사라져도 바르도를 지나는 자들이 길을 잃지 않기를' 그리고 완전한 죽음에 이르기 전에 자신이 살았던 모든 인생을 이야기로 남겼어요. 아무것도 쓰이지 않았던 백지에 예순네 개의 인생을 적고 인생마다 이름을 지었어요. '사라지지 않을 영원한 것을 바치니' 어머니는 그 책을 닫힌 책이라고 부르셨어요."

"닫힌 책?"

"문이 닫혀 있는 책이요. 닫힌 책은 자신을 읽을 수 있는 자를 선택한대요. 봉인된 예순네 개의 인생은 자신의 이야기를 기억하고 있는 자 안에서 잠들어 있다가 그자가 자신의 인생을 시작하면 깨어난대요. 그리고 그 인생의 끝에 이르면 이야기를 기억한 자는 깨닫게 된대요. 그 인생의 이름과 이야기의 의미를. 하나의 인생을 다 바친 자만이 그 이야기를 갖게 되는 거예요."

"지금 갖고 있나요, 그 책?"

"아니요. 검은집에 두고 왔어요."

"왜?"

"모든 이야기를 기억하고 있으니까."

시현은 새 담배를 꺼내 불을 붙이고 메마른 연기를 내뱉었다.

"64는 모든 것이라는 뜻이에요. 사랑해서 불행해진 모든 기억을 정령에 새기고 서한에 써서 전시하고 싶어요. '사라지지 않을 영원한 것을 바치니' 사랑해서 불행해진 기억이 길을 잃은 자에게 서원을 줄 거예요. '길을 잃은 자들이 서원의 생에 이르기를' 그게 제가 바라는 거예요. 사랑해서 불행해진 자가 불행 끝에 서원의 생에 이르길. 난 불행을 겪어낸 사랑이 수많은 생을 잉태하길 원해요."

시현은 한동안 아무 말도 없이 담배를 피우며 나를 바라보기만 했다.

"좋아요. 어차피 내 허락을 받으려는 것도 아닐 테니까."

시현은 내가 준 전시구상 스케치를 보고 몇 가지 질문을 했다. 나는 기억 속에 있는 무하도와 명이도의 모습을 그녀에게 설명해주었다.

"친구가 그림을 그려요."

떠나려던 시현은 다시 나를 보며 팔짱을 꼈다. 출구가 없는 것처럼 얽힌 그녀의 두 팔이 어디에서 시작되고 어디에서 끝나는지 모르게 하나로 이어졌다.

"제 조각처럼 친구 그림도 봐주실 수 있어요?"

"나에게 부탁하는 건가요?"

"친구는 추상화를 그려요."

재현이 그린 그림을 그녀 앞에 놓았다.

시현은 십 초 정도 그림을 바라보고는 고개를 왼쪽으로 살짝 기울였다. 자로 잰 듯 자른 그녀의 단발머리가 일렁였다.

"이 그림이 리하 씨에게는 특별해 보이나요?"

그녀의 얼굴은 오랜 시간 연마된 정교한 기술로 움직였다. 아무런 표정도 짓지 않았는데 그녀가 바라보면 어느새 살고 싶은 마음이 사라졌다.

"망각한 기억을 그린 거예요."

"이전에 말한 망각의식과 관련된 건가요?"

"네. 제목은 '작은섬 가족'이에요. 그들은 아무 일도 없어

특별했던 날, 아무것도 아닌 이야기를 하며 빛이 사라지는 어둠 속을 함께 걸었어요. 이 그림은 자신이 버렸던 기억을 그린 거예요."

"친구가 그렇게 이야기했나요?"

"아니요."

"그림을 그린 본인조차 모르는 걸 리하 씨가 어떻게 알죠?"

"시현 씨가 빛나는 것을 볼 수 있듯 저는 기억을 볼 수 있어요."

무의 얼굴을 한 시현은 날짜와 시간을 하나 말했다.

재현은 시현을 만나는 것을 기대했지만 그녀를 만나고도 길을 찾지 못했다.

"잘 만났어요?"

"별다른 이야기 없었어요."

재현은 바라던 답을 듣지 못한 것 같았다.

"당신 이야기를 했어."

"내 이야기?"

"당신 이야기가 아니면 아무것도 아닌 그림."

"무슨 말이에요?"

"내 그림에 대해서 그렇게 말했어."

"왜…"

"그게 끝이었어."

시현을 만나고 온 뒤로 재현은 밤을 지새우는 날이 잦아졌다. 스스로도 무엇을 그렸는지 모르는 그림을 재현은 지치지도 않고 그렸다. 재현의 그림은 회색으로 뒤덮였고 모든 선이 뭉개지고 어긋나 이제 추상화로도 보이지 않았다. 나는 입시가 시작된 후로 잠을 거의 자지 못했다. 수업을 마치고 자정이 넘어 택시를 타면 깊은 잠에 빠졌다. 의식을 잃고 각성시키는 하루하루가 지나갔다. 11월은 매일이 같았다.

잠에서 덜 깨 하얀집으로 돌아오면 재현은 하루 종일 그린 그림을 보여주었다. 아무것도 보이지 않는 그림이었다.

"잘 모르겠어."

"반타얀에서는 내가 뭘 그렸는지 다 알았잖아."

나는 전원이 꺼진 검은 화면 같은 그림을 다시 바라보았다.

"꿈을 그려봐요."

"꿈?"

"나에게 말했던 꿈들. 그러면 당신이 뭘 그렸는지 스스로 알 수 있잖아요."

나는 재현이 무하도에서 들려주었던 꿈 이야기들을 다시 그에게 들려주었다. 검은 호수와 백마의 꿈, 설원의 꿈 이야기가 말해지고 들려졌다. 재현은 그날부터 지치지 않고 다리가 잘린 채 설원에 박힌 사람, 검은 심연으로 추락하는 사람, 흰 곰가죽을 뒤집어 쓴 사람, 피로 물든 가죽에 삼켜진 사람, 초승달이 뜬 검은 호수, 발광하는 어둠 속 흰 말, 검은 호수에 잠긴 사람 들을 그렸다. 재현의 그림은 환상적이고 섬짓했다. 그가 쓰는 색은 진짜 어둠과 빛을 짓이겨 바른 듯했다. '꿈의 환영' 그림들을 받은 시현은 재현에게 전화를 했다. 처음 있는 일이었다. 시현의 목소리가 흘러 나에게도 전해졌다.

"또 그릴 수 있을 거 같나요?"

말끝에 시현의 웃음소리가 들린 듯했다. 재현은 알 수 없는 시험을 통과한 것 같았다.

하지만 그게 끝이었다. 재현은 다시 길을 잃었다. 무엇을 그렸는지 모를 그림들이 또다시 쉬지 않고 그려졌다. 새벽이 돼서야 비틀대며 돌아오면 매일 같은 장면이 반복됐다. 불 꺼진 방, 죽은 나무 같은 재현, 어느 날은 잿빛 그림, 어느 날은 잿빛을 휘갈긴 암흑. 나는 매일 그런 재현을 견뎠다. 그리고 결국 재현의 불안이 나를 물들였다. 자주 몸이 떨렸고 숨도 잘 쉬어지지 않았다. 수업을 하다가 멈추는 순간이 잦아졌다.

'하나…

둘…

셋…'

난 죽어가는 사람처럼 숨을 쉬었다. 하지만 떨림은 쉽게 잦아들지 않았다. 손을 떨지 않으려 힘을 줄 때마다 분필이 짓눌려 계속 부러졌다. 입시가 끝나갈수록 숨소리는 뼛조각 구멍에서 나는 기이한 바람소리를 닮아갔다. 재현과 난 『기억의 서』에 묶인 월광 이야기 속에 있는 듯했다. 세상의 빛이 사라지고 달빛만 남아 미쳐가던 사람들이 길을 잃고 서로를 헤치는 세상 속에서 재현은 계속 길을 잃었고, 난 그를 찾아 헤매었으나 어디에서도 그를 찾지 못했다. 우리는 서로를 잃어버린 듯했다. 12월은 밝은 낮도 칠흑 같았다.

입시 일정이 끝나고 무하도를 떠났던 것처럼 유토피아 에듀를 떠났다. 일 년 중 밤이 가장 긴 날 冬至,12.22, 나는 남산 소나무숲으로 갔다. 홀로 깨어 있던 새벽, 어둠 속에서 검은 가방에 죽은 나무와 연장들을 넣고 지쳐 잠든 재현이 깨지 않도록 조용히 하얀집을 나섰다. 어둠이 내린 길가에 늘어선 노을빛 가로등이 저무는 수십 개의 해로 보였다. 적막한 비탈길을 거슬러 남산에 들어서자 도로에서 울리는 자동차의 굉음도 더 이상 들리지 않았다. 노을색 가로등이 비쳐 헐벗은 나무들은 모두 붉은빛을 띠었다.

남산 소나무숲은 남산 산책로 이정표에도 표시되어 있었지만 안쪽에 숨겨져 있어서 사람들이 잘 찾지 않았다. 소나무숲은 정해진 길이 아닌, 갈림길과 오솔길을 선택한 자만이 이르게 되는 남산의 숨겨진 곳이었다. 나는 아무도 없는 소나무숲에 발을 들였다. 드문드문 놓인 햇빛의자가 풍장되는 시체들처럼 보여 버려진 묘지에 이른 듯했다. 솔잎들로 얽히고설킨 그물이 검은 하늘에 펼쳐져 은초록빛으로 반짝였다. 그물 사이로 쏟아지는 달빛과 오래된 사원의 향에 마음이 고요해졌다. 바람이 불자 숲이 내는 파도소리가 들렸다. 어둠 속에서 소나무숲에 안겨 있으니 마음에 고여 있던 멍울들이 풀어졌다.

나는 소나무숲 한가운데로 가 숲의 정령 같은 나무 아래에 앉았다. 검은 가방을 열어 죽은 나무와 조각칼들을 꺼냈다. 파르스름한 새벽빛이 그림자숲으로 서서히 밀려왔다. 아무도 없는 이곳이 모두에게 잊혀진 곳 같아 마음이 놓였다. 삼 년 넘게 쓰지 않았던 손은 처음 나무를 깎는 사람의 손처럼 부드러웠다. 나는 몸의 기억을 되살리려 쉬지 않고 나무를 깎았다. 어긋난 칼날에 상처가 하나둘 늘어갔다.

기억의 제례

소나무숲에 다녀온 다음 날, 재현은 잊어버린 기억을 보고 싶다고 말했다. 코럴블루에서 돌아온 이후로 재현은 기억을 보지 않으려 했다. 그는 잊어서 무엇인지도 모르는 기억을 두려워했다. 그런 그가 잊은 기억을 스스로 보길 원했다.

"잃어버린 기억들, 보고 싶어요?"

"응."

"그림 때문에 그래?"

"난 당신이 보여주는 것만 그릴 수 있으니까."

"기억을 보면 그 일을 다시 겪게 돼요."

"리하."

"응?"

"나 무서워."

그는 이제 내가 곁에 있어도 두려워한다. 나는 이제 그의 두려움을 잠재우지 못한다.

"내가 곁에 있잖아."

"나 아무것도 안 보여. 눈먼 사람 같아. 아무것도 안 보이는 여기에 영영 남겨질 거 같아."

나는 재현의 검은 호수를 들여다보았다. 돌아올 수 없는 것을 보게 하는 검은 눈을.

"보고 싶어. 당신에게만 보이는 것들."

재현이 원하는 것을 원하지 않았던 적이 없었으므로 나는 그가 원하는 대로 그의 안내자가 되었다. 우리는 소나무숲으로 가 경계를 넘어 버려진 묘지로 들어갔다. 나는 재현을 소나무숲 한가운데로 데려가 정령의 나무 아래에 눕혔다. 깊은 밤, 검은 소나무숲에서 기억의 제례祭禮가 시작되었다.

첫 번째 밤,
나는 재현에게 사랑의 기원을 기억하게 했다.

"아버지와 어머니는 같은 시간에 태어났어요. 그들은 같은 시간에 묶여 인생의 일들을 하나로서 겪었어요. 둘은 섬과 바다처럼 하나로 연결되어 있었어요."

나는 사랑이 둘로 나누어진 것을 하나로 만든다는 것을 기억했다. 사랑은 서로 다른 둘을 이어 하나가 되게 했다. 내 목소리가 어둠이 내린 소나무숲에 고요하게 울렸다. 재현은 밤이 되어 차가워진 바람에 몸을 아이처럼 웅크렸다. 그는 눈을 감은 채 나의 목소리를 따라 잊었던 기억에 이르렀다.

"우리집은 내가 어렸을 때부터 가난했어요. 아버지도 당신처럼 나무를 깎았어요. 아버지는 섬에 사는 목수였어요."

재현의 아버지는 바닷가 목수였다. 베풀 선宣, 나무 재材, 나무를 주는 자 '선재'가 그의 이름이었다. 그는 작은섬에서 태어났다. 재현의 어머니는 육지 사람이었다. 그녀는 자수성가한 아버지와 온화한 어머니에게서 나고 자랐다. 오직 유唯, 기쁠 희喜, 오직 기쁨만이 있는 자 '유희'가 그녀의 이름이었다. 자수성가한 아버지는 고통스러운 시간이 자신을 강하게 만들고 인생의 값진 것을 얻게 했다는 것을 알았지만 딸에게는 고통의 시간을 주지 않으려고 했다. 유희는 추위를 모르는 열대나무처럼 자라났다. 인생의 값진 것을 얻기 위한 고통의 시간이 없었으므로 그녀는 아버지와 달리 스스로 얻을 수 있는 것이 거의 없었다. 대신 애쓰지 않아도 모든 것이 주어지는 환경은 그녀에게 온화함을 주었다. 유희는 아버지가 인생에서 얻은 것은 갖지 못했고 어머니가 인생에서 얻은 것은 가졌다. 그녀의 어머니도 자신의 부모에게 그렇게 온화함을 받았다.

유희는 친구들과 여행을 왔다가 작은섬에서 나무를 깎는 한 남자를 보았다. 그녀는 선재를 보자마자 마음을 빼앗겼다. 유희는 처음으로 갖고 싶은 것이 생겼다. 그녀는 그 나무 깎는 목수를 갖고 싶었다. 그렇게 전혀 어울리지 않는 두 사람이 만나게 되었다.

유희는 계속 선재가 살고 있는 작은섬에 찾아왔다. 선재는 그런 그녀를 가만히 바라보았다. 그는 매일 바다를 바라보던 눈빛으로 자신을 찾아온 여자를 바라보았다. 그것은 선재가 섬에서 부모를 잃고 배운 것이었다. 선재는 무엇인가를 바라는 법이 없었다.

유희는 선재가 몇 시간이고 나무를 깎는 동안 그의 옆에 있었다. 둘은 함께 거센 바람을 맞기도, 비릿한 바다내음을 맡기도 했다. 섬의 목수인 선재를 보며 유희는 태어나서 처음으로 자신이 무엇을 원하는지 배워갔다. 그의 곁에 있는 시간이 좋아 평생 그의 곁에 머물고 싶어졌다. 선재는 유희가 살면서 본 적 없는 표정들을 갖고 있었다. 그의 모든 표정은 달빛이 내린 고요한 밤바다 같았다. 삶에 대한 열망을 지닌 아버지의 눈도, 삶의 빛만을 본 어머니의 눈도 아니었다. 그 표정은 오직 작은섬에서 어려서부터 혼자 모든 시간을 겪어낸 자만이 가질 수 있는 것이었다. 죽음을 당연하게 짊어지고 사는 섬사람들의 강인함을 선재도 직접 겪어서 얻었다.

두 번째 밤,
나는 재현에게 탄생의 기원을 기억하게 했다.

"우린 처음부터 하나인 둘이었어. 하나인 둘의 인생만이
영원하기를 원했지. 모든 것이 사라져도 좋다고 생각했어.
서로를 사랑했던 기억이 우리에게 남을 테니. 서로에게 그
누구도 아닌, 한 사람이 되었다는 것 말고 우리는 아무것도
원하지 않았어. 그러던 어느 날 우리는 이제 하나인 둘의
인생을 마칠 때가 되었다고 이야기했지. 모든 것이 사라져
도 우리의 사랑을 기억할 아이를 바라게 됐거든."

"그래서 내가 태어난 거예요?"

"응. 우리는 그래서 하나인 셋이 되었어."

하나인 둘의 인생을 바치자 아이가 태어나 연인은 아버
지와 어머니가 되었다.

사랑은 새로운 생을 잉태해 죽음 속에서 삶을 낳았다. 나
는 사랑이 생生을 잉태한다는 것을 재현이 기억하게 했다.
나의 기억을 따라 재현은 망각했던 자신의 기원을 보게 되
었다.

"나는 작은섬에서 태어났어요."

유희의 부모는 선재를 허락하지 않았다. 그래서 유희는
부모로부터 받은 것을 모두 버리고 선재에게 왔다.

"난 당신 하나만 있으면 돼요."

선재는 모든 것을 버리고 자신에게 온 유희를 바라보았
다. 그는 자신의 비어 있던 마음을 모두 그녀로 채웠다. 그
렇게 그들은 가족이 되었다. 유희는 선재에게 스스로 살아
가는 법을 배웠다. 부모가 준 것들을 받았을 때 유희의 마
음속 깊이 자리했던 수치심과 공허함이 조금씩 사라졌다.
햇빛처럼 눈부시게 빛나는 유희로 인해 선재의 마음에 자
리 잡았던 어둠도 조금씩 엷어졌다. 끊어진 그물이 이어져
새로운 세상을 만들 듯 그들의 사랑은 생명을 잉태했다. 선
재와 유희는 부모가 되었다. 선재는 아이를 처음 품에 안았
을 때도 강아지 같은 눈을 하고 바라봤다. 그의 강아지 같
은 눈이 젖어들었다

세 번째 밤,

나는 재현에게 불행의 기원을 기억하게 했다.

"왜 불행이 있어요?"

"불행이 왜 있는지는 아무도 몰라. 불행은 원래부터 있었어. 해와 달이 원래부터 있었던 것처럼."

"왜 불행은 제물을 거두어 가요?"

차가운 겨울바람이 불어와 나는 몸을 웅크리고 어머니의 품을 파고들었다.

"불행은 가르치는 거야."

"무엇을요?"

"우리가 슬픔과 죽음을 겪어야 한다는 걸. 태어난 모든 것은 언젠가 죽음을 만나게 돼. 그 둘은 원래 하나여서 다시 하나가 되기를 간절히 원하거든. 죽음의 서원은 자신의 하나뿐인 연인, 생을 만나는 거야."

"그럼 우리는 모두 불행해져요?"

"아니."

"죽음을 만나도 불행해지지 않을 수 있어요?"

"생을 가진 자는 모두 죽음을 만나지만 오직 사랑을 가진 자만이 불행해질 수 있어. 사랑이 없는 자는 아무것도 사랑하지 않아서 죽음으로도 불행해지지 않아."

"나도 불행해져요?"

나를 바라보는 어머니의 눈물 맺힌 눈이 달빛을 받아 반짝였다.

"응. 아빠도, 엄마도, 리하도 불행해질 거야. 우리는 사랑을 가졌으니까."

나는 재현에게 바다가 어부인 아버지를 거두고 해녀인 어머니를 삼켰던 기억을 보여주었다. 재현은 내 불행의 기억들을 오랫동안 보고 나서야 내 목소리를 따라 망각했던 불행을 기억해냈다.

선재와 유희는 가족을 일궜으나 섬사람들이 살아가듯 바닷일을 하는 것은 아니었다. 그래서 늘 조금 더 부족했다. 선재의 목수 일로는 가족의 생계를 책임지기 어려웠다. 작은섬 사람들이 쓰는 가구는 유행에 따라 사는 것들이 아니었다. 그들은 필요한 것만 최소한으로 샀기에 그가 깎아 만든 가구를 평생 썼다. 추운 겨울이 되면 관광객들도 섬을 거의 찾지 않았다. 선재는 처음으로 그의 부모가 그러했듯 배를 탔다. 부모를 잃은 뒤 어부가 되지 않겠다던 결심을 그는 거슬렀다. 아내와 아이들이 그가 다시 제물을 거둔 바다에 나아갈 수 있게 했다. 하지만 그는 종종 부모를 집어삼킨 거대한 바다 앞에서 넋을 잃었다. 선재는 바람 한 점 없이 고요했던 밤, 바다에 던져지는 그물과 함께 바닷속으로 빨려 들어갔다. 그의 부모를 집어삼킨 바다가 넋을 잃은 그를 다시 집어삼켰다. 그날 바다가 그에게 거둔 것은 목숨이 아니라 그의 다리였다. 바다는 걸을 수 없게 된 제물을 뱉어냈다. 어느 날 재현의 가족에게 불행이 찾아왔다.

"아버지는 그때 이미 죽은 자가 되었어요."

재현은 다리를 잃고 살아난 아버지를 죽었다고 기억했다.

네 번째 밤,

나는 재현에게 슬픔의 기원을 기억하게 했다.

나는 어머니의 눈에서 죽음의 얼굴을 처음 보았다. 죽음은 검은 호수였다. 죽음이 거둔 어머니의 벌어진 눈꺼풀 사이로 검은 호수가 비쳤다. 살아 있을 적에 모든 것을 보았으나 이제는 아무것도 보지 않는 검은 심연이 거기에 있었다. 죽음은 자신의 얼굴을 기억하게 했다. 있었던 모든 것을 사라지게 할 것이며 기억했던 모든 것을 망각하게 하리라는 자신의 권능을 죽음은 보여주었다.

나는 매일 검은집에서 죽음의 얼굴을 바라보았다. 불 꺼진 작은방 벽에 기대어 앉아 눈을 감고 죽음의 얼굴을 기억했다. 어머니의 벌어진 눈 사이에 비친 검은 호수를 볼 때마다 죽음의 얼굴은 늘 뭉개져 보였다. 시간이 흘러 검은 호수를 고요하게 볼 수 있게 되자 호수에 아버지와 어머니의 기억이 비쳤다. 사랑했던 기억을 보면 슬픔이 찾아왔다. 매일 검은 호수에 비친 죽음을 보면서 나는 슬픔이 사랑에서 태어났다는 것을 깨달았다. 어머니의 죽음은 사랑을 가진 자만이 불행해질 수 있다는 것을 가르쳤다. 사랑은 삼킬 수 없는 슬픔을 끝없이 낳았다. 죽음을 보았던 시간들은 내게 슬픔을 볼 수 있는 눈을 주었다.

재현은 오랫동안 아무 말도 하지 않았다. 나는 그가 슬픔을 기억하길 기다렸다. 하지만 재현은 끝내 슬픔의 기억을 찾지 못했다. 그는 길을 잃었다. 그가 헤맨 끝에 이른 곳은 슬픔의 기억이 아닌 다른 기억 앞이었다. 재현이 찾아낸 것은 불행으로부터 도망친 기억이었다.

"어머니는 구원을 믿었어요."

재현의 어머니 유희는 불행을 감당할 수 있는 사람이 아니었다. 그녀는 인생의 모든 시간을 햇빛으로 살아온 사람이었다. 그녀의 인생에 찾아오는 모든 불행은 그녀의 부모가 거두었다. 첫 번째 불행이 그녀에게 찾아왔을 때 고난을 감당하며 살아남은 선재와 달리 유희는 표정을 잃어갔다. 유희는 선재에게 오기 위해서 제물을 바친 것이 아니었다. 스스로 얻은 것이 아니기에 쉽게 버렸던 것뿐이었다. 선재는 그것을 몰랐다. 그는 그녀가 모든 것을 제물로 바치고 자신에게 온 것이라 믿었다. 유희는 작은섬에서 평생을 살아온 사람들이 감당하는 것을 감당할 수 없었다. 인생의 불행이 그녀에게 찾아왔을 때 그녀는 그것을 겪을 수 없었다. 그녀가 살아온 인생이 그랬다.

작은섬에 있는 유희는 어디로도 갈 수 없어서 종교에 의지하게 되었다. 선재가 살아온 작은섬에는 아주 오래전부터 그곳을 벗어나고 싶어 하던 사람들이 믿던 신앙이 있었다. 육백 년도 넘은 커다란 백단나무 아래 자리한 사당에서 시작돼 사람들은 그 믿음을 백단교라 불렀다. 백단나무의 향이 죽음에 이른 사람의 불안을 치유하듯 백단교는 작은섬에서 고통에 갇힌 사람들이 살아가는 하나의 이유가 되었다.

유희는 고통을 통해서 극락에 갈 수 있다는 백단교의 믿음이 좋았다. 자신의 고통이 실패가 아니라 특별한 미래를 위한 약속이라는 말이 그녀를 다시 빛나게 만들어주었다. 유희는 다리를 잃은 선재 곁이 아닌, 백단교 사당에 머물렀다. 그곳에서는 현실에서 일어난 가난과 누추함, 고통을 보지 않아도 되었다. 한때 자신에게 눈부신 햇빛을 주던 여자가 사라지자 선재의 삶에는 헤어날 수 없는 어둠만이 남겨졌다.

다섯 번째 밤,
재현은 카르마를 기억했다.

재현은 다음 날에도 슬픔의 기억을 찾지 못했다. 나는 기
억들 속에서 길을 잃은 재현을 어떻게 되찾아야 하는지 몰
랐다. 그는 더 이상 내 목소리를 듣지 못했다. 기억의 미궁
을 하염없이 헤매던 재현이 이른 곳은 유산으로 물려받은
카르마의 기억 앞이었다.

"나는 아버지를 무서워했어요. 아버지는 늘 어둠 속에
있었어요."

또다시 불행이 선재를 찾아왔다. 하지만 이번에 그는 어
둠 속을 잘 걷지 못했다. 아버지가 떠나고 어머니마저 잃었
을 때 그의 마음속에는 어둠 끝에 빛에 닿으리라는 작은 소
망이 있었다. 그 작은 소망이 모든 것을 잃은 그를 다시 살
아가게 했다. 하지만 세 번째 불행은 그를 망가뜨렸다. 사
랑하는 사람들이 그를 불행 속에 홀로 버려두었다. 그것이
두 번의 불행을 견뎌낸 선재의 마음을 무너뜨렸다. 짙은 고

독이 몸에 스며들어 어느 날부터 그는 고독을 견디려 술을 마시기 시작했다. 아침이 되어 아내가 아이들을 데리고 백단교 사당으로 떠나면 방 안에는 다리를 잃은 남자와 사랑하는 가족이 준 쓸쓸함이 남았다. 선재는 매일 홀로 남아 다시 하루 종일 나무를 깎았다.

"아버지에 대한 기억이 거의 없어요. 아침에 눈을 뜨면 여동생과 나는 어머니를 따라 백단교 사당으로 갔어요. 나중엔 그곳이 우리집이 됐어요."

첫째인 일곱 살 재현과 둘째인 여섯 살 동생은 너무 어렸다. 그들은 아버지가 왜 술을 마시는지 이해하지 못했다. 그래서 하루 종일 나무를 깎으며 고통을 견디려 술을 삼키는 아버지를 무서워하게 되었다. 유희는 불행이 전염되는 것처럼 아이들을 아버지 곁으로 가지 못하게 해 어머니의 원망만이 그들에게 스며들었다. 재현은 아버지가 자신들을 위해서 무엇을 감당했는지 듣지 못했다. 그는 어머니로부터 자신들을 불행하게 만든 아버지를 원망하고 구원자를 믿는 법을 배웠다.

유희는 현실을 잊고 싶어 꿈속에서 살게 되었고 백단교에서는 꿈을 해석하는 법을 가르쳤다. 그녀는 현실을 잊고 꿈 안에서 보는 것들에 도취되었다. 그렇게 사당에서는 사람들이 마비되어갔다. 그들은 불행을 망각해 더 이상 고통받지 않았으나 현실이 아닌 꿈에서 사는 대가로 표정을 잃었다. 재현도 어려서부터 어머니에게 꿈속에서 사는 법을 배웠다. 그는 밤마다 꿈을 꾸었고 아침이 되면 지난밤 꿈을 떠올렸다.

재현은 표정들을 잃으며 자라났다. 작은섬 아이들은 모두 큰 섬의 학교에 갔다. 작은섬에 모여 있을 때는 눈에 보이지 않던 그의 가난이 학교에 가자 도드라졌다. 그는 자신의 가난이 도드라질 때마다 어젯밤 꿈을 떠올려 꿈속 세계에 머물렀다. 가난해서 부끄러운 일을 겪을 때마다 멍한 눈으로 지난밤 꿈을 생각했다. 그는 아무 일도 겪지 않아서 상처받지 않았고 기쁘지도 않았다. 대신 그는 표정들을 잃어갔다. 재현은 늘 구원자가 찾아오는 꿈을 꾸었다. 그는 아버지가 가져온 불행에서 자신을 데려갈 구원자를 기다리며 자라났다.

여섯 번째 밤,
나는 재현에게 서원을 기억하게 했다.

　나는 재현의 기억을 통해 유희가 그녀의 부모로부터 물려받아 재현에게 물려준 카르마가 무엇인지 보았다. 유희가 물려받은 카르마는 그녀를, 또다시 재현을 망각 속에서 살아가게 했다. 물려진 인생이 거듭되지 않길 바라며 나는 재현이 잊은 서원의 기억을 찾으려 했다. 서원을 가진 자만이 전생을 반복하지 않고 새로운 인생으로 나아갈 수 있었다. 서원은 카르마를 바꿨다. 나는 스스로 그물을 엮었던 시간들을 떠올렸다.

　바다에 떠 있는 헤아릴 수 없는 거울의 파편들이 햇빛을 받아 반짝이던 날, 푸르른 바다를 향해 가던 어머니의 뒷모습이 보였다. 오른손에 텅 빈 그물을 든 어머니는 바다를 향해 나아갔다. 어른이 될 나를 두고 어머니는 스스로 죽음을 만나러 갔다.
　어머니가 사라진 뒤 어둠 속에서 보낸 일 년 동안 나를 살아가게 한 것은 기억이었다. 아버지와 어머니가 남긴, 내가 그들과 만든 사랑의 기억이 불행 속에서도 나를 살아가게 했다. 일 년의 시간은 사랑한 자만이 불행해질 수 있고, 사랑해서 불행해진 자만이 다시 사랑할 수 있다는 것을 깨닫게 했다.

"나는 아버지와 어머니가 남겨준 기억이 사라지지 않길 바랐어요. 우리가 만든 사랑의 기억이 영원히 남는 것, 그것이 무하도에서 세운 서원이었어요."

재현은 내 기억을 따라 자신이 스스로 엮은 그물을 기억했다.

"아버지가 죽고 우리는 섬을 떠났어요."

재현의 어머니는 선재가 죽자 아이들을 데리고 본가로 갔다. 세월이 흘러 유희는 부모로부터 받았던 반짝임을 모두 잃었지만 그녀의 아버지는 그가 몸으로 일군 인생의 결실을 하나도 잃지 않았다. 그는 하나뿐인 딸이 떠나고 나서도 성실히 부를 축적하는 인생을 살았다. 시간이 흘러 그의 몸과 마음에 부만을 원하는 습이 새겨지자 헤아리기 벅찬

부가 그에게 주어졌다. 어느 날 풍요가 넘쳐흐르는 곳으로 누추한 세 사람이 찾아왔다. 재현의 조부는 손자도, 손녀도 그리고 인생의 빛만을 주었던 딸도 품에 안지 않았다. 그는 밑바닥에서 자신의 인생을 쌓아 올린 사람이었다. 평생 돈만 좇으면서 산 그는 모든 걸 주었던 딸이 자신을 버리고 가져온 것들을 한참 동안 바라보았다. 그게 마지막이었다. 그래서 세 식구는 불행으로부터 도망쳤으나 가난은 버리지 못했다.

환각

기억의 제례 이후 재현은 그림을 단 한 장도 그리지 않았다. 그는 하루 종일 불 꺼진 방에 멍하니 앉아 있기만 했다. 이제 재현의 앞에는 아무것도 그려지지 않은 백지만이 있었다. 나는 새벽마다 해가 뜨기 전에 하얀집을 나와 소나무 숲으로 갔다. 하루도 쉬지 않았다. 하루 종일 정령을 깎다가 해가 지면 하얀집으로 돌아왔다. 밤에는 정령과 하나가 될 이야기를 『기억의 서』에서 꺼냈다. 기억을 떠올릴 때마다 기억은 자신을 다시 겪게 해 1월에는 자주 아팠다. 산고 끝에 사랑해서 불행해진 기억이 새겨진 서른두 개의 정령과 이야기가 태어났다.

봄이 시작되던 날 立春.02.04에는 이례적인 폭설이 내렸다. 눈이 내리지 않는 무하도에서 자란 나는 설원으로 변한 세상에 넋을 잃었다. 눈은 그치지 않고 하염없이 내려 모든 것에 수의壽衣를 입혀주었다. 그날은 남산 소나무숲에 가지 못하고 가던 길을 되돌아왔다. 불 꺼진 하얀집에서 재현은 죽어버린 사람처럼 우두커니 앉아 있었다.

"재현."

"응?"

"내일부터 소나무숲에 같이 가요."

"소나무숲?"

"우리 같이 있어요."

"리하."

"응?"

"왜 내 곁에 있어?"

"무슨 일 있었어요?"

"당신은 내가 없어도 되잖아."

"내가 당신, 불안하게 해?"

"내가 당신을 불행하게 하면 어떻게 해?

"괜찮아."

"왜?"

"사랑하는 자만이 불행을 줄 수 있으니까."

난 재현의 머리카락, 눈썹, 검은 호수가 담긴 눈을 천천히 어루만졌다.

"난 곁에 있는 사람들을 불행하게 하니까. 널 불행하게 할지도 모르잖아."

재현은 나의 눈을, 입술을 어루만졌다.

"내가 널 불행하게 하면?"

"당신 곁에서 함께 불행해질 거야."

"왜 불행해지려고 해?"

"불행해지려는 게 아니야."

"그럼?"

"불행마저도 겪어낼 사랑을 하려는 거야."

"언제까지?"

"언제까지나."

"그럴 거라는 걸 어떻게 알아?"

"당신을 따라 무하도도 떠났으니까. 난 당신을 위해서 모든 걸 잃을 수 있어. 당신을 사랑하니까."

재현은 서글픈 미소를 지었다. 나는 재현의 얼굴을 가슴에 안고 오래도록 있었다.

다음 날 돌아온 하얀집에는 재현이 없었다. 재현은 밤이 지나 멍해진 채 돌아왔다.

"어디 갔다 와요?"

"일 그만뒀어."

환각이 시작된 건 그날부터였다. 갑작스레 섬광처럼 스치는 환각이 눈을 멀게 했다. 어머니의 죽은 눈, 어둠에 사라진 무하도, 해무에 가려진 명이도, 일그러진 망각의 샤먼이 보일 때마다 몸이 약에 절은 사람의 것처럼 떨렸다. 환각은 눈을 감아도 사라지지 않았다. 고통스러운 발작이 몇 번이고 계속되었다. 환각은 한 번 시작되면 하루 종일 이어졌다.

"병원에 가보는 게 좋을 거 같아. 어렸을 때 백단교에도 당신처럼 환각을 보는 사람들이 있었어. 요즘 당신 다른 세상 사람 같아. 섬의 무녀들처럼."

재현은 드디어 불행이 우리를 찾아온 것이라 여겼다. 그는 자신을 찾아낸 불행을 두려워하고, 망가져가는 나를 보며 서글퍼한다. 언제 저런 표정들을 갖게 된 걸까. 나는 두려움과 서글픔이 뒤섞인 재현의 표정을 바라본다. 재현은 내가 환각을 보는 것을 두려워했다. 내가 백단교의 신들린 사람들, 무하도의 예언자, 섬의 무녀가 될지도 모른다고 여긴다. 나는 재현의 말대로 그가 다녔던 병원에 다니기 시작한다. 하지만 의사도 환각의 이유를 찾지 못했다.

"환각의 원인은 아직 정확하게 규명된 것이 없어요."

의사는 갑작스러운 저주가 내린 나에게 스트레스를 줄이고 최대한 휴식을 취하라고 말한다. 처방받은 약을 먹고 일주일에 한 번, 병원에 가서 상담을 받는다. 하지만 약을 먹어도 환각은 사라지지 않는다. 환각이 시작되면 채찍에 휘갈겨진 것처럼 몸에 경련이 일고 끔찍한 환영이 이어진다. 환영이 눈에 박힌 것 같아 나는 정령을 볼 수 없게 된다. 정령을 깎던 칼이 내 손을 벤다. 계속 정령을 떨어뜨리고 두 손은 누더기가 되어간다. 더 이상 소나무숲에도 가지 못한다.

숨조차 제대로 쉬지 못하는 날이 이어진다. 환각幻覺이 섬광처럼 눈을 멀게 할 때마다 고통을 견디며 눈을 감고 모든 것이 사라지기를 기다릴 뿐이다. 눈을 감아도 섬광은 사라지지 않는다. 그 시간을 버티고 나면 속눈썹에 맺힌 물방울에 빛이 번져 눈이 부셨다. 고통은 세상을 눈부신 곳으로 보게 했다. 몸은 점점 약에 절은 사람의 것처럼 떨린다. 아무리 약을 먹어도 끔찍한 환각은 눈에 붙어서 떨어지지 않는다. 재현도 나와 같이 잠들지 못한다.

나는 보아서는 안 될 것을 보았다. 재현에게도, 의사에게도 내가 보는 가장 끔찍한 환영이 무엇인지 말하지 않았다.

뒤엉킨 두 개의 몸.

그것은 재현과 내 몸이 아니다.

볼 수 없는 끔찍한 것을 보기에 나는 더 망가져간다.

건조한 재현의 목소리를 들으면 뒤엉킨 두 개의 몸이 눈을 멀게 한다.

"재현…"

숨을 들이쉬고 내쉰다. 한때 나에게 모든 것을 고백했던 자가 내 앞에 있다.

"당신… 다… 다른… 사람…"

재현은 나를 두려운 것을 보듯이 한다.

"아무리… 노력… 해도… 보… 여… 계속…"

"뭐가?"

재현의 목소리가 떨린다.

"당신… 모… 습…"

숨이 차 천천히 숨을 쉬려고 노력한다.

"다… 른… 여자…"

숨이 막혀 숨을 들이쉬려 애를 쓴다.

"둘… 뒤… 엉킨… 몸…"

목소리가 뭉개진다. 끝내 말을 마치지 못한다. 내가 끔찍한 것을 말하려 하기에 말을 삼킨다. 재현의 눈에 공포가 깃든다.

2월이 지난 것 같다. 3월이 되었다고 재현은 말했다. 그 뒤로 재현은 다른 곳에서 지낸다. 주말이 되면 하얀집으로 돌아온다. 그는 환각을 보는 내 병이 전염되는 것처럼 나를 멀리한다.

"미안… 해…"

사과를 해도 재현은 아무 말도 하지 않는다.

"보고… 싶지… 않… 은데…"

보지 않으려 아무리 노력해도 보인다. 보고 싶지 않은 것만이 보인다. 나는 보아서는 안 될 것을 보기에 재현에게 용서를 구한다.

"약 먹으면 괜찮아질 거야… 다 괜찮아질 거야…."

재현은 기어이 자신이 나를 불행하게 만들었다고 여긴다. 그는 불행에 물든 나를 견딜 수 없는 듯 멀리한다. 나의 애원에도 그는 나를 떠나간다.

"곁에… 있어줘…"

환영으로 얼룩져 재현의 얼굴이 잘 보이지 않는다.

"가지… 마…"

어떤 얼굴인지 보이지 않는 재현이 떠나간다. 그가 떠나가는 모습은 보이지 않는다. 내 눈에는 환영이 박혀 있어 다른 것은 보이지 않는다. 내가 보는 것은 보고 싶지 않은 것들뿐이다. 그가 떠나는 소리만이 들린다. 찰칵, 하고 문이 열리고 쿵, 하고 문이 닫힌다. 눈이 멀어버렸으면 좋겠다고 생각한다. 고통이 내 몸에 뼈가 툭툭 불거진 이랑과 거죽이 파인 고랑을 만든다.

"같이… 있… 있고… 싶어…"

나는 재현에게 애원한다. 불행의 숫자를 모두 써버린 나를 지켜주길 바란다. 재현은 아무 말도 하지 않는다. 그는 다시 나를 떠나간다. 나는 하얀집에 홀로 남겨진다. 그다음에 흘러갔던 시간들은 잘 기억나지 않는다. 아무리 기억하려 해도 모든 것이 뭉개져있다. 날짜도 요일도 기억나지 않는다. 그 뒤로도 재현은 주말이면 하얀집에 머물렀던 것 같다. 아마도 그랬던 것 같다. 약을 더 먹기 시작한다. 재현은 이제 나를 보려 하지 않는다. 발가벗긴 내 몸을 돌려 내 눈이 그가 아닌 벽을 보게 한다.

"얼굴… 보… 고… 싶어…"

나는 벽을 보며 말한다.

재현은 아무 말도 하지 않는다.

"사랑… 해…"

나는 벽을 보며 말한다.

"그냥 뒤에서 하고 싶어."

처음 몇 번은 재현이 뒤에서 몸을 흔들 때마다 눈물이 흘러내렸던 것 같다. 흔들리는 벽이 뭉개지고 젖은 베개 천이 느껴진다. 그 뒤로 같은 일이 반복된다. 주말마다 재현은 나를 발가벗기고 벽을 보게 한다. 벽을 바라보고 누운, 거죽이 파인 몸이 약에 절어 떨린다. 나의 몸은 오랜 가뭄이 내린 저주받은 땅이 되어 다시는 젖어들지 않는다. 버려진 땅처럼 내 몸에서도 생기 있는 것들이 사라진다. 재현의 손길에 일었던 전율도, 재현만이 들어올 수 있었던 젖은 땅도 더 이상 남아 있지 않다. 이제 나는 재현에게 아무 말도 하지 않는다. 그가 가고 나면 혼자 남아 오랫동안 몸을 씻는다. 재현의 몸이 거듭 부딪혀 찢겨진 자리에서 피가 흘러내린다. 쓰라림을 견디며 오랜 시간 흘러내리는 물 아래 서 있는다. 아무리 씻어도 그가 남기고 간 것은 씻기지 않는다.

"재현…"

나는 재현의 이름을 불러본다.

묻고 싶은 말이 아니라 울음이 먼저 나온다. 재현은 아무 말도 하지 않는다. 끔찍한 환영이 내 눈에 박혀 나는 현실과 환각을 구분하지 못한다. 환영이 내 현실이 된다.

"마음… 변한… 거… 면… 말… 해줘…"

나는 망가졌으므로 같은 말을 반복한다.

'재현의 마음이 변한 거라면…'

그 생각은 스치는 것만으로도 마음을 무너뜨렸다.

'재현이 다른 사람을 사랑하는 거라면…'

그 생각은 스치는 것만으로도 몸을 깎아냈다.

바다가 아버지와 어머니를 차례로 거두었을 때조차 나는 살아가려는 마음을 잃지 않았다. 하지만 재현이 내게 겪게 하는 것은 살아가려는 마음을 잃게 했다. 사랑하는 사람이 나를 홀로 불행 속에 버려두었다. 재현이 왔다 떠나갈 때마다 살고 싶은 마음이 사라져갔다.

4월이 끝나고 재현은 더 이상 하얀집에 오지 않는다. 나는 저주받은 무녀처럼 하얀집에 유폐되어 홀로 지낸다. 재현이 없는데도 그의 흔적들을 볼 때마다 의미를 알 수 없는 환영들이 나를 찾아온다. 재현의 웃는 얼굴, 벗겨진 몸, 먹이 밴 두 손, 뒤엉킨 두 개의 몸. 여전히 매일 볼 수 없는 끔찍한 환각이 나를 유린한다. 고통을 견디며 두 눈을 짓이겨 감고 모든 것이 사라지기를 기다린다. 보고 싶지 않은데도 보이는 환영幻影들은 눈을 감아도 사라지지 않는다. 볼 수 없는 끔찍한 것들을 볼 때마다 나는 망가진다. 지난날들이 꿈같다고 여긴다. 봄이 사라져간다.

8

—

그물

—

파멸

모든 꽃이 절정으로 피어난 5월, 시현으로부터 다시 연락이 왔다. 그사이 내 몸은 가뭄에 갈라진 땅처럼 조각조각 나버렸다. 벌거벗은 채 거울 앞에 서면 뼈들이 집어삼킨 몸은 억센 산맥만 불거진 황무지를 떠오르게 했다.

"오랜만이에요."

목소리가 끔찍한 환영을 보게 해 눈을 짓이겨 감는다.

"그동안 바빠서 연락이 늦었어요."

사라졌던 시현이 갑자기 나타나 나는 꿈과 현실을 구분하지 못한다. 시현은 나를 다시 묵연 갤러리로 초대했다.

갤러리로 가기 위해서 택시를 탄다. 택시 문을 여는 손이 떨린다. 택시 안 밀폐된 공간으로 들어가자 다시 숨이 막혀 온다. 아직 봄인데도 택시 안에는 서늘할 정도로 에어컨이 켜져 있다. 창문을 열자 따뜻한 봄이 밀려온다. 숨을 잘 쉬지 못해 뒷좌석에 머리를 기대고 최대한 천천히 숫자를 헤아리면서 숨을 쉰다. 그러나 이내 택시에서 내리고 만다.

'하나…

둘…

셋…'

한동안 가로수에 기대어 쉰다.

눈을 감고, 숨을 들이쉬고 내쉰다.

'괜찮아.'

스스로에게 말해준다.

택시를 다시 타고 최대한 버텨본다. 하지만 얼마 더 못 가서 내리고야 만다. 다시 가로수에 기대어 쉰다. 눈을 감고 숨을 들이쉬고 내쉰다. 스스로에게 말해준다. '괜찮아.' 그리고 다시 택시를 탄다. 택시에서 내려 갤러리로 가지 못한 채 건물 앞에 주저앉는다. 다시 천천히 숨을 쉬어본다. 시간이 지나도 떨림은 가라앉지 않는다. 집으로 돌아가고 싶다는 생각이 든다. 재현과 나의 수많은 기억이 있는 하얀집으로 가고 싶다. 진정되지 않는 떨리는 몸으로 갤러리를 향해 걷는다.

시현을 만나러 왔을 때 안내받았던 왼쪽이 아닌 오른쪽 문으로 들어간다. 왼쪽은 어둠 속에 묻혀 원래 문이 없었던 것처럼 보인다. 입구에 들어서니 안은 이미 많은 사람으로 가득하다. 너무 돌아가고 싶었던 곳, 무하도가 그곳에 있다. 섬에서 들려오던 파도소리, 비릿한 바다내음, 일몰과 일출을 담은 빛까지 모든 것이 떠나온 무하도의 것이다.

전시공간에는 보지 못했던 그림들이 걸려 있다. 내가 견뎌낸 환각들이 목탄과 먹으로 그려져 모든 곳에 박혀 있다. 죽은 해녀의 검은 눈, 흘러내리는 어둠인 안내자, 해무에 가려진 명이도, 먹색 천을 휘감은 망각의 샤먼, 서낭당 나무에 나부끼는 수많은 흰 종이가 보인다. 거대한 육 첩 병풍에 바르도 설화와 명이도 설화가 그려져 있다. 전시된 모든 그림 옆에는 새하얀 한지 위에 먹으로 써 내려간 서한이 나란히 걸려 있다. 모든 그림이 하나인 둘이다. 서한에는 『기억의 서』에 적힌 이야기들이 쓰여 있다. 모든 그림마다 많은 사람이 서한을 읽기 위해 모여 있다. 그들은 홀린 사람처럼 서한 앞에 서서 내 이야기들을 천천히 읽어 내려간다. 나는 어디엔가 주저앉고 싶어진다.

무하도의 몸을 깎아낸 듯한 돌의자에 사람들이 서로 엇갈려 앉아 있다. 그들은 고개를 숙여 무언가를 읽고 있다. 거친 물성이 그대로인 돌의자마다 대나무로 만든 광주리가 놓여 있다. 무하도의 바위 위로 약에 절은 몸이 쓰러진다. 수그러진 얼굴의 시선이 광주리에 가닿는다. 떨리는 손으로 광주리에 담긴 봉투 하나를 집어 든다. 한지로 만든 봉투에는 무하도의 색이 물들어 있다. 봄에 피어나는 황매화의 샛노랑, 여름 치자꽃의 흰, 가을 수레국화의 보라, 겨울 동백꽃의 핏빛. 봉인된 봉투를 열자 서한이 들어 있다. 눈앞이 흐려진다. 천천히 반으로 접힌 서한을 펼친다. 왼쪽에는 그림이, 오른쪽에는 그림과 하나인 글이 갇혀 있다. 누군가는 생각에 잠기고 누군가는 운다.

나는 천천히 몸을 일으킨다. 내가 그토록 바랐던 곳을 빨리 떠나고 싶어진다. 숨이 쉬어지지 않는다. 걸음마를 처음 배우는 아이처럼 위태로운 한 발, 한 발을 내디뎌 갤러리를 나온다.

'집으로 돌아가야 해.'

나는 스스로에게 말해준다.

'건너편에서 택시를 타야 해.'

신호등이 바뀐 횡단보도를 비틀비틀 걷는다.

'집에 가면 괜찮아질 거야.'

나는 다시 스스로에게 말해준다.

몸이 휘청이는 것 같다.

눈앞의 세상이 사라진다.

"환자분, 괜찮으세요?"

환청이 들린다.

"환자분, 정신 차려보세요. 천천히 숨 들이쉬고, 봉투 불어보세요."

소리치는 목소리가 들려오고, 그다음에 그녀의 모습이 보인다. 그녀는 바로 앞에 있지만 목소리는 먼 곳에서 들려온다. 계속 소리치는 목소리가 들려온다. 다른 것들은 명료하지 않다.

"환자분, 이전에도 의식 잃었던 적 있으세요? 정신 차리고 숨 크게 쉬어보세요."

다시 소리도, 그녀의 얼굴도 사라진다.

팔에 꽂힌 세 개의 링거를 다 맞고 여러 번 봉투를 분 뒤에야 퇴원 허가를 받는다. 들을 수 있고 볼 수 있고 느낄 수 있으나 그것이 무슨 의미인지 알지 못한다. 아프다는 소리, 이해할 수 없는 지시, 문이 열리고 닫히는 소리, 쉴 새 없이 번호표 알림음 소리가 들려온다. 누워 있던 침대에서 몸을 일으켜 가만있는다. 피를 흘리는 환자, 울부짖는 여자, 흰 가운 의사, 흰 커튼, 시린 백색 빛이 보인다.

"환자분, 이제 퇴원하셔도 돼요."

집에 가지 않고 침대에 머무는 나에게 다른 여자가 다가와 말한다. 나는 고개를 끄덕이고 그녀의 지시를 외운다.

'이제 집에 가도 돼요.'

내가 잊지 않도록 스스로에게 말해준다. 침대에서 발을 내려 절뚝절뚝 걷는다.

'병원비 수납하셔야 돼요.'

나는 반복해서 그녀의 지시를 외운다. 절뚝절뚝 걸어간다.

"환자분! 환자분!"

다시 목소리가 들려온다.

'환자분. 환자분.'

들려오는 목소리를 외운다. 누군가 나를 거칠게 잡아 세운다. 뒤돌아보니 가쁘게 숨을 내쉬는 여자가 서 있다.

"가방 두고 가셨어요."

재활치료를 받는 사람처럼 더듬더듬 가방을 받아든다.

밖으로 나오자 새벽의 서늘함이 몸에 닿는다. 나는 광장에 끌려가는 죄인처럼 몸을 움츠린다. 택시를 향해 비틀비틀 걸어간다.

재현은 그 뒤로도 돌아오지 않는다. 연락도 되지 않는다. 그는 원래 없었던 사람처럼 사라졌다. 모든 게 꿈이었던 것 같다. 새로운 꿈을 꾸는 것도 같다. 나는 꿈을 꾸는 것인지 꿈에서 깨어난 것인지 알지 못한다. 여전히 재현이 사라진 남산 아래 하얀집에서 지낸다. 매일 공황장애, 불안장애, 불면증 약을 먹는다. 약은 밝은 낮에만 나를 지켜준다. 내 목을 조르는 보이지 않는 손은 빛이 사라진 밤에만 찾아온다. 약은 밤이 되면 더 이상 나를 지켜주지 못한다. 어둠 속에서 마비되었던 몸이 깨어나 고통을 느끼게 하고 보이지 않는 손을 불러 목을 조르게 한다. 불 꺼진 하얀집에서 나는 목이 졸려 숨을 쉬지 못한다.

하루 종일 하얀집에 머문다. 밤이 되어도 불은 켜지 않는다. 나는 어둠 속에 숨고 싶어 한다. 불 꺼진 화장실에서 오랫동안 몸을 씻는다. 아무리 씻어도 씻기지 않는 더러움은 사라지지 않는다. 씻어낼 수조차 없는 불결한 것, 그것이 매일 나에 대해서 느끼는 것이다. 수치심은 내 몸에 문신처럼 새겨져 사라지지 않는다.

여름이 지나고 다시 유토피아 에듀로 돌아간다. 대표의 예언이 실현된다. 나는 희망선이었으나 좌초된다. 나는 자유로운 나비였으나 가녀려 꺾인다. 다시 쉬지 않고 더 열심히 일한다. 나는 모르던 것을 알게 된다. 망가진 사람이 왜 쉬지 않는지 배우게 된다. 망가진 사람은 불결하고 쓸모없어진 자신이 사라지길 바라므로 쉬지 않는다. 나는 병들고 약해진 자신을 가혹하게 대한다. 쉬는 시간조차 없이 일하는 동안에는 떨림도, 보고 싶지 않은 장면도, 목을 조르는 손도 찾아오지 않는다. 하지만 밤이 되면 나를 기다렸던 고통들은 잊지 않고 불 꺼진 하얀집으로 찾아온다. 새벽이 되면 나는 어둠 속에서 약에 절어 몸을 떨고, 보고 싶지 않은 끔찍한 환영들을 본다. 죽어가는 짐승처럼 헐겁게 숨을 쉰다.

'괜찮아.'

나는 나를 안심시킨다.

'너의 마음이 병든 것뿐이야.'

나는 재현이 했던 말을 외운다.

'약을 먹으면 괜찮아질 거야.'

사랑하는 사람이 해준 말을 외운다.

'괜찮아질 거야.'

기도처럼 간절하게 외운다.

하지만 아무리 약을 먹어도 끔찍한 환영들은 사라지지 않는다. 눈을 감아도 보고 싶지 않은 환영들은 더 선명하게 보인다. 그러면서도 나는 재현을 기다린다. 사랑의 습을 밴 나는 돌아올 수 없는 것을 다시 기다린다. 살아온 삶이 그러하므로.

나의 기다림은 하루도 쉬지 않는다.

하얀집에 돌아올 때면

집에서 조금 떨어진 곳에 내린다.

저무는 해들을 따라 텅 빈 골목길을 천천히 걷는다.

집에 돌아와 있을지도 몰라, 라는 생각을 한다.

재현을 기다리는 마음을 안고 집으로 걷는다.

하얀집에 다가갈수록 심장소리가 커져간다.

숨이 가빠져 마음과 달리 걸음은 느려진다.

문 앞에 이르면 눈을 감는다.

숨을 들이쉬고 내쉰다.

조심스럽게 문을 연다.

깜깜한 어둠만이 보인다.

당연한 일인데도

그가 없다는 것에 매번 놀란다.

이해할 수 없으므로 다시 외운다.

'그는 사라졌어.'

몇 번이고 스스로에게 말해준다.

'그는 사라졌어.'

그렇게 그의 부재를 외우는,

또 한 번의 하루가 끝난다.

광인

재현의 첫 번째 전시는 엄청난 성공을 거둔다. 한 달 간 진행되는 신인 작가의 전시와 달리, 재현의 전시는 봄을 지나 여름에서 가을로 계절이 바뀌어도 계속된다. 나는 내가 본 것을 믿지 못하므로 다시 재현의 전시를 찾는다. 모든 것이 꿈이기를. 체험전시는 빛이 들어오지 않는 공간에서 진행된다.

먹으로 물들인 무명옷을 입은 사람들이 기억의 제례에 참여하려는 사람들을 어둠 속으로 인도한다. 문이 열리고 오직 어둠뿐인 공간으로 들어간다. 그들은 어딘가에 멈춰

서 나를 바닥에 눕힌다. 어둠을 더듬으며 무명천이 깔린 바닥에 몸을 눕히자 천장에서 영상이 재생된다. 누군가의 기억 속 잔상을 보는 것 같다.

나는 작은 배에 몸을 싣는다. 배는 해무를 가르며 한참 나아간다. 저 멀리 그림자섬이 보인다. 먹색 무명천으로 가려진 망각의 샤먼이 아른거린다. 그는 아무런 동요 없이 나를 응시한다. 그의 눈빛에는 연민과 고독이 어린 것도 같으나 그의 얼굴은 계속 흐릿하게만 보인다. 샤먼에게 닿자 그는 등을 돌려 걸어간다. 나는 그를 따라간다. 허공에 먹색 천이 흩날린다. 검은 문으로 샤먼이 사라진다. 나는 그를 따라간다. 샤먼이 망각의 의식을 시작한다. 나는 내 기억이 새하얀 한지에 적히는 것을 본다. 그것은 잊고 싶지 않은 기억이다. 제물을 거둔 인생 앞에서도 잊지 않았던 기억이다.

기억이 적힌 서한을 들고 샤먼은 다시 바닷가로 향한다. 서한에 적힌 기억을 바다가 거두고 한지에는 얼룩만이 남는다. 샤먼은 기억이 얼룩진 종이를 절벽 위 서낭당 나무로 가져간다. 그를 붙잡으려 하지만 나는 그 모든 의식을 바라보기만 한다. 서한은 나무에 묶여 검은 눈물을 흘린다. 나는 아득해진다. 세상이 뭉개진다. 해가 뜨고 해가 지고 달이 뜨고 달이 지는 날들이 흘러간다. 서한은 어느덧 햇빛 아래서 오색빛으로 반짝이며 나부낀다. 나는 다시 작은 배에 태워지고 명이도에서 점점 멀어진다.

나는 눈을 감고 숨을 쉰다. 여기저기서 숨죽인 울음이 들려온다. 이곳에서 나가고 싶어진다. 목이 졸려 어둠 속에서 나가야 한다고 생각한다.

체험전시는 예약제로 변경되고 전시기간의 모든 예약이 마감된다. 이례적인 일들이 재현을 계속 찾아간다. 그림마다 쓰인 이야기는 재현을 화가이면서 동시에 섬세한 슬픔을 표현하는 작가로 만들어주었다. 전시에 공개되지 않았던 기억의 이야기들이 실린 책은 출간되어 베스트셀러가 된다. 전시와 똑같은 이름을 단『망각』에는『기억의 서』의 글들이 실린다. 잃어버린 내 기억들은 재현의 책에 영원히 봉인된다. 사람들은 책에 쓰인 슬프고 아름다운 기억들에 매료되어 재현을 인생에 대한 깊은 깨달음과 심미안을 가진 작가로 여긴다. 오랜 훈련이 결여돼 모호하게 그려진 그의 그림은 망각을 탁월하게 표현한 추상화로 평가된다. 그해『망각』은 유행처럼 번져 사람들은 재현의 전시를 보고, 재현의 책을 읽고, 재현을 숭배한다. 망자들은 재현이 공허한 자신을 구원했다고 말한다.

나는 더 많은 약을 먹고 표정 없이 관성대로 매일을 살아간다. 인생은 관성의 법칙과 카르마의 법칙을 따르기에 원하는 대로가 아니라 살아온 대로 살아진다. 매일 새벽에 집을 나서고 자정이 넘어서 집으로 돌아온다. 신문이나 뉴스도 보지 않고 더 이상 도서관이나 서점에도 가지 않는다. 모든 것이 스위치가 되어 내가 보고 싶지 않은 것들을 보게 한다. 사람들은 나의 기억을 재현의 기억이라 믿는다. 내가 쓴 이야기를 재현이 쓴 이야기라 여긴다. 여기저기서 쏟아지는 재현의 얼굴, 재현의 기사, 재현의 것이 된 내 기억, 재현의 책이 된『기억의 서』를 볼 때마다 내 몸은 섬짓한 두려움에 떨린다. 밝은 세상의 모든 것이 나를 두렵게 한다. 나는 숨어 지내는 죄인처럼 어둠 속에서 살아간다.

새해가 되어도 불행은 계속된다. 묵연 갤러리에서는 이례적으로 한 작가의 전시를 한 해 동안 계속하기로 결정을 내린다. 재현의 전시는 포스터, 엽서, 아트북, 그림책, 에세이로 제작되고 거기에는 재현의 그림과 나의 기억이 함께 실린다. 둘은 원래 하나였으므로. 전시가 연장되고 계절마다『망각』의 책이 사계四季 시리즈로 출판된다. 제물을 바치고 지켜낸 것들이 이제 더 이상 내 것이 아니게 된다.

나는 점점 미친 사람이 되어간다.

내가 지켜낸 기억들을,

재현이 그의 것이라 하기에.

내가 낳은 이야기들을,

재현이 그의 것이라 하기에.

사람들은 모두 재현의 말을 믿는다.

나의 기억과 이야기들이

모두 재현의 것이 된다.

『기억의 서』도 사라져

모든 것이 원래부터

내 것이 아닌 것이 된다.

나는 점점 내가 아는 것들을 의심한다.

신호등에 빨간불이 켜져 있다.
아니야. 파란불일지도 몰라.
내가 보는 것은 진실이 아니기에.

길을 건넌다.
달리던 차들이 경적을 울린다.

나는 경적 소리를 듣지만
그것이 무엇을 의미하는지 모른다.
경적 소리가 아닐지도 몰라.
잘못 들은 것일지도 몰라.

나는 점점 미친 사람이 되어간다.

해가 바뀌고 나는 재현이 갈망하던 것을 갖게 된다. 그것은 내가 원한 것이 아니다. 쉬지 않고 미친 사람처럼 일한 대가로 더 큰 숫자가 적힌 계약서에 내 이름이 적힌다. 새해 첫날, 꿈인 줄 알았던 재현이 다시 나타난다.

"잘 지냈어요?"

재현이 묻는다. 그는 꿈같다. 나는 환영에게 그동안 어디서 지냈는지 묻지 않는다. 대신 숫자를 헤아리며 숨을 쉬고 다시 눈앞에 보이는 끔찍한 환영이 사라지기를 기다린다. 아무리 기다려도 환영은 사라지지 않는다. 보고 싶지 않은 환영이 섬광처럼 눈을 멀게 한다. 내 몸은 그때마다 채찍에 갈겨진 듯 경련을 일으키며 발작한다. 벗겨진 몸, 먹이 번진 손, 뒤엉킨 두 개의 몸. 나는 힘주어 두 눈을 감는다. 진물이 난 것처럼 두 눈에 눈물이 맺힌다. 보지 않으려 하는 간절한 노력, 하루도 빠지지 않고 먹은 약, 매일 눈을 감고 외운 말이 결국 모두 무용한 것이 된다.

'너의 마음이 병든 것뿐이야.'
보고 싶지 않은 환영들이 사라지길 바라며
사랑하는 사람이 해준 말을 외운다.

'약을 먹으면 괜찮아질 거야.'
나는 스스로에게 말해준다.

나의 병든 마음이
보아서는 안 되는
끔찍한 것들을 보기에.

"오늘 여기서 자고 갈게요."

환청이 들려온다. 환영이 옷을 벗기고 나의 몸을 어루만진다. 손길이 닿아도 망가진 몸에서는 어떤 전율도, 신음도 흘러나오지 않는다. 환영은 한때 물기를 머금고 떨림을 지닌 채 신음했던 몸을 어루만지지만 황무지가 되어버린 곳에서는 아무 일도 일어나지 않는다. 메마른 땅에 곡괭이를 찍어내리듯 내 안으로 재현이 거칠게 들어와 몸을 움직인다. 나는 살갗이 찢겨지는 쓰라림을 견딘다. 환영이 사라지기를 기다린다. 재현은 이내 힘겨운 신음을 내뱉고 잠에 든다. 나는 멍하니 어둠이 내린 천장을 바라본다. 시간이 흐르고 몸을 일으켜 발을 땅에 딛다 움츠러든다. 찢겨진 아픔이 몸을 전율케 해 숨을 멈추고 고통을 견딘다. 나는 벌거벗은 곱사등이가 된다.

재현의 환영은 주말이면 다시 하얀집에 찾아온다. 그는 의식을 치르듯 나를 안고 잠든다. 몸을 씻을 때마다 투명한 핏물이 다리를 타고 흘러내린다. 나는 다른 병원도 다니기 시작한다. 병원에서는 환부를 소독하고, 연고를 바르고, 항생제와 감염치료제를 처방해준다. 재현의 말은 진실이 된다. 모든 문제에는 약이 있다. 나는 점점 더 많은 약을 갖게 된다.

"시현 씨… 만… 나요…?"

넋이 나간 사람에게서 아무 감정도 실리지 않은 말이 흘러나온다. 재현은 나를 바라볼 뿐 아무 말도 하지 않는다. 재현은 침묵한다.

"탓… 하려는… 거… 아니… 야…"

나는 환영에게 애원한다.

"솔직… 하게… 말… 해줘…

바라는… 거… 그거… 그… 거… 뿐이야…"

마지막으로 구원을 바란다. 내가 보는 것들이 진실이 아니라면 이 모든 것은 꿈이니 나는 진실, 단 하나만을 원한다.

"함께… 있… 어…?"

약에 절은 몸이, 흘러내리는 목소리가 걷잡을 수 없이 떨린다. 나는 발작하는 사람 같다. 환영은 아니라고 말한다. 나의 마음이 병들어 환각을 보는 거라 말한다. 약을 먹으면 나아질 거라고도 말한다. 늘 그렇게 말한다.

"당신… 전… 화… 보… 고… 싶어…"

나는 환영에게 애원한다. 그러자 환영이 멈춘다. 커진 눈도, 경악한 표정도, 숨도. 그는 시체처럼 보인다. 나는 망가져서 같은 말을 반복한다.

진실을 알면 모든 것이 멈출 것이다. 미친 자는 비로소 평안을 얻을 것이다. 이 끔찍한 모든 것이 미친 내가 보는 환영이기에. 내가 바라는 것은 내가 미친 사람이라는 것을 알게 되는 것뿐이다. 오직 그것만이 내가 원하는 것이다. 그것 단 하나뿐이다.

재현은 여전히 멈춰있다. 그의 시간만이 흐르지 않는다. 약에 절은 몸을 간신히 일으켜 그에게 걸어간다. 서툴게 걸음을 내딛는다. 절뚝절뚝 걷는다. 휴대폰을 움켜쥔 재현의 손을 잡는다. 전화를 가지려 하는 몸짓이 아니라 구원을 구걸하는 병자의 몸짓 같다. 나는 거칠게 밀쳐져 벽에 부딪혀 쓰러진다. 그는 새끼를 지키려는 겁에 질린 짐승 같다. 해쳐야 할 것을 바라보듯 나를 본다. 그는 미친 사람처럼 분노를, 고함을 내지른다. 울부짖는 것 같기도 하다. 그제야 나는 그때까지 보지 못했던 것을 본다. 이 모든 일을 겪어야만 볼 수 있는 것을 보게 된다. 나는 재현의 모든 거짓말을 본다.

재현의 네 번째 거짓말

재현의 가족은 섬에 다리를 잃은 아버지를 버렸다. 다리가 잘려 섬에 박힌 그는 섬을 떠날 수 없었다. 재현은 어머니, 여동생과 섬을 떠날 때 아버지를 할퀴었다. 가방 하나도 못 채우는 짐을 꾸리는 가족을 아버지는 멍하니 바라본다. 마지막으로 방문을 나서는 재현의 다리를 아버지가 붙잡는다. 재현은 아버지를 밀치고 고함을 지르고 분노를 퍼붓는다. 걷지도 못하는 아버지는 재현의 다리를 붙잡을 힘도 없이 메말랐다. 그의 얼굴을 한 번만 보고 싶은 아버지의 슬픔이 재현에게는 보이지 않는다. 두려움이 그의 눈을 멀게 하였으므로. 그의 아버지는 마지막으로 가족의 얼굴을 눈에 담으려 한다. 그들이 다시는 돌아오지 않을 것을 알고 있으므로. 그는 마지막 기억을 갖길 원한다. 그가 바라는 것은 그것 하나뿐이다.

그제야 나는 재현이 엮은 그물을 본다. 불행으로부터 도망친 자가 엮어온 인생을 본다. 사랑을 버리며 평생을 살아온 자의 기억을 본다. 그가 물려받은 카르마가, 그가 엮은 시간이 그의 몸과 마음에 새겨져 거스를 수 없는 습을 낳았다. 그가 낳고 길렀으나 거스를 수 없는 습이 그로 하여금 사랑하는 이들을 버리게 한다. 처음엔 아버지가, 그다음엔 어머니, 그리고 선배, 연인이 그에게 버려진다. 사랑을 갖지 못해 가난한 자여, 불행을 감당할 수 없을지어다. 재현을 사랑한 자들은 모두 버려지고 가진 것을 전부 잃는다. 그것이 사랑을 가진 자들의 운명. 깨어진 거울이 될 것이며 죽음의 호수가 될지어다. 처음엔 아버지가, 그다음엔 어머니, 그리고 선배, 연인이 그를 사랑한 대가로 파멸한다. 그들의 인생을 훔쳐 재현은 살아간다. 사랑이 없는 가난한 자여, 사랑을 가진 자의 생을 훔칠지어다. 사랑이 없는 자는 거짓을 말하고, 훔치고, 살인한다. 나는 불결함과 비열함, 잔혹함의 기원을 보게 된다.

버려진 신

나는 파멸한 뒤에야 깨닫는다.

어머니가 해준 버려진 신 이야기가
금기가 아닌 예언이었음을.

사랑해서는 안 될 자를 사랑해
모든 것을 잃게 될 것임을.

사랑이 날 파멸케 하리라는 것을.

어머니의 예언

"고대에 운명을 바꿔주는 나무가 있었어. 그 나무는 네미숲의 황금나무라 불렸어. 네미숲 사람들은 황금나무의 가지를 꺾는 자는 네미숲을 다스릴 수 있는 신성한 힘을 갖게 된다고 믿었어. 황금가지를 갖게 된 자는 네미숲의 신이 되었고 네미숲 사람들의 숭배를 받았어."

"네미숲 사람들은 황금가지 신과 함께 영원히 행복하게 살았어요?"

내가 물었다.

"아니."

어머니가 대답했다.

"왜요? 황금가지 신은 신성한 힘을 지녔잖아요."

"신성한 힘을 가진 황금가지 신은 네미숲 사람들을 지켜주었어. 하지만 불행은 잊지 않고 네미숲을 찾아갔지. 사람들은 불행이 제물을 거두고 슬픔과 죽음을 줄 때마다 고통에 전율했어."

"황금가지 신이 있는데도 불행이 그들을 찾아냈어요?"

"슬픔과 죽음이 가지 않는 곳은 없으니까."

"그래서 황금가지 신이 그들을 위로해 주었어요?"

"아니. 사람들은 황금가지 신을 더 이상 믿지 않았어."

"왜요?"

"황금가지 신이 신성한 힘을 잃어 불행을 막지 못했다고 여겼거든."

"그럼 황금가지 신은 어떻게 되었어요?"

"사람들은 황금가지 신을 끌어내 갈기갈기 찢어버렸어."

나는 섬광을 본 듯 눈을 질끈 감았다. 심장이 쿵쾅거렸다. 어머니는 놀란 나를 끌어안아 머리를 도닥였다.

"왜요?"

내가 떨리는 목소리로 물었다.

"한때 신이었던 자가 아무것도 아닌 자가 되어서."

어머니는 잠시 침묵했다.

"리하야, 세상에는 절대 거스를 수 없는 것들이 있어."

"사랑으로도요?"

"사랑으로도."

"세상에는 사자死者들이 있어. 사자들은 누구도 사랑하지 못한 채 아주 오랜 시간을 살아온 사람들이야. 그들에게는 사랑의 습을 새긴 수많은 시간이 없어. 그들의 눈은 고통을 보지 못하고, 그들의 심장은 연민을 느낄 수 없고, 그들의 몸은 깎이지 않아. 그들은 죽은 눈, 죽은 심장, 죽은 몸을 가져서 아무것도 낳지 못해. 사자들에게는 헤아릴 수 없는 죽음의 습이 새겨져 있어."

나는 헤아릴 수 없는 죽음의 습이 새겨진 사자들이 두려워 어머니의 품을 파고들었다.

"리하야, 사자를 위해서 인생을 바쳐서는 안 돼. 사랑의 습이 새겨지지 않은 사자에게 바르도를 안내하면 그 안내자는 자신의 모든 것을 잃게 돼."

"왜요?"

나는 어머니 품에서 떨어져 어머니를 올려다보았다.

"왜 안내자가 사자 대신 모든 것을 잃어요? 그는 아무 잘못도 하지 않았잖아요."

"헤아릴 수 없는 시간으로 태어난 습은 사랑으로도 거스를 수 없어. 사자들은 바르도를 지나 서원의 인생으로 갈 수 없어. 가져서는 안 되는 자에게 고귀한 것을 주었으니 바르도는 안내자에게 대가를 거두는 거야."

어머니는 한참 동안 나를 품에 안고 어루만졌다.

"인생의 고귀한 것들은 제물을 바치지 않고는 절대 얻을 수 없어. 그러니 사랑의 습이 새겨지지 않은 자에게 너의 인생을 바쳐서는 안 돼.

　헤아릴 수 없는 사랑의 습이 새겨진 자를 만나 절대 잊고 싶지 않은 사랑을 이루는 것, 그게 엄마가 리하를 위해 세운 서원이야."

재현의 환영이 다시 하얀집을 찾아온다. 나는 여전히 하얀집에 불을 켜지 않는다. 어둠 속에 죽어가는 짐승 한 마리가 몸을 웅크린 채 가는 숨을 쉰다. 재현이 다가와 곁에 앉는다. 그는 내 옷을 벗긴다.

"왜…"

나의 목소리에 환영은 잠시 손길을 멈춘다.

"왜… 이… 이렇… 게… 까지… 해…"

실성한 사람의 독백 같다.

재현은 계속 내 옷을 벗긴다. 나는 뼈가 드러나 파인 몸으로 그를 밀어내려 한다. 환영은 사라지지 않는다. 힘없는 팔이 허공을 젓다 툭 떨어진다.

"왜… 나한… 테… 이렇게… 까지…해…"

이해할 수 없어서 수백 번 스스로에게 물었던 말을 내뱉는다.

"사랑해… 리하야… 나…."

"그만… 해도… 돼…

나… 이미… 다… 망… 가… 졌어…"

재현의 얼굴이 등에 와 닿는다.

어깨를 감싼 손이 떨린다.

"리하야… 제발…."

"줄… 수… 있는… 거… 이제… 없… 어…"

축축한 물이 어깨로 흘러내린다.

"당신이… 가… 갖고… 싶은… 거…"

흐느끼는 소리가 들려온다.

"이제… 아… 무… 것도… 없어…"

"어쩔 수가 없었어…."

뭉개진 목소리가 들려온다.

"그 사람이 날 원했어."

아름다운 서원을 세웠다.

죽음을 원하는 자를 사랑해

그가 죽음이 아닌

생을 원하게 되기를.

사랑하므로

모든 것을 다 줄 것이며

불행마저도 겪을 것이라는.

아름다운 서원이 이루어져

나는 사랑을 보았다.

너의 전부였던 자로 하여금

너의 전부를 잃게 할 것이며

사랑을 모두 불행으로 바꾸리라는

자신의 권능을 사랑은 보여주었다.

사랑을 보았을 때

나는 눈먼 자가 되었다.

정령조각가의 인생에서 나는 사랑이 낳은 하나인 둘을 만나 — 잃을 수 없는 이들을 사랑했으나 — 결국 잃었고 — 고통의 증인이 되어 돌아올 수 없는 것을 기다렸으며 — 사랑이 낳은 슬픔들을 길렀고 — 그러고도 사랑을 잊지 않았으며 — 불행해져서도 다시 사랑을 하려 하고 — 아름다운 서원을 가져 생을 낳으려 하며 — 사랑이 주는 기쁨과 유산을 받고 — 원하지 않는 것마저 원하려 하면서 — 사랑하는 것들을 견뎠으나 — 볼 수 없는 참혹함을 보아야만 했고 — 그리하여 눈멀었으며 — 지켜냈던 모든 것을 잃었고 — 또다시 불행해졌으니 — 사랑으로도 거스를 수 없는 것을 거스르려 했던 대가로 — 고통이 새겨진 몸이 되어 — 결국 살아갈 마음마저 잃었다.

사랑이 가르친 그 모든 것을 겪고 나서야 나는 사랑에 대한 깨달음을 얻게 되었다. 안내자로서 내가 첫 번째로 배운 것은 사랑이었다.

나루터 아저씨에게 연락이 온 것은 그로부터 일 년 뒤였다. 아저씨는 어머니가 죽기 전에 남긴 편지를 가지고 있다고 하셨다.

바르도 1
ⓒ 리민 2023

초판 1쇄 인쇄 2023년 8월 1일
초판 1쇄 발행 2023년 8월 16일

지은이 리민
바르도 프로젝트 디렉팅 리민

편집 최아영
교정 김선정 최지은 한홍
인쇄제본 제이오

펴낸곳 무하유
출판등록 제2022-0000352호
전화 02-558-8372
전자우편 edit@muhayu.co.kr
인스타그램 @bardo_nowhere

ISBN 979-11-981257-1-2 04810
      979-11-981257-0-5 04810 (세트)